抉择

波兰，1939-1945

THE CHOICE　Poland, 1939-1945

[以] 伊爱莲 (Irene Eber) 著

[以] 吴晶　译

學苑出版社

图书在版编目（CIP）数据

抉择：波兰，1939－1945 /（以）伊爱莲著；（以）吴晶译. —北京：学苑出版社，2013.1

ISBN 978-7-5077-4234-3

Ⅰ. ①抉… Ⅱ. ①伊… ②吴… Ⅲ. ①自传体小说－以色列－现代 Ⅳ. ①I382.45

中国版本图书馆CIP数据核字(2013)第015308号

Original English language title: *The Choice*, by Irene Eber

This translation published by arrangement with Schocken Books, an imprint of The Knopf Doubleday Group, a division of Random House, Inc.

出 版 人：孟 白
责任编辑：李 耕
封面设计：李 芳
出版发行：学苑出版社
地　　址：北京市丰台区南方庄2号院1号楼
电　　话：010-67675512 67601101（邮购）
邮　　编：100079
网　　址：www.book001.com
电子邮箱：xueyuan@public.bta.net.cn
经　　销：新华书店
印　　刷：北京信彩瑞禾印刷厂
开　　本：787×1092 1/16
字　　数：200千字
印　　张：14.5印张
版　　次：2013年1月第1版
印　　次：2013年1月第1次印刷
印　　数：3000册
定　　价：38.00元

北京市版权局著作权合同登记 图字：01-2010-3664号

致谢

首先，我对北京大学岳庆平教授热情诚恳的帮助与充满智慧的建议表示深深的感谢。我感谢学苑出版社的孟白社长决定出版《抉择》的中文版，同时，他在出版工作过程中对该书质量的关注、一丝不苟的专业精神既让我由衷感激，也使我十分敬佩。对本书的编辑、学苑出版社的李耕女士，我感谢她无尽的耐心、合理的提议，使我们的合作非常愉快。我感谢学苑出版社为出版《抉择》中文版而付出努力的每一位人员。马文·托凯亚拉比，与我分享对中国历史与文化的钟爱，也分享我要把“二战大屠杀”记忆保存好的决心——是他的慷慨解囊使中文版的出版得以实现。对他，我只能感激，我永远无法偿还这份馈赠。最后，同样重要的是，我由衷感谢本书译者吴晶。她强烈的责任心、对细节的重视以及富于技巧的翻译，使我对《抉择》中文版充满信心。我将永远珍惜我们一起研究书中每个小细节的经历，还有我们那随着时间的推移而增长的友谊。

伊愛蓮

Irene Eber

2013年1月

目录

中文版前言

伊爱莲

我还很小的时候，就经常站在父亲巨大的书架前，对着里面摆放整齐的大量书籍满怀向往：有蓝色的大部头，有红色的小薄本，有的书好像是用真皮做封面，有的书书脊上烫有金字。后来，我开始学看书了，仍然经常端详那些书，憧憬有一天我会把它们都读完。

又过了很多年，我发现了中国的伟大作家和他们的作品。两百多年前诞生的曹雪芹和他的巨著《红楼梦》；蒲松龄与他富于想象的、令人着迷的故事；中国20世纪文学巨擘之一、著名作家鲁迅讲述的中国近代的黑暗过去。正是这些作家和作品，还有很多早些或晚些时期的作家们，激励我终于拿起笔写我的故事，这个犹太人历史上最悲惨的故事。我也从一个读者，成为了一个作者。

一开始，我是想写一个我住过的波兰小镇，镇里的人，他们被毁灭的过程，还有那里存在了多个世纪的、被终结掉的生活方式。但是很快我就意识到，我个人孩童时代的生活、我家人的生活，也是故事的一部分。因此，这个故事既是自传，也是回忆录。事实上，正因为不是单一的线索，整个故事就在一个找不到回忆的过去与一个可以看到过去的现在之间来回游移。

过去是从什么时候开始的呢？既不是从我父母的家族背景，也不是从我在何时何地出生开始的，它是从德国军队在1939年9月1日挥兵入侵波兰、第二次世界大战爆发的时候开始的。这次征服对波兰人来说影响深远，他们在占领军的统治下受到残酷的摧残，而波兰人当中的犹太人（当时有300多万人）受到的摧残更为残酷，直到最后几乎被完全消灭。

不只是成千上万住在大城市里的犹太人，连在全波兰无数乡村的数百万犹太人，这时也在德国统治之下。首先，饥饿与奴役劳动夺去了众多的生命。然后，犹太人被关进了禁区、隔离区。在这些超载关押的地方，生活更加艰辛。当德国兵持续不断地把人们从一个地方、一个国家驱赶到另一个地方、另一个国家的时候，很多家庭被拆散了。熟悉的环境不再，人们流离失所、形孤影只，与家人朋友分散。大部分时间里，孩子们失去了父母与家人，只能自己保护自己。一旦他们在波兰的田地或树林里被发现——那是父母把他们藏起来的地方，就会被德国兵毫不迟疑地射杀。

希特勒上台不久，就开始在德国建立集中营了。然而，将数以百万计的犹太人以工业化的效率进行系列化谋杀的死亡集中营，却是建在波兰。这些配有毒气室、尸体焚化炉的集中营，是从1942年开始出现的。那时小隔离区、甚至一些大隔离区里的犹太人都已经被清除干净了。有的当场被德兵杀掉，有的被迫踏上“死亡之旅”，被押送到死亡集中营。如果集中营太远，犹太人就会被赶上运牲畜的火车。很多人因为在过度拥挤的运畜车厢里熬不过饥渴，精疲力竭，在路上就死掉了。到集中营后会进行筛选，看上去还算强壮、还能工作的年轻人，就会被强制抓走做苦力。这些人也许会活得久一点，但是相当一部分也被看守的卫兵们射杀、打死，还有的死于疾病或食物匮乏。年迈、生病的人以及孩子们，则被送进毒气室杀掉。从1942年至战争结束的1945年，在德国以及德国侵占的欧洲国家里的犹太人，绝大部分消亡了。

到1945年，原有的300多万波兰犹太人，活下来的只剩4.5万人；原有的50万德国犹太人，只剩下3.7万人；原有的10万希腊犹太人，只有7000多人还活着。我并不想讨论这些统计数字，因为这些数字没有告诉我们遇难者遭受的恐惧、被剥夺的一切、被折磨的痛苦，也没有告诉我们他们是死于怎样的恐怖手段。

尽管这本书记述的是那个可怕的年代，但它的着重点并不是讲述几百万人是怎样死去的。相反，我尝试在这几百页里说一点我家庭的遭遇，还有我为存活下来而作的努力。因此，这本书写的是，在浩劫带来的痛苦中，波兰犹太人是如何保持勇气，以及当他们在突然又能活下去时怎样做出决断的前前后后。

我们这些幸存下来重新开始新生活的人，目睹中欧鲜活的犹太意第绪文化，以及承载这一文化的男男女女的死亡。这一曾经在我们幼时培育我们的文化被摧毁了，不复存在了。到今天，她只是一个备受珍惜的回忆了。在我脑海里的记忆中，仍留存着很多的画面：那些我爱的人，我熟悉的家，还有我再无机会读到的父亲的书……

译者的话

吴晶

我有幸在整个翻译过程中得到作者伊爱莲教授的密切关注与帮助。每一章初稿完成以后，我和伊爱莲教授都会见面——我问她问题，她仔细地回答。从我的角度来说，最大的鼓励莫过于教授肯定我提出的所有问题“没有一个多余的问题”，并且认真地一一作答。

从技术的角度看，这份翻译工作最大的一个挑战在于西方社会已经为“二战大屠杀”建立起来的非中文专用词语以及事件的表述系统。比如说，纳粹为执行对犹太人种族灭绝的“终极方案”（Final Solution）而建立起来的系统非常有条理：先是剥夺权利、押遣（Deportation），然后是死亡之旅（Death March），接着是押遣至集中营（Deportation to Camps），最后是大屠杀（Holocaust）。我们在寻找合适中文的同时，也参考现有的译法。有的我们采用了，有的我们觉得还得自己再尝试。作者本身作为学者，非常严谨。她也是当事人，所以她同意我们自己的新译法，也给予我很大的信心。

第二个挑战是人名的翻译、用字选择，还有有关地名的适当注释。

不同语言里的人名翻译中，作者对哪个中文字能用、哪个必须避免，都有一定的要求。德国的“德”字是无论如何都不应该用在犹太人名字里的；残杀犹太人的刽子手们的中文译名用字，也是绝对不适合用于拯救犹太人的“正义的非犹太人”的中译名的。这并不说明犹太人“小气”，而是对死者的尊重，也是“二战”幸存者们每时每刻挣扎在过去的记忆中的体现。

从非技术性角度来说，能准确明白作者字里行间要表达的每一份情感，殊为不易。德国纳粹的杀戮系统有计划地先剥夺犹太人的公民权利、财产拥有权，然后在一系列的行动中以藐视、虐待的方式继续剥夺犹太人作为人的尊严。作者告诉我，这个系统很有效地磨灭了很多犹太人的自尊，使其麻木。从一开始我就意识到作者要表达的不单单是她一个人的情感，而是像她那样在“二战”中幸存下来的犹太人的情感。然而，随着翻译的继续，我才慢慢意识到，有些情感，我作为另一代人是永远都无法完全明白的，而当翻译工作接近尾声的时候，我确认，我宁愿不能完全了解那些情感——因为只有亲身经历过的人才可能完全了解；即使了解了，由于灾难的巨大，很多幸存者往往也表达不出来。

我记得在完成了第一、二章的第三稿后，发给作者验读。我的心里的确没底。事实上，我说不出是什么味道。出乎意料，作者很满意。我忍不住问她：“我不是很满意。因为我读完了，心里说不出是悲伤？是吃惊？是愤怒？是无奈？我说不出个所以然。如果真的译得好，为什么会这样？”作者微笑着说：“为什么这说不清的感觉不能正是我们当时经历的情感呢？我们身在其中，就是说不出为什么，不知道该怎么做——这也是为什么到最后大部分人没能生存下来的原因。因为我们的头脑对如此灭绝人性的遭遇根本就没有准备。”

除了这些说不出的懊悔、悲伤、歉疚，书中表达的另一种情感就是对生命的渴望。作者没有一刻会万念俱灰。在书中，作者欣然记起并歌颂在浩劫前的生活中点点滴滴的美丽回忆——美丽的人、美丽的地方、美丽的故事、美丽的歌，还有她自己的一颗美丽童心。战后，在创伤中，她和同代人也珍惜他们的重生机会，做出不由命运摆布的抉择。

翻译这本书，深入到作者的内心世界，努力让自己也恍若置身其中，并没有让我害怕。相反，我非常享受上面提到的那些挑战。更为珍贵的是，我与作者之间的友情也因此得到了升华。“二战大屠杀”对犹太人来说不但是一个历史课题，也是一个关乎民族将来存亡的教训，因此也成了一项非常复杂、深邃的学问。在翻译的时候，我和作者希望能尽量提供背景资料，为我们的中国读者带来不同一般的、有建设性的阅读经历。

第一章　押遣之旅

1942年3月中旬，75%–80%的“二战”犹太人大屠杀受难者还活着，20%–25%已经丧生。仅仅11个月以后，到1943年2月中旬，这两个百分数就颠倒了过来。“二战”犹太人大屠杀的核心就是为期短暂而紧凑的集体大谋杀。

——基斯托弗·R. 包宁，《普通人》[①]

从某天起父亲就不再唱歌了。我记不清这是在犹太人集居的梅莱茨（Mielec）被毁灭不久前，还是更早一些。父亲热爱音乐。他会对着我唱，为他自己唱，还会为其他爱听或不爱听的人唱。德国人来了之后，他的歌声也许没有以前那么快乐了，但他还在唱那多得让人惊讶的意第绪小调。“锡安，在绿油油的田野里，”爸爸唱道，“在那里放牧羊群……”

父亲死的时候51岁。有时候我会想，如果他活得久一些，在我记忆里的他会是什么样的？他还会像一个快乐的歌手，唱着只有他才知道的

① 基斯托弗·R. 包宁，《普通人》：Christopher R. Browning，*Ordinary Man*。

歌吗？我是在父亲死后很久才得知噩耗的，那个时候我还没有学会什么叫哀悼。

我还记得梅莱茨是怎样消失的——从小镇开始毁灭的那一天，到接下来的那一周，至今历历在目。从那第一天起，无论是睡着还是醒着，我都在反反复复地体会和回味所有事件。就像在无声电影里，景象出现又消散了；不同的面孔出现了，刚能看清，又消失得无影无踪；静默的身影艰难地穿过一片冻结的、无垠的野外；而我，是这部可怕的无声电影故事片里的一个角色——人群里的一员。

我能记起小镇以前的街道和景致。没有铺石子的宽路和窄道，很周整地围绕着一大一小两个鹅卵石铺就的集市广场。秋季里道路上布满泥泞，冬日里阳光和洁净的白雪交相辉映，闪闪发光。我从祖母杂货店楼上的窗口往下望去，在桑多梅日斯卡（Sandomierska）街上，总能看到一些有趣的事：也许一辆牛拉货车陷进了泥泞，或者一个农夫赶着马拉雪橇去集市，却没注意到村里的淘气鬼把小雪橇绑到他的雪橇上，跟在后面搭顺风车。夏天的时候我还能看见拉比[1]那身形庞大、超重的太太坐在房前，身边围着她12个还是15个不同年龄和身量的孩子。娥丝特[2]表姐和我喜欢竞猜：哪个孩子最大哪个最小，或者哪两个是双胞胎。不过实在很难分辨，因为他们看上去是那么相像。又或者一位父亲正在揍犯错的儿子的屁股，打得他嚎哭不停。我喜欢居高临下看街道，尤其是看那些顶上有遮盖的甬道，它们似乎把大市场周围房子里的人带到广场后面的街道去了。从楼上看下去，甬道口像是一个黑黑的隧道口，人们从那儿出现、消失，又消失又出现，好像被吞

① 拉比：Rabbi，犹太人对犹太教律法老师或社区精神领袖的尊称，也是犹太教学衔。

② 娥丝特：Esther，犹太女子名，源自《圣经》（常译“以斯帖”）。

下去后又被吐出来。然而，不久之后，我也站在市场的地面上了，成为那一群不少于8000名犹太人中的一个，和他们押在一起，沿着斜穿过大市场的那条上冻的路，被赶出了这个小镇。

有时我会问自己，我的记忆有多可信呢？那个梅莱茨，一个在波兰西部的小镇，是那样开始它的终结的吗？当然，对一位参与者和一位观察者来说，能记得的都只是目击的事实碎片，不可能看到复杂的整个事件。毕竟，一个演员记住的是戏里他自己的部分，不是别人的那部分，就像印度盲人描述大象——他手能摸到树桩似的象腿，认为那就是大象；还像中国哲人笔下的井底之蛙——它认为所看到的井口大小的那片天空就是整个世界。我将要讲的只是一些历史碎片。尽管我也知道，就像记忆一样，重拾了这一小部分历史，另一些片段将会被遗失。

每年冬天，总有一些夜晚冷得连路也冻结了，农夫们四轮货车的车轮和马蹄在泥泞中留下的凹凸不平的辙痕，会冻得像石槽一样硬。有的日子，灰白色的云雾裹住冻得仿佛凝固了的小镇，之后就是连日大雪，美丽的雪花绽放在窗户玻璃上。但是，已进入第三个战争年头的这个冬天不同往年。除了初冬几场微不足道的小阵雪之外，很多天后才下大雪。空气又冷又干，缺乏足够的湿润空气，连房檐上的冰锥都挂不住。

那年冬天，小镇的生活还在延续：星期四有集市，人们每天都要努力找寻食物，德国人把犹太男人抓起来干重活，犹太人挨打或犹太男人胡子被刮掉，等等。这些司空见惯的生活场景已经很让人害怕，但更可怕的是，人们隐隐感到一股从未有过的紧张：不知德国人下一步还要做什么，加上种种传闻，让人焦虑不安。我相信传闻始于1941年12月，到了次年1月中旬一切就明朗化了：梅莱茨的犹太人将被驱逐出境。刚开始时说要驱逐2000个犹太人，然后说是4500个。1941年的梅莱茨肯定有超过4500个犹太人，因为此前被德国人从其他地区驱逐出境的难民涌入了梅莱茨。那么，除了那些被“东遣”到卢布林（Lublin）区域的犹太人外，其他数千犹太人的命运将会怎样？我们很快就知道了答案，那就是遭到筛选和杀戮。尽管自从德国人来了以后，犹太人已经像牲畜一样被从一个镇赶到另一个镇，被关进犹太隔离区[①]，被强拉到劳工集中营，但是我们知道这次驱逐将会更恐怖。到那时为止，还没有哪个镇是将所有犹太人全数驱逐的。那年冬天，我们镇将成为所谓“完全驱逐”的首例。那时谁能知道新启动的“林哈特行动”[②]会选中梅莱茨进行“完全驱逐”？梅莱茨作为（德控）波兰总政府[③]辖下第一个“无犹太人污染”镇而被写入历史。

我们要被驱逐出境的消息到底是怎么传到我们耳中的，显得有点神秘。德国人下的这个命令好像在卢布林就泄露了，并往西传了150英里[④]。虽然电话都由德国人控制，这个命令还是很快就在梅莱茨流传，德国人为此非常恼火。

致波兰总政府当局，克拉科夫市（Kraków）

关于：将犹太人重新安置在海乌姆诺镇（Chełmno）和赫鲁别舒夫镇（Hrubieszów）

---

① 隔离区：Ghetto，出自意大利文，特指根据法律设立一个犹太区。在纳粹德国占领欧洲的时候，在城镇内设立带围墙的隔离区，区内的犹太人凭有效通行证才能出区，其目的就是把犹太人从非犹太人中分离出来。到1944年的时候，因为犹太人要么已经被杀要么都被送进了集中营，隔离区消失。

② 林哈特行动：Reinhard Action。

③ 波兰总政府：General Government of Poland，指当时的德控波兰总政府。

④ 约240公里。

尽管很清楚，卢布林区犹太支援委员会[①]的头头在1月18日已经知道了在1月17日刚抵达的信件中要将犹太人重新安置的内容，但是经过我助手的核实，我可以向你确认，他（那个犹太人）是不可能从这儿的职员中获知（信的内容）的。那个被怀疑的犹太人有可能在走廊里偷听到了一个电话……

——摘自一封日期为1942年1月20日的信件

很快又有新的传闻：假如犹太人将他们的金器、珠宝、皮草和其他值钱的东西送给德国人，极具威胁的驱逐可能被推迟，甚至有可能被取消。德国人强令成立的“犹太政务会”[②]是否有过用项链和戒指来贿赂德国人的计划呢？或者，德国人的意图就是让犹太人自动交出值钱东西，德国人就不必费力去搜了？

母亲取出了她的首饰盒。以前她只会偶尔打开这个神奇的盒子，让我在她的监视下，小心地触摸镶有亮闪闪宝石的戒指和那些沉甸甸的刻有繁复花纹的金项链。在阳光或灯光下变换角度，项链会熠熠发光。在所有的珠宝中，我最喜爱那一串串的珍珠项链，摸上去它们又硬又凉，看上去却由内而外漾出一种温润。现在听说我们能否活命都要靠这些首饰了，妈妈挑出了要交到“犹太政务会”的珠宝，却决定留下曾祖母比莉美[③]在世时常用来装饰包头巾用的那串珍珠——那是她最珍爱的。一些珍珠、几条项链、一两枚戒指、母亲的波斯灯和纯银小狐狸（它的玻

① 犹太支援委员会：Jewish Aid Committee，德国人批准或指定领导人的犹太组织。

② 犹太政务会：Judenrat，在德国人命令下成立的，名义上犹太人自己管理犹太社团事务。

③ 比莉美：Blime，犹太女子名字，来自意第绪语，意为花朵。

璃眼睛十分逼真），连同几张照片，一起送到科尔潘托娃[①]家保管，以便交出的贿赂不够时再做计较。科尔潘托娃是我们家认识多年的一个波兰女人。母亲把珠宝交到“犹太政务会”时，只是尽力而为，但对于这样做能否拯救我们一家和梅莱茨的犹太人，毫无疑问，她也是半信半疑。

她心里的那一半怀疑告诉她，不能相信德国人（或“犹太政务会”）的承诺。我们开始收拾行李。每个犹太家庭都开始了打包：皮箱、大大小小的包袱，都不能太重，因为我们还要带食物。继之而来长时间的讨论就是该带什么该舍弃什么，箱子、包袱弄好了又重新打开再打包。夏天总要来临的，所以夏天的衣服也一定要带，但是冬天的衣服庞大笨重，把放轻薄小巧东西的空间挤占了。我的背包很小，妈妈要我到时候把裙子一条套一条地都穿上。她已把它们平码在椅子上，告诉我不要忘记——因为等到出发时可能会颇为慌乱。

1940年在梅莱茨。从左到右：罗乐，母亲和我的表姐琵琵——她那时住在我们家。

终于，我们准备好了。包都打好了，整齐码放在阁楼门前，那间我和父母亲、姐姐罗乐[②]、琵琵[③]表姐居住的小小房间里。现在房间更拥挤了，总有人被行李包绊到脚。母亲的最后准备工

---

① 科尔潘托娃：Korpantowa，波兰姓氏。

② 罗乐：Lore，女子名。

③ 琵琵：Püppe，女子名。

作就是把一些美元钞票（她从哪儿和什么时候弄到手的，我绝对无法知道）缝进她的格子冬大衣的衬边里。那些钞票又崭新又挺括，母亲马上又开始担心它们的瑟瑟声会被人听见。

然后我们就进入了等待状态。生活变得很奇怪：做每种活动、所有日常工作，都要围绕着我们明天或后天是否还在这儿。我父母叮嘱我不要离家太远，因为如果离开的命令到了，其他人不会有时间去找我。一夜之间，我们的家失去了它的安稳，变成了一个陌生的地方，好像仅仅是一个车站而已。熟悉的物体都失去了温暖感。每个人的神经都绷得紧紧的，一家人不断吵嘴。空气里充满了电荷，就像暴风雨来临前那样。在等待的那几周里，我们不抱任何期望，就连对冥冥中某种拯救的奇迹出现的期望都没有。从一开始我们就放弃了，把必须离开我们称为家的地方看成不可避免的事。现在回想起来，实在令我惊异。那怎么可能，当时我们就这样毫不迟疑地让自己服从于这种荒诞的状态？过去这么多年了，我还是不明白：我们为什么那么快就放弃对自己生命的掌控权？我们就那样干等着。

我去看了我最好的朋友托史卡[①]，她和她妈妈、姐姐住在小市场那边。她们三个人也在等：在下午灰扑扑的日光中围坐在桌子旁，灯没点亮，谁也不说一句话。她们请我一起坐，却使我想起了我和托史卡一起读过的关于守灵的故事。之后，我走过几乎空无一人的街道去看望我的娥丝特表姐，发现那儿的情况也好不了多少。吕文[②]姑父不在家；作为"犹太政务会"成员之一，在那些等待的日子里他总是在开会。娥丝特表姐和她

① 托史卡：Tośka，女子名。

② 吕文：Reuven，犹太男子名，源自《圣经》。

姐姐玛尔卡[①]在楼上房间里，身子蜷成一团坐在炉子旁边。她们也沉默不语。

我好像问了娥丝特表姐有什么办法，她像往常一样爱搭不理的，似乎还取笑了我，说只有傻子才会相信奇迹。我当时12岁，娥丝特表姐只比我大两岁，但德国人来了之后，她好像长大了，不再是个孩子。她妈妈，就是我的费格[②]姑妈，在楼下的商店里心神不宁，把仅存的几份食物挪来挪去。战争开始后进货就减少了，她不再有多少东西可卖，何况现在每天都有可能被驱逐，到时候必须丢下所有东西，根本不必再费事去进货。

日子一天天过去，然后时间间隔稍微变长一点：一周，然后又一周。细微的希望之火点燃了。开始时，我们小心翼翼地恢复了日常生活秩序；渐渐地，我们把要穿的衣物一件件地从包袱里拿出来。妈妈把行李都放进了阁楼里。她的顾客又一个个地出现了，请她用打字机为他们写旅游许可证的申请书。他们说也许再过几个星期，风暴就会刮到这儿。

事隔多年，我已无法证实，我们得到的情报以及伴随幻觉而生的希望，到底是怎样钝化了自己的觉察力的。当然，有很多我现在才知道的情况，那时候不可能有人知道。就算是吕文姑父，“犹太政务会”成员之一，理应知道内幕多一点，当时也是毫不知情。我现在才明白梅莱茨“行动”仅仅是被推迟了。驱逐的命令从来都没被取消，送到“犹太政务会”的贵重物品，除了让等待的时间延长了一点之外，也没有为梅莱茨犹太人赎买到任何东西。我今天可以从档案文件中看到所有的相关

① 玛尔卡：Malka，犹太女子名。

② 费格：Feige，女子名。

资料。因此我如今也知道了，德国人在1月份就已经定下遣送我们的终点。我们将会被押送到靠近贝乌热茨（Bełżec）、海乌姆诺、索比堡等地小镇的死亡集中营里。

> 致：波兰总政府当局，克拉科夫市
>
> 面呈让格格尔[①]少校
>
> 关于：清空梅莱茨犹太人
>
> 1月6日关于重新安置2000个犹太人的电报取消，以本文件为准。需安置的新数字是4500人。分配计划如下：1000人到拉曾（Radzyń）；500人到扎莫希奇（Zamość）；1500人到赫鲁别舒夫，1500人到海乌姆诺。
>
> ——一封日期为1942年1月21日的电报

如今我知道了，3月9日那天，当等待的时光结束时，吕文姑父跟我们其他人一样惊讶。德国人的命令是在3月7日下午1点30分通过电话传达的，应该是在德国人刚刚享用完一顿丰盛的午餐之后。

我还保留着关于3月8日的记忆：沉重的军靴踏在楼梯上，走近我们窄小拥挤的房间。门被猛地推开，那些穿着灰大衣的人如此巨大，好像立刻占满了小房子里的每一寸地方，还把房间里所有的空气也吸光了。我们退避到角落里。他们凶狠的红脸像高塔一样笼罩在我们头上，令人憎恶的鲁迪·齐默尔曼[②]也在他们中间。他原是我家世交，但现在却是一

① 让格格尔：Ragger，德国姓氏。

② 鲁迪·齐默尔曼：Rudi Zimmerman（德语），男子名。

个“德侨”[1]，盖世太保[2]的一分子，一个刽子手。他们一言不发，因为连我们的生命都捏在他们手里，没必要跟我们废话。不过，他们不是来杀我们的。齐默尔曼拿起妈妈的打字机，然后他们扬长而去。听着他们的军靴重重踏在楼梯上的响声，弥漫在房间里令人窒息的恐惧比平时更加凝重。接下来是令人提心吊胆的沉默，过了许久，妈妈悄声说她明白了。她说，明天我们将会被驱逐。德国人拿走她的打字机，意味着再也没人需要办旅游申请书了。她的脸像纸一样白。

我们立即陷入忙乱。从阁楼里取出行李箱，发狂似地打包，匆忙凌乱，不再井井有条。裙子塞进包里，又拿出来，换进其他东西；内衣从抽屉里拉出来，掂量一下又扔到地上；费拿尔[3]太太的厚面包片从厨房里拿出来，只能摆在床上，因为没有其他地方可放。转眼间，整个屋子乱成一团。

我还在家里，却觉得已经无家可归，站在那儿像个陌生人，家已经不是我熟悉的温暖地方了。不知道等待我们的命运是什么，加上身边一片混乱，我完全被流离失所的情绪占据了。这种情绪只有长时间亲身体会才能明白。我想起那可怜的没有眼睫毛的拉比太太（她跟我们镇的拉比太太相差太远了）。她和她的两个总在抽泣的孩子一年前被驱逐到梅莱茨，成了难民。他们同以烤面包为生的费拿尔太太住在一起，但那不是他们的家，他们是无家可归的人。现在，我们自己马上也要成为一个未知地方的难民了，想到曾经不喜欢那个女人和她的孩子，我感到内

---

① 德侨：Volksdeutscher（German National），战前移居波兰的德国人。“二战”德国入侵波兰之后，这些人被叫做“德侨”。

② 盖世太保：Gestapo，德国纳粹秘密警察。

③ 费拿尔：Feiner，波兰人姓氏。

疾。但是，我还没有意识到（因为没有人可能知道），除了流离失所，我们还将那么靠近死亡。

夏天战争爆发的时候，一群群难民涌到镇上乞讨面包和牛奶。我们是不是也要在什么地方行乞？虽然眼下的梅莱茨还有少量珍贵的面包和牛奶，但我们要去的地方未必有啊！那里可能既没有面包也没有牛奶，无论我们向多少人乞求也填不饱肚子。前途未卜引起的恐惧把我压垮，却无处倾诉。我的父亲、母亲、姐姐，甚至连平常大嗓门的琵琵表姐（在她父母死后一直和我们同住），都和我一样惶恐万分，他们只能靠狂乱地打包、再打包来排解这种情绪。我们每个人都困在一个沉默的恐惧孤岛上。

旅行者出门前总要对自己的家最后深深地回望一眼，让房间的样子、装饰、墙上的照片、椅子的布料，一切有用的零碎物件以及虽然没用却能让生活富有情趣的东西，印在脑海里。家的形象会被旅行者一直带在身边，直到他们再次回到熟悉的环境。而那个刚刚破晓的灰色早晨，我们没有时间告别。我们知道，我们不会再回来，也知道我们一走，房东和他那面无表情、瘦骨嶙峋的老婆就会把我们没带走的东西一件件搬走。

第二天早晨——那是个星期一——梅莱茨所有的犹太人在吼叫声和枪声中被赶到集市广场，进行集中甄选（我多年后从一张德国人拍的照片中才弄清那是在集中甄选，当时不知道是干什么）：把年轻男人排成队列，把老年男人带走，他们的行装留下来堆在一起；其他人，包括我们一家，很快就像一大群牲畜一样，被押上斜穿过广场的路。花边窗帘背后的眼睛，紧紧关闭的窗户后半隐的脸，沉默地看着黑压压的一大片人群在德国人催促下挪动、拥挤、奔跑、绊倒；看着德国人胡乱打人、向人群乱开枪，或把女人、男人从人群中拖出来，在田边排成一行射杀。梅莱茨在我们这些幸存的人的视野中渐渐远去。我永远都无法知道那天早上有多少人被那些变身魔鬼的人杀死在田里。

我回到梅莱茨已经是1980年9月。我让司机沿着当年离开的路往前开，这条通向贝尔得荷（Berdechow）的、看不到头的、浸透了血的苦难之路。我希望能见到一个大墓地，用来埋葬当年一路上因为走不动而被枪杀的老、弱、病人的墓地。但是徒然，没有找到。现在，我可以舒适地坐在车里，奔驰在去贝尔得荷的路上，而那时，我们在这条路上跑呀，跌倒呀，耳旁只有德国人的吆喝和枪声，以及受伤者和垂死者的惨叫声。为了活命我们满怀恐惧地奔跑，一家人紧紧地互相抓住，以防看不见对方，不知道轮到谁下一个摔倒、丢掉性命，或被从奔跑、蹒跚前进的长队中揪出去杀掉。通往贝尔得荷的道路两旁，沉默的田野向后延伸，就像从前一样。沉默的土地，多少人在此葬身。我想，现在有谁来哀悼他们呢？我很想问司机，农民们在田里耕犁的时候，有没有翻出白骨？但司机不是本地人，他不会知道。从这条路走过的那数千人，没有留下任何痕迹。

车子很快就跑了几英里。我记得，那时候感觉这条僵硬的路似乎永无尽头。我拼命想记起这次“死亡之旅”到底持续了多长时间，但是我想不起来。那时，时间被打断了，变得毫无意义。当死亡紧贴着你，一心只怕摔倒、害怕德国人的子弹飞来，谁还顾得上计算时间呢？

在一本历史书中提及梅莱茨的毁灭，简短又不确切：“……从3月7日到9日，行动执行，伴随着明显的残忍与凶暴。大量犹太人被射杀在小镇的街道上和附近的飞机场里。剩余的犹太人……被驱逐到卢布林区附近不同的地方。”这位历史学家不清楚所谓的“行动”只有一天，也没能写出死亡的情景，更没有写出我们对死亡的恐惧。但是我不能怪他。历史记述要以事实为基础，没有多少资料能描绘出在1942年3月的那一天里真正的情景。只有我，还有一些在场的人，时而清晰、时而模糊地拾起我们的记忆。到底发生了什么事？多少人被杀？多少人被挑中送到苦役集中营？还有多少人被往东遣送？我们收藏的只有记忆碎片。我们每一个被集中到市场、押遣去贝尔得荷，最后还活下来的人，对那一天都有不同的记忆碎片；而那些监督驱逐行动和执行杀害任务的人，肯定希望彻底忘掉那一天。然而，至少有一个参与该事件的德国人20年后还能想到，他听参与驱逐行动的人说过，执行该“行动”的那帮人都“对喋血感到极度亢奋”。

从梅莱茨的驱逐和恐怖的死亡行程中幸存下来，我的时间概念完全被饥渴和唯恐被杀的念头取代。我们被押赶到离镇几英里外的飞机场，然后被赶进了机库。尽管经历了沿途杀戮，而且之前很多男人已被押送去苦役集中营，我们还剩下好几千人。坐在机库的地板上，我控制不住地哭了起来。母亲和父亲试图安抚我，但印象中我哭了很长时间——他们又能给我什么安慰呢？最后，眼泪流干了，我开始寻找亲友们：娥丝特、玛尔卡、费格姑妈，还有我的朋友托史卡、她的妈妈和姐姐。

人们在空旷昏暗的大机库里挤成一团。一家家的在地上或坐或站，就像身处一个恐怖的野餐聚会。父母搂抱着孩子，老年人在祈祷，幼童在哭叫，母亲们厉声叫唤年纪稍长的孩子们……其他人两眼空洞地呆望，或者皱紧眉头，好像要尽力弄明白他们在哪儿，为何落到这般田地。含糊不清的喧哗声充满整个机库。在我四处走动时，脚总是绊到地板上的孩子和包袱，人们的面孔在我眼前飘来飘去。

无论我用多大劲儿寻找，附近蜷缩在一起的人群里一张熟悉的脸都没看见。再怎么努力分辨，面对的还是一片模糊的灰黑色人群。好像我认识的人一个都没有，也没有一个人认识我。尽管我在他们身上乱爬、踩到他们的东西，他们也毫无反应，所有人在失去家以后，仿佛也失去了自我，失去了任何能让人辨认的东西。我开始变狂躁。有时我以为看到了一个熟悉的身影——托史卡纤细的身材或是娥丝特平直如线的直发——但当我踩踏着人群和行李包到她们身边时，却发现是陌生人。这些人是谁呀？我问自己。他们不可能从梅莱茨来，他们肯定是从别处来的。是不是所有来自梅莱茨的人都死了，在来的路上被杀了？我迷失在陌生人群里了。

惊慌之下，我往回走，忽然间我心里产生一丝恐惧：找到我的小家庭时他们还活着吗？在这个疯狂的世界，我熟悉的一切都失去了，我发疯似地寻找家人。当我找到坐在冰冷的地上的家人以后，依偎着他们坐下，看着他们的脸——这个陌生世界里唯一熟悉的脸庞。我坚信，除了家人外，每个我认识的梅莱茨人都已经死了，我再也不敢离开母亲身边了。

没人给我们发面包或水。我们开始慢慢地一小口一小口地吃随身携带的食品。我们融掉机库附近的雪当水喝。但是雪不解渴，只能用它来湿润我们干裂的嘴唇和口腔。雪很快就化光了，或是让人不小心踩成了泥浆。

在机库旁边挖出长长的沟，板条横搭在沟沿，就成了“厕所”。男男女女顾不上脸面和看守的监视目光，蹲在那里交谈，打听我们最终命运的消息或猜测。在德国人的眼里，恐怕这厕所的情景进一步证明了我们的本性是“劣等人种”。呆在机库这段时间，母亲决定，把她小心翼翼缝进大衣衬边里的美元毁掉。她认为如果德国人发现这些美元，我们会因为拥有“外国货币”而被杀掉。我们到“厕所”把挺括崭新的钞票撕成小碎片后，扔进发臭的沟。无论对她还是对我来说，我们要想活命显然就不能拥有这些钱。在那个时候，我并不觉得这个想法奇怪，只是现在回想起来才觉得怪怪的。这个插曲好像象征着我们对生死还有一定的决定权，还可以控制自己的命运。这完全是幻觉。其实如果我们保留了那些钞票，那年夏天还能派上用场。

过了大概一天，我们一家人一直在一起，让人似乎有了家的安全感。周围嗡嗡不断的话音和宿营地群居式的生活似乎成了日常的生活方式。渐渐地，饥肠辘辘，口渴难捱，睡在机库的地上，不冲洗也不换衣服，似乎成为每个人应有的命运。即使我们曾经有过一个家，睡的是床，那也是很久以前的事了，仅仅是一个还能记起的旧事。

一天，附近的铁路支道驶进一列火车。那是一部蒸汽机车，拖着长长一列运牲畜用的车厢。在大声吆喝和肆意击打下（这些已习以为常），住在机库的大部分人被赶上了这列车。人们在车厢里紧紧挤在一起，要是每个人都坐下来地方就不够。我们攥紧了剩下的少量食物。车厢小窗透入少许光线和空气。相比之下，机库称得上失落的天堂。在那儿，我们至少离梅莱茨近些，至少有空气可呼吸，有地方可走动。现在，整个世界萎缩成了一个装在车轮上的运畜车厢，它将把我们带去从未见过、也没听过的地方。饥渴把我折磨得精疲力竭，没问列车带我们去哪儿。现在最重要的，是怎样活到这个旅程的尽头。

时间再次失去了它的意义。列车偶尔动一动，但更多时候是一动不动，停在支道上。开始还能听到窗边大口吸气的声音，以及微弱的要水解渴的哀求，到最后只剩一片静寂，神志陷入昏迷：不再有人关心列车已经跑了多远，我们到了哪儿。在梅莱茨的生活、甚至在机库的生活都在恍惚中消失，显得那么不真实。眼前只有令人难以忍受的口渴。运畜车厢里一片昏暗，满载着身上发臭的“人货”前进。尽管在出发时已破坏和剥夺了我们作为活着的人的生命和身份标志，但我们还期盼着在旅程的尽头，能得到活下去的机会。我们中间，过去无论富裕还是贫穷，年轻还是年迈，好人还是坏人，老实人还是爱耍滑头的人，现在都只剩下一个心愿：活着到达下一站。

> 紧急——立即呈交——绝对机密
>
> 卢布林区行政长官，内务部
>
> 内容：清空从梅莱茨来的犹太人
>
> 3月11日，运送2000个从梅莱茨来的犹太人的车将会驶往最后终点帕尔切夫（Parczew）和缅济热茨（Międzyrzec）。两个终点站分别卸下1000个犹太人。3月12日，凌晨5:53，到达帕尔切夫……3月12日，中午12点，到达缅济热茨。
>
> ——摘自一封1942年3月10日的电报

一天晚上，我们到达了一个白雪覆盖的村庄。在一轮明月的映照下，房顶闪着亮光。这儿有一个火车站，肯定曾是一个较大的城镇，但是现在见不到一个人影。我们很快地被卸下车，然后被赶进了一座大房子里过夜。整座建筑漆黑一片，但谁也不在乎。我们早已疲惫不堪，进去后就瘫倒在了冰冷的地板上。我们不需要照明，也没有力气好奇打量这是什么建筑，我们被"吐"在哪个镇。这些不再重要。我们那么筋疲力尽，连为什么只剩这么少人都不想问——比出发上路要少了好几千人。我甚至都不害怕了——害怕也需要力气，我连害怕的力气都没有了。我睡着了。

第二天早上，我们被德国兵赶到了房子外面。那是阳光灿烂却又冷得离奇的一天。炫目的白雪像一块白毯子，盖住了视野中的景观。附近一个人影都没有，马路上空荡荡的。黑鸦鸦的人群在德国人的监视下再次排成长列，像一条巨大黑蟒，从白雪皑皑的镇子里出来，向着白茫茫的郊外蜿蜒爬去。但是，这次向未知目的地的行进有所不同。前几天在去贝尔得荷的路上，人们惶恐不安，一边在队伍里你挤我推，一边躲闪着德国人的拳头、枪托，甚至子弹。而现在，每个人都精力所剩无几，吃力地迈出每一步。结冰的道路又滑又不平，我们必须小心翼翼，避免失去平衡跌倒。

我记得沿途见不到什么村庄，不会有人从紧闭的窗户后窥看我们。我也记得在这条延伸到死寂空旷的远方的路上，看不见其他人影。我没看到农夫驾着雪橇去赶集市，也没看到女人们从一个村子去另一个村子串门走亲戚。那天，路上只有梅莱茨的犹太人、坐着雪橇佩枪的德国兵和他们的狗。只有德国兵知道要往哪儿去。

致卢布林内务部区域部门行政长官，人口与繁荣（部门）

关于：1000个犹太人的转送，目的地：帕尔切夫火车站

如我在电话中通知你的一样，运送品在1942年3月13日抵达了帕尔切夫（该列车终点站是海乌姆诺）。火车上的警察如此描述这次交接："在1942年3月13日晚上快到17:00的时候，1000个被转送的犹太人被帕尔切夫警察接收。1942年3月14日继续对他们（犹太人）遣送。200个犹太人被安置在索斯诺维茨（Sosnowice），800个犹太人被安置在弗沃达瓦（Włodawa）。运输过程中没有困难。"

——摘自一封日期为1942年3月18日的信

计算时间的方式改变了，从火车上漫长的不知终点的停停走走，变成了每一分钟、甚至每一秒钟都可能由一颗子弹或致命打击中断。我们

每踏落一步，并感觉还有力气再走一步，就意味着多活一会儿——尽管没有人知道这“一会儿”到底有多长。我们的队伍不像去贝尔得荷的路上那样喧哗，谁都没有力气说话了，嘴唇因干渴严重干裂。即使是德国人，可能是受到周遭白茫茫一片的影响，也不再那么活跃，叫嚷也少了些。寂静中，一些声音更刺耳：抽在马和人身上的皮鞭噼啪声，队伍前部或后部时不时响起的单发枪声。

那些不小心滑倒的，或是精疲力尽摔倒不能马上爬起来的人，都被就地枪杀。还有一些看样子力气已快用尽，或是已经知道无法掌握自己命运的人，觉得起码应该由自己决定死亡。于是，一些男人和女人途中跨出黑鸦鸦的队列，走到路旁的雪堆边静静地坐下来，等着德国人走过去把他们杀掉。其中有老人，有带着婴儿的年轻女人，也有小孩，默默无语地走入茫茫旷野中的大墓地。德国士兵们“恪尽职守”，杀得有条不紊，很有效率。我也想过加入那些等死的人群，因为实在走不动了，哪怕让我的脚歇息片刻也好啊。但是，父亲好像觉察到了我的念头，紧紧拉住我的手。随着时间的推移，越来越多人离开了长长的队伍，路两旁很快就堆满了被射杀倒下的扭曲的尸体。白雪贪婪地吞噬着他们鲜红的血液，转眼间，路两旁的雪地在阳光下不再反射耀眼的白光，变成红色或粉红色的。黑鸦鸦的队伍继续走向白茫茫的远方，长长的队伍后面，一路留下了丢弃的行李，像一簇簇从雪里冒出的奇形怪状的花。

母亲、姐姐和琵琵表姐机械地默默迈着脚步，而父亲却好像找回了一些力气，不时提醒我们避开途中的致命危险。他似乎恢复到了从前的那个父亲，指导我们既不要走在队伍前头也不要落在队伍后面，以免引起德国人注意；还有，得避免走在队伍的两边，要是无意中被挤出长列，德国人会以为我们是到路旁去等死。“最重要的是，”他警告我们，“不要摔跤或绊倒。任何时候都要留心脚下，小心冰滑。”他时而搀扶妈妈的手臂，时而拖住我的手，不断地小声鼓励我们每个人。“再走一步，”他说，“再一步，再一步。”他能做的，也只剩下尽力用话语给我们鼓劲了。

长长的队伍缓慢地穿过死寂苍白的郊外后，队伍当中我们200个人被分出来赶上一条通往索斯诺维茨的岔路，走向这个茂密树林边上的小村庄。太阳下山时我们到达了目的地。被赶着连走带跑地从帕尔切夫到这儿的18英里[①]路程，只用了不到10个小时。这已经是我们被赶出家后的第六天了，忍受寒冷饥渴的六天，充满恐怖和杀戳的六天。另外800个从梅莱茨来的犹太人走了七天才到达弗沃达瓦，据电报记载，他们在3月15日晚上6点半到达。所以我们这200个人算是幸运的了。

德国人选弗沃达瓦、索斯诺维茨、拉曾和赫鲁别舒夫作为遣送梅莱茨犹太人的终点站，是因为它们都邻近索比堡。那个地方终极毁灭的准备工作已近完成：索比堡建了三个新的毒气室，与贝乌热茨一样。

克拉科夫市主管“人口与繁荣”部门的A.D.让格格尔少校在3月13日十分愉快地报告：梅莱茨“行动”，即全部梅莱茨犹太人抵达他们的终点站，会在三天后的星期一完成，精确时间为下午1时12分。他没有说，也没有必要说，那些不能在精确预定时间内到达的迟到者，必须被处决。负责运送任务的何曼·何夫勒[②]办事效率让德国人敬佩。1942年3月16日下午，在他那间有“恐怖营房”之称的卢布林办公室，何夫勒生硬地宣布：被送往贝乌热茨的犹太人将永远不会返回波兰总政府辖地。这话不假。到了秋天，那些犹太人突然间完全消失，所有他们

① 近29公里。

② 何曼·何夫勒，Hermann Höfle。

曾存在过的痕迹也荡然无存。我们得知谁是死是活，已经是很久以后的事了。战争结束很久以后，还常常听到很多传闻：说在某个地方看见了谁，或是在另一个地方的某人听说过这个人的消息。虽然渺茫，仍在期待，希望有亲戚，甚至哪怕仅仅是认识的人，能历尽千难万险地活下来，还在世界某个遥远的角落里平安地生活。但是，这一切都是幻想，不久之后，这最后的幻想也破灭了。从死亡行军的辗转中幸存下来的梅莱茨犹太人，大部分都在1942年7月被转运到卢布林地区，然后被后备警察民兵组成的“预备警察101营”熟练地杀掉。

1994年2月

10月份，一夜之间大堆的柿子出现在了耶路撒冷的市场和果蔬摊上。它们饱满、柔软，色泽鲜艳。早在15年前这里就有柿子卖。每个冬天都是吃柿子的季节。在阴霾笼罩的2月底，耶路撒冷——我现在住的地方，柿子的价格就会猛涨。然后，在3月的某个时间，市场上柿子忽然消失，就像它出现时一样突然。我不认为柿子的出现理所当然，也许因为我对人或物可能会突然消失有深刻感受。正因如此，整个冬天我都吃柿子。内心深处，总感觉这些有可能是我能看到的最后的柿子。

新鲜的柿子有着不同寻常的口感，颜色也特别，红红的，或者是橘色搀一点米黄色，扁圆形，矮墩墩的。每次看到柿子都让我有新鲜感。它不像任何一种我孩童时认识的水果。那时候，我们有红色的草莓、瓜瓤红里透粉的西瓜、红绿相间的苹果、淡黄色的梨和深蓝色的南方越橘……它们都有容易辨识的颜色，却没有柿子那种难以言说的味道和颜色。

我小时候没见过柿子——在孩子心里，以为世界就是那样，生活不会变样。在我的童年，连橙子、香蕉和菠萝都被视为很高档的食物，菠萝更是难得一见，大概每年就只能吃上一次。如今到了耶路撒冷，这些水果却是城市景观的组成部分。我沿着加沙街上行，来到杨好的蔬果摊。我惊叹不已地盯着码放整齐、颜色丰富、形状各异的水果，感觉自己在这儿也是个外国人，哪怕这怪异的感觉只是我身心的一种自然反应。

穿着宽松裙子的老妇人、穿着紧身长裤有点举止粗野而充满自信的年轻母亲，把深紫色的葡萄、闪亮的橙子还有柔软的橘子塞进她们的塑料袋，她们丝毫不担心杨好和他成堆的柿子明年10月还会不会在这儿出现。杨好也不怀疑这点。他有点斗鸡眼，帽檐总是压得很低，遮住前额。他站在柜台后面连秤带装，忙个不停。他的四个弟弟负责把蔬菜和水果装好箱，然后由小伙子踩着脚踏车冲下加沙街去送货，毫不在意街上拥挤的交通。杨好，蔬果店的老板，在这儿已经差不多40年了。这么长的时间足够让他看着年轻女子变成坏脾气的老太太。他曾经是身无分文的难民，后来成了富人。他还目睹了这个社区的改变——新富起来的年轻夫妇搬到这个地段，代替了原是德国难民、现在日渐年迈的居民。在这过程中，杨好是一个常数，多年来一直站在柜台后秤啊装的，但我还是担心柿子和杨好如同梦里的景象，某一天会一起消失无踪，仿佛从没存在过一样。我的世界充满变数，不可能把任何事物视为理所当然。像一个旅行者到了陌生地带，周遭的景致都很陌生，我也不知身在何处。

耶路撒冷是一座石城。她矗立在坚固的岩石上。当有下水道或水管需要维修时，工人们要带上重型机器，以备必要时钻穿有名的耶路撒冷岩层。在耶路撒冷，建筑物都是用耶路撒冷岩石建成的。每块石头都是由阿拉伯石匠耐心仔细地用锤子凿出适用的形状。阿拉伯工匠坐在布篷下工作，满脸满身白色灰尘，身边堆满石块。所有曾经涉足或称霸这个城市的人——以色列人、拜占庭基督徒、十字军、土耳其人还有英国人——都用石块建筑房子。

我沿着玛米拉[①]区向下走到雅法古城门[②]。为了给新建时尚的石砌建筑让位，路边的一些老房子正在拆除，房子摇摇欲坠，有的墙已经倒塌，露出了夹在厚厚的内、外墙之间整齐码放的碎石头。玛米拉区的房子是在土耳其奥图曼时期建的。但是，旧房墙的大石块很快也会被风化成小石头，然后变成碎石和尘土。

穿过雅法门右转，就到了亚美尼亚分区[③]。这个陌生古城的气味和声音包裹着我，勾画出历久弥新的古城生活场景：驮着重担、眼里充满悲哀的驴子，一队队随时准备用照相机捕捉独特景象的游客，阿拉伯人购物者，犹太人购物者，都沿着大卫街往下走，追踪着新磨的咖啡味、各种烹饪调料的味，以及夹杂其中的新鲜水果蔬菜芳香，一路走到市场。两千多年前留下来的残垣沉默不语。尽管墙顶的石头很久以前就掉落滚到别处去了，墙身仍然矗立，墙体里面的石头依旧一层层严丝合缝堆砌。我现在脚下踩的碎石和尘土，也许曾经是某人的房子，所以，我尽力轻手轻脚地踏在这些尘土上。自从到了这个地方，我领悟到甚至连岩石也不是永恒的。

我搬到耶路撒冷时带来了一幅画，那是我小时候过犹太“住棚节”[④]时挂在棚里的一幅装饰画。画里的耶路撒冷不是用石头造的，悬挂在

---

① 玛米拉：Mamilla，耶路撒冷古城外一区。

② 雅法古城门：Yaffa Gate，耶路撒冷古城城门之一。

③ 亚美尼亚分区：Armenian Quarter，耶路撒冷古城内按象限方向分的四个区（犹太区、亚美尼亚区、基督教区和穆斯林区）之一。

④ 住棚节：Feast of Tabernacles 或 Succot，是一个在夏末秋初庆祝的为期七天的犹太节日。

天堂与人世中间：房子一层又一层重重叠叠，高大整齐的石头房子像常青藤似的顺着山势往上爬满山坡，覆盖住山顶。图画里的耶路撒冷没有树，没有街道，也没有人。一道围墙环绕着山。图画里的耶路撒冷不是现实中这座居住着充满生机、爱、快乐和忧伤的人的城市。我所认识或听说过的梅莱茨人没有一个在耶路撒冷住过。对我来说，耶路撒冷是犹太圣殿曾经屹立的地方，是所罗门王审判纷争的地方，是虔诚的人们到不复存在的圣殿的遗墙前饮泣的地方。所以，耶路撒冷不像一座真实的城市，即使住棚节图画上的耶路撒冷没有躲在窗后的脸，没有人行道和街道上玩耍的孩子们，没有鸟儿可以临枝高唱的树木，我也觉得很正常。

耶路撒冷在锡安。锡安和耶路撒冷不是一回事。父亲有一首歌开头是这样的："锡安，在绿油油的田野里，在那里放牧羊群……"我童年心目中的锡安是明亮的、充满阳光的，田野都是绿色的，小羊羔都是白白的、毛茸茸的、圆乎乎的。在我童年心目中的锡安里，那些阳光普照、一片青翠的田野旁边，就是耶路撒冷，悬挂在天堂与人世之间。我之所以来耶路撒冷，也许是因为那幅图画，也许是因为父亲的歌，当然，也许两样都不是，我只想了却一份心愿。

我一边品尝新鲜的柿子，一边望着抹去了岁月痕迹的石头：有些建成了新房子，有些变成了我现在踏在脚下的尘土。身处此地，我的心却未融入：当我走在阳光灿烂、喧闹的街道上，却感觉仍在冰雪与死亡的野外行走——在那儿，不再听得到父亲的锡安之歌，童年时拥有的耶路撒冷之画也早被撕成碎片。

第二章　死亡之旅

……从此她不再崇拜父亲……他们伤害她时他却没能制止……

从此她不再是一个完整的人，不再与我们亲如姐妹。某种悲悯心已逝，某种心灵的颤动对她来说也不再可能。

——J. M. 库切，《等待野蛮人》①

索斯诺维茨，去索比堡途中的一个村庄，地图上一个微不足道的小点。那里只有两排低矮简陋的苫背草房。那地方穷得连马铃薯也成了奢侈品。村子里的人把马铃薯汤叫做“巧克力汤”，也许是因为煮出来的汤是棕色的，更有可能是村民们从来都没有吃过巧克力，只听说过巧克力味美。按计划我们被安置在索斯诺维茨。从这个村子逃出去是不可能的。

人口与繁荣（部门），行政区，海乌姆诺镇

关于：2000个梅莱茨镇犹太人

……我恳请你们，当那些犹太人到达终点站时，办理接收

① J. M. 库切，《等待野蛮人》：J. M. Coetzee，*Waiting for the Barbarians*。

> 后，你们要保证把他们带到预先选定的地方。绝对不能再发生类似以前发生的情况：犹太人到达后缺乏监管，结果他们四散消失到郊外各地。
>
> ——摘自一封日期为1942年1月9日的信

实际上，“四散消失”是不可能的。目所能及的只有白雪皑皑的原野和令人生畏的森林，看不见任何村子和人烟。

接下来差不多两个月的时间，我们就住在一个老鳏夫单薄简陋的房子里。房子共有一间厨房和一个房间。老鳏夫睡在厨房里，我们一家五口就挤在房间里。房子是用板搭成的，木板之间的大裂缝使得室内外几乎一样冷。当气温降到摄氏零下40度或更冷的时候，牲口棚里的山羊和鸡群也被赶到房子里。刺鼻的动物气味和很久没有洗浴的众人身上散发的味道混在一起。我们摸黑走动时必须格外小心，以免踩到动物的排泄物上。房子里的老鼠个头像小猫一样大，估计饿到忍无可忍的地步了，整夜在低矮的天花顶板之间窜跳，打算够到悬在屋椽上装食物的枕头袋。房子的外屋早就拆了用来补板缝或当柴烧。

尽管一贫如洗，不过也许正因落到这步田地了，索斯诺维茨的犹太人仍然顽强地保持他们的宗教习惯，好像从未质疑过为何命运不济。每天破晓之前，这位和我们分用他的简陋房子、虽处在险地却依然心地善良的老鳏夫就会起床。他先用水淋洗他的手指，按犹太《圣经》里的要求把装有上帝名字的两个经文小皮盒子①分别戴到头上、缠在手臂上，然后开始诵读晨祷经文。他祈祷的喃喃细语，还有不时的深深叹息声，总把我唤醒。山羊在角落里打瞌睡，鸡群在他脚边啄着看不见的谷物。

① 经文小皮盒子：phylacteries，13岁以上的信教犹太男子早上祈祷时佩戴。

他祈祷得持久而充满热忱，对刺骨的寒冷也浑然不觉。

即便我们这些不请自到的客人使老人为难，但他也从没说过什么。事实上，他很少和我们说话，既很少表示不满，也不表示同情。我的脚严重冻伤了，现在更是肿得不行，只能一瘸一拐地走路，他也没露出什么怜悯之情，既没询问我的状况，也没有提出要帮忙。他把我们当成他被迫接受的生活的一部分，把唯一的房间让给了我们住。他没有质疑命运，没有问为什么事情是现在这个样子、为什么村子里到处都是德国人、为什么犹太人从不知名的地方都被赶到这儿来。

他还没出嫁的年轻女儿们就不一样——也许她们是他的女儿，也许只是亲戚，我们到最后也没弄清楚。她们总在下午来我们这儿。这些乡村女孩们双颊红润，体格健壮，在陌生人面前一点也不羞涩。进房间坐下来后，拿出手织活就干，一副自然、舒适的样子。她们织的图案实在又精美又别致，我们的赞叹更令她们陶醉。老人一个人在厨房里祈祷或喃喃自语，小房间里的十个、有时候甚至十二个人，就挤在一起取暖，津津有味地听女孩们谈论索斯诺维茨的家长里短。

德国人没有在村子里驻军，但没忘记这里有犹太人。他们定期出现，残暴地把犹太男人毒打一顿，或是把他们的胡子刮掉。从房子裂缝中，我窥视到犹太男人遭受折磨时一声不吭地承受着痛苦和凌辱，受不了就倒在地上。德国人从施暴中找乐子，受害人的逆来顺受也带给他们极大的快感。然后，德国人聒噪大笑着乘雪橇离去。他们一离开，房东老人就会从他躲藏的某个地方重新出现在厨房里。

不知道是因为脚痛，还是饥寒已经把我所剩无几的精力完全熬干，我记得自己这时变得出奇的平静，对身边发生的事情毫无反应。在踏上押遣之途之前，我什么都问，聆听每个人的议论，为家人和我的朋友托史卡担心。等到了索斯诺维茨已经麻木，我几乎没发觉吕文姑父一家和我们走散了。我隐隐感到托史卡已经永远地失踪了。我们认识的梅莱茨人好像一个都没到达索斯诺维茨。

1942年的“逾越节”[①]来得早，4月的第一周就到了。尽管天气已经暖和一点了，雪还没有完全融掉。老人已经收拾好他破烂不堪的房子，打算过逾越节，仿佛对德国人和危险视而不见。节日前，他和已出嫁的女儿们用了一周时间洗刷、清洁房子，还烘制了一打左右在逾越节期间当面包吃的死面饼——“马扎饼”。因为没处可买肥皂，每家人只好在清洁之前用碱液和猪油熬制肥皂。在熬制工序的最后一步，肥皂开始成型的时候，老人准是走神了，把热融的皂液泼洒到了炉灶上。那可是一个严重的大过失：依照犹太宗教律法，猪油已使炉灶变得不洁净，所有逾越节煮食的准备工作必须立刻停止。为了使炉灶重新洁净可用，我们必须搜集足够的木柴，把炉灶烧到发红，让猪油挥发干净。在没搜集到足够的木柴洁净炉灶之前的日子里，我们都得挨饿，而在那几天，寒冷的天气又降温了。

与此同时，母亲和父亲把时间和精力都投入到寻找烤制马扎饼用的面粉，以及其他用于逾越节的食物上。父亲颇为自豪，他想方设法请面包师为我们烤满了一枕套的马扎饼。他把马扎饼悬挂在房梁上。于是，在节日结束前，他每夜都得起来，驱赶耗子。而耗子只有在他站起来守卫时才稍微收敛，因为它们比我们更饥饿。父亲一回到床上睡下，它们又开始活蹦乱跳去抓吊在房梁上的食物。母亲煮了几坛甜菜汁，沿墙码放。可是，我们打开最后一坛时，发现一只死耗子浸在菜汁里，实

① 逾越节：Pesach 或 Passover，犹太教一个重要节日，纪念犹太先知摩西率领犹太人摆脱古埃及的奴役并成为一个自由民族，重归以色列故土。根据犹太圣经《托拉》，节日必须在每年春天时候庆祝。由于这个节日里必须吃不发酵饼，传统做法是要清洁厨房和常用厨具、餐具，以保证没有酵素沾到逾越节食物。

在令人作呕。那一年，我们没有“赛得而宴”[①]。赛得而宴是逾越节特有的餐宴，需要用特定的食物。可是，我们既没有红酒，也没有苹果和果仁，以及山葵和青菜。在索斯诺维茨，连一种能用来纪念以色列人出埃及、脱离奴隶生活的象征食物都找不到。也就是说，我们现在的境况比当年法老的奴隶情形更糟，还能庆贺什么3000多年前脱离奴隶生活了呢？连希望活到来年几乎都是奢望时，我们又如何诵出“赛得而宴”充满希望的祷告结束语——“下一年在耶路撒冷”呢？在1942年，我们没有赛得而宴，我再次庆祝赛得而宴是4年以后的事了。1942年那个遵循宗教律法却没有赛得而宴的逾越节，是我们全家人一起过的最后一个逾越节，也是父亲在世上过的最后一个逾越节。当时，他锲而不舍地保护食物免受耗子侵袭，母亲则为那坛被耗子糟蹋了的甜菜汁落泪。从那以后，这些充满痛苦的回忆令我难以感受逾越节带来的喜悦。我们，有着悠久传统的犹太人，依靠传统的仪式，哪怕像我们一家和老人这样素不相识的人，也能共享节日……几千年来凝聚我们的这一切犹太传统，就这样消失，逐渐成为回忆。

吕文姑父和他的家人，像其他“犹太政务会”成员家庭一样，没有被押遣。他们被安排去了大拉多梅希尔（Radomysl Wielki），无疑那是花了许多钱从德国人那儿买来的机会。我在很多年后从另一位大拉多梅希尔的幸存者那儿获知，在1942年，钱还可以买到死刑的缓期执行。偏僻的索斯诺维茨没有邮局，我不知道吕文姑父是怎样联系上我们的。在逾越节过后几周的一天，春天悄悄来临时，我家的波兰朋友、拿了妈妈一些首饰的科尔潘托娃出现了。她紧张、焦躁，甚至可以说十分害怕。

---

① 赛得而宴：Seder，为期八天的逾越节第一个晚上充满仪式的盛宴，包括吃指定的苦味菜、读逾越节故事、吃不发酵饼。

即便如此，她在这个荒凉的地方还保持着发号施令的姿态。她又高又瘦，稀疏的白发被紧紧地拉到后脑勺打成一个小髻，俯视着围到她的马车跟前的村民。吕文姑父派她来接走我们家中一个人。对她来说，是哪个人并不重要。没有时间考虑了，她催促道，火车要准点开走的。最后决定带我走，因为我的长相最不像犹太人，而且说得一口流利的波兰话。

没有依依不舍，我登上了科尔潘托娃的马车，跟她向着帕切夫火车站扬鞭奔去。直到今天，我还为当时对我家人的命运如此漠不关心感到无地自容。帕切夫的火车站就是两个月前我们被押送到索斯诺维茨的火车站。我离开索斯诺维茨时，内心既没有内疚也没有悲伤，因为我非常明白，留在那里只有死路一条。我不记得那时候是否已经听说过索比堡。不过，马伊达内克（Majdanek）的发生的恐怖事件已在我们中间广泛流传，母亲坚信我们最终会全部被送进集中营。吕文姑父也许为这次营救付了很多钱，不过妈妈也曾给过科尔潘托娃很多珠宝。我必须讲明白：在救了我之后，那一年再晚一些的日子里，尽管科尔潘托娃已经不打算拯救任何人了，但当时她冒着极大的危险，在救我之后又跑了四次，把我留在索斯诺维茨的家人全部接到了大拉多梅希尔。

时至今日，我仿佛还能看见索斯诺维茨，一个坐落在黑鸦鸦的茂密森林边缘上的小村庄，而那片黑鸦鸦的森林正是传说中武装抗敌游击队的藏身之地。我还能看见，一条公路横穿索斯诺维茨，公路两侧分布着两排低矮的棚屋，屋顶上铺盖着麦秸。最尽头的棚屋与远处的森林之间是一块平坦的空地，既没有树也没有灌木丛，一片荒凉。在索斯诺维茨的两个月里，我总是望着那片森林，既向往又害怕。我曾傻傻地以为我们可以逃到那片森林里，德国人肯定没有办法在那片浓密的树林中找到我们。我幻想林子里的游击队会接应我们，为我们提供藏身之所，还有食物。然后，他们会传授关于森林的知识，教我们如何在森林里生存。

与此同时，我又害怕森林，因为我知道饥饿的狼群和野兽正在丛林深处的阴影里等待着我们。以前，为了吓唬我（这从来都不是什么难事），娥丝特表姐总在我面前谈狼群怎样袭击人类、尤其是小孩子，如何把他们的身体拖进洞穴，然后慢慢享用他们的内脏。

最终，哪怕雪融化了，我也从来没敢冒险进过索斯诺维茨村外的森林。事实上，我很少离开我们住的那座小屋。外面无尽的荒凉使我感到自己渺小和脆弱，而我们拥挤的小房间里人来人往，加上年轻姑娘们每天下午都带着手织活过来，更像理想的避难所。

大拉多梅希尔的夏天阳光灿烂，也很安静。它是一个离梅莱茨不远的小镇。它到底有多小，我不知道，因为我从来都不会远离我们一家五口住下来的小房子。我对大拉多梅希尔、它的集市，以及谁住在市场周遭的房子里，一点兴趣都没有，因为我知道这儿只是我们继续被遣送的一个中转站。我们家和吕文姑父家同住一座房子，各占一个房间，娥丝特表姐和我每天就坐在房前看人们在集市里忙活：用水泵汲水，买一角面包，或和农民为一个鸡蛋、一些牛油讨价还价。那年夏天我们没有像过去那样吵架。我们都很忧郁，也没有什么要聊的。有时，我会想起托史卡——我知道再也见不到她了。有时，我想念我的亲戚们：丽比卡[①]姨婆和她的女儿们，史米-都伟[②]，小哈依姆-扬科[③]和他的妈妈哈娃[④]——他们曾住在梅莱茨小市场附近，一夜之间踪影全无。

---

① 丽比卡：Rivke，犹太女子名。

② 史米-都伟：Shime-Duvid，犹太男子名。

③ 哈依姆-扬科：Hayim-Yankel，犹太男子名。

④ 哈娃：Hava，《圣经》中人物夏娃的希伯来文发音。女子名。

我也曾想起梅莱茨，那么近又那么遥远，好像在另一个国度里。我们在梅莱茨的家，拥挤的房间，还有镇上的路，集市……在那儿的生活，那儿的景象已经属于很久以前的过去，我现在只能模模糊糊地记起。有时候我告诉娥丝特我在飞机库、在火车上、在索斯诺维茨的经历，但她只是木然地看着我，默默点头并不搭话。她不再像过去那样总是说个不停，擦她黄黄的牙。难得开口说话的时候，声音也不再刺耳。娥丝特好像游离了周围的这个世界。她躲进自己的世界里，离群索居，不想、也不再给我讲述这个新世界里的种种奇怪事物。大人们也不再争吵，全家人似乎达成默契——暂时放下分歧和争议。一份不习惯的寂静充满了整个家庭。我那时并不知道我现在所明白的，那就是：我们都知道下一轮驱逐很快就会发生，我们在等待。

汉斯·法兰克[①]，德控波兰总政府总督，在1942年6月18日与德国警察举行的会议上说：

> 犹太人问题需要一个决策。十分需要运送工具，但是接下来的两周都不会有可用的火车。以后务必要让更多火车为我们所用。必须完成最后一步，清除有产犹太人。

不像大人们，我对吕文姑父还是充满信心。他不是成功救过他的家人一次吗？他不是把我们从索斯诺维茨带回来了吗？我那时候什么都不知道，但我父母亲肯定知道姑父和德国人还维持着关系。附近一家布马与勒师[②]筑路公司需要劳工，为此而建的斯兰卡-贝尔得荷苦

① 汉斯·法兰克：Hans Frank（1900－1946），纽伦堡审判后即被判刑绞死。

② 布马与勒师：Baeumer and Loesch，两个德国人姓氏，此处为一个苦役集中营名字。

役集中营[1]（Cyranka-Berdechow Labor Camp）已经就绪。今天看来不可思议：这个苦役集中营是犹太人用他们自己的钱建的。娥丝特表姐的姐姐玛卡，初夏起就在那里工作了。吕文姑父原来希望能在下一次押送之前，把他的家人、甚至我们一家子都带进那里。但是，他可能已没有足够的钱去疏通了。还有一种可能，人们都希望德国人会忽视大拉多梅希尔的存在，忘掉它、忘掉在那儿的犹太人，于是我们干等着。

那段日子里，大拉多梅希尔的阳光晒得人昏昏欲睡，无所事事时，我被鸟儿自由自在的生活情景深深吸引。

入夏后，每天清晨我都会观察集市周围大树枝头的鸟儿们。太阳冉冉升起，第一抹阳光把集市广场的远端染成紫色，鸟儿们就开始吱吱地歌唱。我会睁开眼，小心翼翼地爬着绕过睡在地板上的人，踮着脚悄悄地走到敞开的窗户前。最初，只能听见树叶簌簌作响，间杂着一两声音质纯净的鸣叫。等到我的眼睛适应了紫色的曙光，就可以看到一两只、三五只或成打的鸟儿，在枝叶丛中纵跃，招呼着同伴。

天空慢慢变成橙色，鸟儿们仿佛收到只有它们才知道的秘密信号，一起飞离了树枝。在广场上空开始优雅地展翅盘旋。有时，聚在一起的鸟儿恐怕有几百只之多，在橘色的晨曦里振翅飞舞，好像是为了显示它们的飞行能力。我站在窗口，觉得鸟儿们正在为我表演一场神奇的空中舞蹈，飞出奇妙的花样：时而靠拢在一起、时而扇形散开，时分时聚。等到"晨操"结束，鸟儿便飞到房檐上，一边梳洗，一边和同伴聊天。

这时，天空已从橘色变成了粉红色。在太阳第一轮耀眼的光芒中，集市广场周边房子的阴影消退在巷道里。鸟儿们不再当表演者，而是从

---

① 苦役集中营：labor camp，能工作的犹太人被抓起来成为无偿劳力。纳粹德国 在"二战"中建有三种集中营：苦役集中营、集中营、死亡集中营。

栖息的高处俯瞰早起的人们：开门、关门，用水泵汲水。鸟儿们纤细的啾啾声变得不清晰了，淹没在男男女女清喉咙、咳嗽吐痰的声音，水桶相碰、婴儿啼哭、锅瓢撞击的声音，以及远处农夫驾着马车向城镇辘辘而来的声音里。集市醒过来了，鸟儿们结束了精彩的表演，飞散四处了。我从窗前转过身来，开始另一天的等待。

8月里一个早上，情况变了。我一醒来就知道了：每个人都和衣而卧，床单结角打成的包裹堆满房间。母亲把她的格子大衣也仔细折叠好了放在身旁。屋外好像没有什么两样，鸟儿们在渐渐发亮的天空里开始它们的晨唱。树叶瑟瑟作响处，鸟儿飞离枝头。慢慢地，破晓时的黑暗消失，鸟儿们也完成了飞翔“晨操”，回到了屋檐休憩。但是接下来，没有开门关门的声音，也没有水桶相碰的声音。小镇好像还在沉睡。突然间，寂静被刺耳的摩托车声浪击碎，随之而来的是四下里人们充满恐惧的呼叫声。对住在大拉多梅希尔及附近村庄的犹太人驱逐行动开始了。

这次驱逐程序跟梅莱茨的驱逐行动大致一样，但也有不同之处。镇上以及周边地方的犹太人，像牲畜一样被再次驱赶到集市广场上。在梅莱茨，这样集合完毕就开始死亡旅途了，而在大拉多梅希尔，拥挤的人群站在广场上，还要被迫目睹搜捕躲藏的犹太人的“清洗”行动。

中午，烈日当空，我们站在广场上，被迫观看一幕幕在我们眼前上演的令人毛骨悚然的悲剧。不过起码这时的我们只是观看者，不是剧中人。那些大声尖叫、样子疯狂的男人们满脸是血，绕着广场拼命跑，他们知道一旦倒下就活不了了。婴儿被从窗户中抛出摔在灰色的石头地上，发出一声闷响。越来越多躲起来的人被搜出，枪声也在市场后面的小巷里响起。被搜出的人们像受惊的动物，东一头西一头地狂奔，试图躲过德国兵的子弹。他们刺耳的尖叫声在广场和小巷中回荡。墙壁被推倒，门板被砸破。最终，等到一切声音静下来，我们这些站在广场上的人便从参观者成了剧中人。我们被命令排成直线并开始报数。每到第十个人，就会把这个人拉出去杀掉。3月时，在冰封的道路上我曾感到过死亡的逼近：一分钟内，决定一个人活着，还是不复存在。现在，夏天火辣辣的太阳拖着长长的倒影慢慢西沉时，死亡再一次逼近。死亡说来就来，随时可以拿走我们的生命，所以才可怕至极。报数在毫不留情、有条不紊地继续，那些被拖出去杀掉的人站立的地方并没有留下一个空位，一点能够证明他们某天曾在大拉多梅希尔广场站过的标记也没有。

白天快要结束了，我们这些幸存下来的人被匆忙赶出城镇，再次踏上目的地不明的旅途。我的视线难以从那些四肢摊开倒在地上的黑影上移开。大屠杀过后，殷红色的血已经在灰色的鹅卵石上干涸成难看的棕色。我们离开村子后，一阵凉爽的晚风带来远处教堂的钟声，平静的教堂钟声里夹杂着令人心惊的枪声。路两旁牧场里不时有牛群徘徊，但我害怕得连它们都不敢看。又一次，最要紧的是要走在人群中间，而不能因分神走到队列外边，打在队列外边的子弹肯定不会落空。另一件重要的事，不要去感觉饥渴，不要去注意酸痛的脚。脑子里涌出一堆零零碎碎的念头：夜里鸟儿们会回到树上吗？娥丝特表姐还活着吗？这是最后一站呢，还是有更多的在后头？会有明天吗？我们现在仅仅是因为碰巧暂时幸存下来的。我们步履蹒跚、不知终点地行进。

终于，我们到达登比察（Dębica）犹太隔离区。这一带城镇和农村所有的犹太人都集中在这里了。一个熟悉的模式再次重现：持续进行的筛选、杀戮和遣送，家庭支离破碎。到了晚上，火车会驶向奥斯威辛[①]

① 奥斯威辛：Auschwitz，最大的纳粹集中营和死亡集中营，在波兰境内。据统计，所有被纳粹杀害的犹太人当中有六分之一是在奥斯威辛被毒气杀害的。

方向（奥斯威辛对我们来说已经不再是什么秘密了），我们和其他侥幸留下来的陌生的犹太人在一起。我们一家五口还在一起，但我们非常清楚：生路已经到了尽头，好运气也一样。

我们分到了一座简陋肮脏房子里的一个单间。我们还能感受到以前的住客逗留过的痕迹：最后一餐后没来得及洗的碗碟，冷灶上一只锅，桶里还有一些水。那些住客很可能已经死在奥斯威辛了。我不再去猜测谁曾在这儿逗留过而现在却了无踪影，我们的神经已经麻木。

将近三个月里，我们就住在这个害虫横行的污秽地方，一个没有窗户、到处渗漏的破棚子里。精力充沛的蟑螂为了面包屑横冲直撞，夜间耗子四处乱窜。登比察犹太隔离区是从镇上原本最穷、最旧的区域中划出来的。它的一堵界墙就在我们住的破棚子旁边，墙的另一面是镇上的集市。吕文姑父一家住在一栋石砌楼房里，那样的楼房在隔离区内只有寥寥几栋。他现在成了“隔离区犹太政务会”的成员，还是一个重要的人物。绝大部分在围墙内的人，都寄居在像我们住的那种破房子里。饥病交加，衣食无着，感觉到将要来临的筛选、遣送，感觉到最后的日子近在咫尺，一派恐慌、猜忌的气氛，人们开始互相偷盗、争斗。

我们一家人也变得疏远起来。好像是为了准备应对不可避免的命运，我们开始拉开彼此间的距离。每个人都各自想方设法，准备应付下一个也许是最后的致命一击。琵琵表姐在隔离区外一个德国军人办公室上班。她不断地安慰自己，认为下个驱逐行动来临的时候，那里将是个安全的地方，她的“德国人”会救她一命。然而，她谈得越多，我们就越觉得厄运难逃。姐姐患伤寒，很虚弱，也很少说话。母亲像跌进了无动于衷的麻木状态，除了照顾和守护姐姐，不让她被送进“医院”之外，什么也没法干。一旦进了“医院”，姐姐就只有死路一条。在这种“医院”里，病人不会痊愈出院，还经常有病人会被拖出去枪杀掉，腾出地方给新到的病人。姐姐病的那段时间，我们成天害怕那些被德国人挑出来当“犹太警察”的人，担心他们会把姐姐的病情汇报上去。

当我们每个人都躲到自己的世界里，避开其他人，甚至包括避开父亲的时候，只有父亲看上去精神还没垮，还在关心着我们的生存状况。当然，很久以前他已经停止唱歌了。从破晓到夜幕降临，他都在伐木厂扛木板，但是每天晚上回来时，见到我在隔离区门口附近等他，他总会对我微笑。他总能变魔术似地带回一丁点儿食物：一个蔫了的苹果，面包皮，或者一根胡萝卜。他递给我，我一下子就吃掉了，根本没想过要和妈妈或姐姐分享。从索斯诺维茨起，饥饿让我变得贪婪和自私。晚上，父亲总要杀耗子。他的行为并不含什么憎恶的成分。事实上，当我躲在桌子上欣赏那令人作呕的精彩杀戮场面时，父亲看上去顶多有点幸灾乐祸。他从什么地方弄来了一把斧头。耗子们出现的时间很有规律，就像想自杀似地前赴后继。它们一出现，父亲就挥起他的武器，最后把血淋淋的死耗子扔到围墙另一边的波兰面包房门前。这时温和的父亲变成了凶狠的刽子手，即使杀不胜杀，他也决心肃清登比察的耗子。我们憎恨那个面包房。它一天到晚散发出我们可望不可及的新鲜烤面包香味，让我们备受煎熬。把死耗子扔到它门前，是我们一种小小的报复。

到达登比察后，我热衷于一项疯狂的活动。主要任务是每天到施粥所，在它开门之前，凭借我瘦小灵活的身手与其他女人周旋，挤到第一排。施粥所在一个地库里，人群不断地从相反方向涌入，把到手的一锅汤端出房子可不是儿戏。尽管那些汤又稀又没有味道，偶尔才见到马铃薯碎块或一小块卷心菜漂在上面，但对我们来说仍像美味佳肴。我还要每周一次到隔离区的面包房领取我们的配额。这个任务可能要花上大半天，既要保证我的位子不被占去，又要认真观察把秤的人，以免被短秤。面包房的人以经常短秤著称，总想把珍贵的面包给他们自己多留一些。面包都是黑黑的，又湿又粘，但我像捧着难得的战利品一般带回家。面包从来都不够吃。在我们住的破房子附近的隔离墙上，我找到了一处木板松动的地方，一到镇上集市日，我就从那儿钻出隔离区，去偷目光锐利的农妇的蔬菜（我们没有钱买）。饥饿征服了恐惧。记得在那段日子里，我从没怕过被人抓到偷东西，也没怕过被德国人发现我溜出隔离区。

不忙着去找食物的时候，我就擦房间地板和洗衣服。我跪在地上，努力擦拭被父亲杀死的耗子留在粗糙地板上的血迹。我使劲搓洗衣服，希望能把虱子和虱子卵浸死。我仿佛迷上了清洁，好像干净代表着我们的生活还有一丝体面，尽管体面或清洁都是不可能的。洗衣服是一项重大工程。我必须先搜集柴火煮热水。当衣服洗好晾到外面的时候，我还必须守好那仅剩的几件衣服，以防像我一样能干的小偷把衣服偷走。当然，洗涮并未能把牢牢粘在衣缝和褶边里的虱子除掉，我们也没能甩掉日夜在我们头上、身上举行盛宴的虱子和黑色跳蚤。我们睡觉的时候，整个臭虫军队便加入到虱子和跳蚤的行列。无论对我们来说，还是对包围我们的害虫来说，不择手段地攫取营养是绝对不能住手的。

在那几个月，我的样子大概就像现在“二战”图片展览中看到的那些在隔离区里饿得半死的小孩。衣衫褴褛，饿得鼻尖脸窄但仍动作敏捷。我为了任何可以吃的东西毫不留情地与人争斗，求生任务完全占据了我的每一天。我忘掉了自己还只是一个孩子，一个曾经有过学习、书籍、朋友和游戏生活的孩子。我也没时间去回忆这些。

那年秋天我们没有庆祝犹太新年和“赎罪日”[1]。在索斯诺维茨，我

① 赎罪日：Yom Kippur，犹太人最神圣的节日，是索求上帝宽恕和保佑来年的重要日子。

们没有庆祝春天里的节日；在登比察，我们也不再庆祝秋天里的节日。犹太节日来了又去，我们谁都没有在意，也许爸爸除外。也许他还祈祷了，偷偷地参与了符合犹太律法要求的十个男人一起的祈祷，为祖母敏得乐[①]说“卡地施”[②]。但是，没有节日盛餐，也没有点蜡烛。隔离区里严禁庆祝节日。爸爸和琵琵表姐在这些节日里就像平时一样去上班，一周七日天天如是。过去充满种种庆祝出生、犹太社团活动和纪念历史的仪式生活，现在全没有了。

在那三个月里我是那么忙，只能偶尔见到娥丝特表姐。她没有冒险到街上去。费格姑妈继续理家，而她好像还有钱买食物。也许是从黑市买来的食物。我去看望他们的时候，房间里总弥漫着煮东西的味道。有一次，我竟然在他们的厕所里发现了一锅菜，放在高高的搁板上（太高了我没够着）。娥丝特和我已没有什么可以交谈的了。一道沟壑把我们分隔开：她在一边对任何将要发生的事听天由命；我在另一边用尽全部力气，紧紧抓住生存的机会，即使这种生存荒诞不堪。我做着任何我认为活着的人应该做的事情。我肯定娥丝特知道快要来临的是什么。但是，就像在大拉多梅希尔时一样，她不再有兴趣谈论下一步会发生什么事了。

吕文姑父当然也知道了。在他家阁楼里，他秘密地挖出一小块空间，然后再砌起一堵墙，上面只留着一个很小的缺口，想等到被遣送的那天，我们通过这个小口爬到里面。他还准备了一小堆砖头、泥沙还有和灰浆用的水，预备在他的家人和我们一家人钻进去后封口用。

驱逐遣送开始前的一个晚上，母亲忽然间垮了。她总是很安静、

---

① 敏得乐：Mindel，意第绪语，犹太女子名。

② 卡地施：Kaddish，犹太传统为逝去亲人说的祈祷文，在犹太教每天祈祷三次的过程中诵读。

矜持，很少失态。现在必须再次面对灾难和死亡，她已经心力交瘁。往日的沉静变成了难以控制的大声啜泣。油灯发出微弱的光，灯芯越来越短，这个极小的房间里面每个角落都被浓重的阴影包裹住了。母亲躺在曾经属于姐姐的病床上抽泣着。姐姐无助地坐在一旁，眼睛一刻也没有离开那抽搐的身躯。父亲努力安慰母亲，不时为她端来开水。我一个劲儿用一块破湿布给她擦脸。一切无济于事。母亲精疲力竭后，一阵阵抽泣着入了梦乡。

已经熟悉的毁灭旋风在11月里一个寒冷的黎明破晓之前刮到了。我们挤过疯狂尖叫的汹涌人群，朝吕文姑父预备的躲藏处跑去。所有在狭窄的街道上奔跑的人好像都在寻找最后一个逃生机会，或者他们也都预备好了藏身地，而现在正向着那个地方冲去。我们的躲藏处应该是个保守得很好的秘密，但是跑来了很多人。实际上，我们到达的时候，小小藏身之地已经装满了人，吕文姑父正忙乱地要把准备好的砖头砌上。他自己会留在外边，似乎得到了德国人的保证：作为“犹太政务会”的一员，他可以不被遣送，留在登比察。驱逐行动之后，这个隔离区就会改成一个苦役集中营。我希望娥丝特表姐和费格姑妈都已经在阁楼里了，但是我没有立刻在老老少少以及抱着婴儿的人堆中看到她们。我也没有看到琵琵表姐。最初我们以为她跑丢了，直到在遣送登比察犹太人到奥斯威辛的火车离开后，过了些日子，我们才获悉到底发生了什么事。一个从火车上跳下来的人传话给我们：琵琵的“德国人”压根儿没有拯救她。跳火车的人催促她一起跳，但是她已彻底绝望，听任火车沿死亡之路奔去。

我们不知有多少个人困在砖墙后面，紧紧地挤在一起。肩顶着肩，背靠着背，吸着别人呼出的空气，要动一下手臂或腿就意味着要把别人的手脚搬开。阁楼里的藏身之处其实是绝路，如果被德国人发现，必死无疑。这样的经历非常恐怖，更需要超常的自我控制能力。我们都屏住呼吸，仿佛害怕有人正在墙的另一边窥听。在没有变化的昏暗中，只能由外面的声响变化来判定情况。阁楼里的人们都是在驱逐行动中饱经磨练、极富经验的幸存者，听声音就能知道驱逐进行到了哪一步、外面正在发生什么事。首先，把隔离区里的犹太人全赶到铁路附近的一个大牧场——从人们的尖叫声、德国士兵的吼叫声，以及不时打断这些叫喊的突发枪声，可以确认到这个阶段了。在抓捕期间我们总要被殴打，或被开枪杀掉。当所有这些声音渐渐平息，就该开始筛选了。这时候，殴打和杀戮会少一些。再晚一点，就能听到敞篷货车到达时车轮轧在铁轨上的声音。最后，飘忽凄厉的哨声告诉我们，晚上来临，火车开始向着奥斯威辛出发了。

火车一离开，对躲藏的犹太人的搜查就开始了。记忆里时间的推算不准确，我说不准搜查是什么时候开始的：在遣送的同一天呢，还是在第二天才开始。但是，以往的经验告诉我们，德国人会有条不紊地搜查：一间间房子、一个个破烂棚屋地搜，他们会捶击墙壁、突然闯进地窖或是爬上阁楼。德国人很清楚，犹太人能很熟练地躲藏起来。对我们这些躲藏者来说，这是最危险的时刻。所有人必须完全一动不动。我们深知，一旦被发现，就是死路一条。即使我们已经接近忍受的极限，真正的考验现在才开始。在德国人搜查的过程中，一声咳嗽、一个喷嚏、一句呻吟，或是最轻微的声音，都有可能出卖这个藏身之处。

搜索也许只持续了几分钟，也许是半个小时，或者更长一些。当死亡如此接近时，所有的思维都会停滞，时间也记不清楚，能记住的，就是那难以置信的恐惧，还有模糊的形象和声音。我们听到德国人在墙那边刺耳的声音，我们听到他们的狗凶巴巴地打着响鼻。我们屏住呼吸，一动也不敢动。终于，我们听到沉重的军靴向着楼下走去。通过污秽的阁楼窗户，我们看着他们离开房子。死亡只有一堵薄墙之隔。在德国人离开的当儿，一个婴儿死了，被她自己的妈妈闷死的。一个男人忽然狂躁起来，大家不得不把他绑了起来，并在他嘴里塞了东西，让他无法叫喊。我无动于衷地看着这一切，记在心里，并不知道我会活着写下现在这些文字。但是我知道我并未把目击的一切充分描绘出来。

我们以为得救了。这就是爱幻想的人类：当死亡临头时，我们只在乎眼前的一刻，而不去想那一刻之后。其实，单单躲过遣送是不够的。对于整个毁灭系统来说，我们已不再存在。我们已经登上了前往奥斯威辛的火车，或者，已经成了灰烬。如何继续存活、下一步该怎样做，是我们面临的重要问题。当时有这么一个名单，上面是德国人允许留在登比察的犹太人的名字，包括姑父和母亲。我敢肯定是姑父想办法把母亲的名字加到名单上的。她是一个打字员，而德国人很喜欢打印工整的各种报告、书信。他利用了这一点。但是，他没能拯救自己的妻子和女儿，也没能拯救我们其他人。

1980年9月

这次波兰之行我住在克拉科夫市。从那儿坐车到登比察，沿途都是令人心旷神怡的田野，远方还有低矮的丛林和如画的村庄，不时闪现出星散的茅草房，整齐的尖板篱笆栅栏后探出高高的向日葵花。我的出租车司机是一个喜欢说话的人。他告诉我，他是在德国人投降前一天出生的。他指着路两边说，这些镇子和村庄里以前住了许多犹太人。他们离开了，司机说，现在这些地方一个犹太人都没有。他说的是实话，毕竟他从没见过一个犹太人。长辈和老师告诉他以前的犹太人离开了，他也没有去深究原因。正常情况下，没有人能想到人们“离开”一个地方的时候，是遭到驱赶、杀害的。

我让司机开车去登比察的时候，他像被搞蒙了。之前我们去梅莱茨的时候，在他那舒服的旅游车里，他想当然地为我“创造”了我的历史：我是一个波兰母亲的女儿，在孩提时被带到了美国，尽管从来没有见过家乡，我学会了讲波兰话。现在，终于第一次来看梅莱茨，祖先的居住地。可是，为什么要去看登比察呢？他问我。有亲戚在登比察吗？我肯定他从没想过我有可能是犹太人。而我，不知怎么地，对那个他想象的身份竟坦然默认了。也许，那个假设身份能让我旧时的恐惧打个折扣，让昔日里的梦魇逃走。这次波兰之行后，我对自己如此轻松就返回去饰演一个波兰女孩的角色感到实在有趣——这个角色在以前的死亡旅途中的确拯救过我的生命。

我们在下午到达登比察，开始询问怎么去市场。年轻人都摇头。这儿没有市场，他们都说。最后，一个老居民带我们到一个种满树的公园，告诉我们那就是战前的市场所在。我意识到，隔离区的位置不容易找到了。然而，隔离区是我们一家人各自逃生或赴死的最后一站。能找到那个地方，指认出那个结束一切的地点，意义是很大的。

我告诉司机我想在周围走一走，请他在曾经是市场的公园等我。他找到了一张长凳，很惬意地坐在了两个抽烟斗的老人中间。公园里人头攒动。女孩们挽着手在散步，情侣们在调情，强壮结实的年轻人穿着裁剪不合时尚的裤子倚在路灯灯柱上。这里，似乎没有人受着不可磨灭的记忆煎熬。年纪稍长的女人们拿着她们的购物袋，到公园里这条或那条队伍中排队购物，匆忙、活跃，就像其他地方的波兰人一样。一个小贩推着一辆装满了柠檬的小车进了公园，人们立刻就排上队了——限量发售——每个顾客只能买一个柠檬。

这天多云，房子、绿树都裹上了一层灰蒙蒙的颜色。我经常把这种颜色跟波兰的这个地区连在一起。尽管秋天还没到，阴暗、寒冷、灰色的天气却到了。我离开了公园，下定决心至少要找到隔离区的外围。应该还残存某些东西，那些提醒人们它曾经存在过的东西应该还在。

我站在一条绿荫成行、令人愉快的街上。街两边的房子新旧不一。在新一点房子的那边，都是巨大的、整齐划一的建筑群。也许是工人们的住宅，但毫无疑问是在战后建的。街对面是小一点、旧一些，但修复得不错的独栋住宅，间或有一些几层楼高的住宅楼。我看见前面一家商店外面排着一条长龙。走近一点，闻到了新鲜出炉的面包香味。一瞬间， 我清楚这是什么地方了：

我站着的这条街，就是战时隔离区和波兰人居住区的分界线——那道围墙。我背后的大型住宅建筑群，应该就是在隔离区的瓦砾上建起来的。一定是在最后遣送行动完成后，或是在战争结束后，隔离区被拆掉了，为新的住宅提供用地。

实际上，我很肯定在面包店的街对面那个地方，就是我们那饱受耗子侵扰的破房子的大概所在。我寻思，一些在公园里的老人们是否还记得当年隔离区和它里面饱受苦难的人类。也许没有。对某些人来说，遗忘是很容易的事。随着隔离区里的房子、简陋棚子一起，记忆毫无疑问也被抹掉了。意识到这点，对我一点安慰都没有。找到隔离区里我们住过的破房子所在地，也没有什么可安慰的。我原以为，我可以指着这个地点说，这儿，这儿就是我们曾经受苦的地方，这儿就是结束一切的地方。我以为，找到了这个地方，就能帮助我找回失落了的、我也不明白是什么的一切。事实并非如此。

母亲、父亲、姐姐和我坐在一间黑屋子的地板上。离开阁楼后我们找到了这间屋子。我们家现在就剩下四个人了。房子里横七竖八睡满了人，他们好像在任何地方都能睡得着。我们从没见过他们，估计他们也像我们一样，刚刚从他们的藏身之处爬出来，饥渴交加，连足够舔湿嘴唇的唾液都没有。驱逐行动结束后，这个隔离区就会成为苦役集中营。大约他们也像我们一样，希望在这儿躲上一、两天后，这个破烂的空房会成为苦役集中营内的一部分。因为，如果躲在集中营外面的房子里，德国人会再次进行搜查。

我太累、也太饿了，根本顾不上牵挂娥丝特表姐和她的妈妈在哪儿。在我们一个接一个摇摇晃晃地从阁楼里爬出来的时候，我没有看见她们。我当时唯一的深刻记忆是那个在德国人搜查时亲手闷死自己孩子的女人。她抱着那具小小的尸体，像抱着一份献祭品，走下楼梯，然后把它放进在街上等待的丈夫的怀里。

我的父亲弓着身子坐在母亲旁边，谁都没有说话。他不自然地扭动着被沮丧、绝望束缚的身体。我们被驱逐出梅莱茨后，父亲第一次显得束手无策。即便他没有说，我也能感觉到他已经不再知道该怎么做，或计划什么，才能把他的家人从毁灭中拯救出来。在过去的九个月里，他教我们如何继续生存，如何保存生命。尽管生存下来的机会已经随着每一次驱逐、每一次踏上死亡旅途而愈来愈小，但是父亲从来没有放弃过。他总是支持我们、帮助我们，并努力地让我们相信，总会有办法再一次战胜死亡，生存下去。现在，他明白再也没有出路了，他变得绝望、无助。他终于还是面对了家庭被拆散的命运，因为只有母亲和吕文姑父才能暂时“合法”地留在已变成苦役集中营的登比察。

我那时就意识到了，如果父亲想生存下来，他就必须离开母亲，姐姐和我也一样。但父亲还是不能接受家庭的支离破碎。直到很多年过去，有了自己的孩子以后，我才开始试图（但仍不可能真正地）明白当年父亲内心面对的可怕挣扎。他挣扎于对我们的爱与对我们安危的担心之间，挣扎在他渴望保护我们和（他死活不愿相信的）他再也无能为力之间。他好像明白、也好像不明白——再也不能继续为我们的最终命运起到作用了。父亲正在失去他活下去的理由。他接受不了失去我们的生活。但是，在登比察，我不再听父亲的话，我只听到自己内心“我要活下去！”的呼喊。我已经决定了：我要离开，一个人离开。我觉得如果依靠自己，我会有一线生机。可能会有人愿意把我藏起来。只有一个人，我会想到办法的。科尔潘托娃不是拿了妈妈的珠宝吗？如果科尔潘托娃见死不救，会有其他人可怜我的。内心里，我已经抛弃了父亲和姐姐，把他们留给了命运。就像在索斯诺维茨的时候一样，我既没有一点自责也没有一丝内疚。我已经做出了我的抉择。

坐在黑屋子的地板上，一堵无形中的恐惧饥饿之墙把父亲、母亲、姐姐和我隔离开来。整个房间弥漫着的寒冷好像把我们的灵魂深处也冻成冰了。

父亲在房间角落一张破床上休息，好像内心的挣扎已把他折磨得精疲力竭。床的铺盖是割破了的，里面大部分的羽绒都跑了出来，粘到了我们的鞋子、衣服和头发上。他在破被子下发抖。房间里的人比前天晚上要少些。或许那些人已经逃进了树林。有人带来了一支蜡烛。微弱闪烁的烛光在墙上印下了可怕的投影，把逃亡者衣衫褴褛的沉默身影拉成奇形怪状。

我坐到父亲身旁，握起他的手，凝视着他那憔悴不堪的、再也不能给予我安慰的脸。他闭着眼睛，但并未睡觉。我想和他说话。我要告诉他我必须离开，因为我不想被开枪打死，我不想死。我要活下来。我想得到他的允许，让我离开。我要他的认同。我不记得自己最后说了些什么，却永远忘不了他的回答。不要走，他说，不要离开你的家人，我们一定要待在一起。他说，不要走。这些是我记得的他对我说的最后的话。

我肯定也和母亲谈过，但不记得是不是告诉过她我要去梅莱茨，到那儿找人把我藏起来。同父亲不一样，她接受了我的决定。我估计到她会协助我逃跑。黎明到来之前，她和我静悄悄地溜出房间。父亲没有跟我们说话。母亲告诉他了吗？他坐在那张烂床上，双肩耸起，头沉重地耷拉在胸前。当我拉门离开的时候，他也没有看我一眼。

那个晚上没有月亮。雾霭重重，街上空荡荡的破旧房子显得模糊不清。贴着破房子的墙根儿，我们走到了集中营的边界。我母亲肯定极为审慎地选择了这个地点：它不在我们住所附近，那儿太靠近波兰市场，任何独自穿过的身影都很容易被看到。她把我带到集中营的另一边。这边集中营外是一条昏暗的街道，跨过街道是一排房子。营边只有一道临时悬挂起来的铁丝网将犹太人区和非犹太人区分隔开来。她肯定预先盘算好了：在这儿我更容易隐没在树木和房子的阴影中。我们到达最后一座破房子时，母亲把一些钱塞到我的手里。足够买去梅莱茨的火车票，她说。我不知道谁给她的钱。是不是吕文姑父给她，或给我的最后礼物？她匆忙地对我耳语：在铁丝网底下挖洞，但是要小心那些探照灯，一定保持贴近地面。坐火车去梅莱茨，母亲说，去科尔潘托娃那里让她把你藏起来。她有我们的钱和我的珠宝。母亲匆匆吻了我。她用手胡撸一下我冰冻的脸，急匆匆地，却又是那样用力，仿佛想把它的轮廓印在她的手里。好像与我要活下去的强烈欲望相呼应，她在完全绝望中迸发出一股强大的力量，把我送走。然而，她是把我送上了活路？还是死路？又有谁知道？我飞快地朝铁丝网爬去，没有回头看，但我清楚，在我的身影消失以后很久，她还在张望、聆听。

现在我孤身一人，只能靠我自己了。我狂乱地徒手挖着铁丝网下的湿土，当探照灯扫过来的时候，我就趴下来。顾不上害怕或去想接下来会发生什么事，只是一个劲儿地挖。我在挖出的坑里爬，钻到了铁丝网的另一边。我匆匆跑下一个斜坡，到了公路。

重读这些句子的时候，我觉得我把这个过程写得太轻松、简单了。当时恐惧也许没有挤进我的大脑，却占满了我的五脏六腑，让我肠痉挛。从来没有经历过死亡恐惧的人，能真的了解是怎样的感觉吗？那令人憎恶、全身麻痹的恐惧真的能被如实描绘出来吗？

上公路后在去火车站的一路上，我都必须时刻小心，随机应变。现在，我必须集中精神变成另外一个人，一个波兰女孩子，丝毫不能显露犹太人特有的恐慌。我想象是我的波兰父母派我去看望病中的祖母，并待在那儿帮忙。我有金黄色的头发。我的面容也和典型的犹太人面容不像——在登比察市场偷蔬菜时我就意识到了。但是，我需要管好我的眼睛，听说德国人能从眼神里认出犹太人来。当我终于接近售票窗口的时候，另一份恐惧又取而代之：如果我真的是波兰人，我的眼睛应该是蓝色的，我的棕色眼睛会不会出卖我？我脏脏的手会不会引起怀疑？然而，佯装毕竟容易——在我人生的晚些时候，佯装成了一个熟悉的游戏。

走过生死分岔路口那漫长一天只在我的脑海里留下个模糊的记忆。首先，我坐火车去了不远的梅莱茨站。火车里的阴暗角落暂时缓解了一些之前的恐慌，而新的恐慌又同时来袭：如果在梅莱茨有人认出我来，去盖世太保或鲁迪·齐默尔曼那儿告发我，那可怎么办？我会不会被抓到“盖世太保大楼”[①]里受折磨？或者，我找不到去科尔潘托娃家的路？毕竟，以前父母考虑到我的年纪太小路程太远，从没让我一个人单独去过她的家。还没想出对策，已经到了。感觉火车旅程结

① 盖世太保大楼：Gestapo House，德国纳粹秘密警察的驻所和办公大楼。

束得太快了。

我到达梅莱茨时，一场暴风雪把房子和田野覆盖成一片白色。熟悉的标志都被遮盖了，我很快就在冰天雪地中迷了路。去科尔潘托娃家的路藏在降雪织成的白绒毯下面。不过最终我还是找到了她的家。但是，当科尔潘托娃一边恶毒地咒骂，一边放出她那喷着鼻息的黑狗赶我走时，我要活下去的决心很快就动摇了。我以为肯定要死在冷彻骨髓的寒冬里，因为我还记得那些关于人们在雪里睡着后再没醒过来的故事。我想我那时并没有生科尔潘托娃的气。因为在那种情况下，一个人宝贵的精力不能浪费在生气或感到耻辱上了。

我记不起来是怎样做到的，但在那漫长寒冷的一天里，我一直在走。不顾大雪，不顾那由于湿透变得沉重的鞋，不顾疲劳和饥饿，我在寒冷中不停地走。我回到了镇上，找到了曾把房子租给我们住的房东。这个遭遇我记得十分清晰。他醉了，而他那瘦骨嶙峋的老婆和那对经常缠着他的双胞胎女儿都不在家。他独坐桌边，一瓶伏特加放在面前。他用充满血丝的眼睛看着我，也许认出我来了，也许没有。尽管他不像科尔潘托娃的丈夫那样高大有力，他触摸我并拉我过去也让我害怕。我那时候不知道这个男人会做出什么，但我感觉到了危险，知道必须立刻逃开。我胆战心惊地从这座屋子逃走时，醉房东一脸茫然地呆呆盯着地上那一摊我带进去的泥雪融成的水。

恐惧之后就是绝望——让人崩溃的彻底绝望。天渐渐黑了，周围一切变得更难辨认了。每个奇形怪状的阴影都可能意味着新的危险。有的街道我好像从来都没见过，还有那些陌生的房子。我知道母亲们正在暖和的厨房里做晚饭，孩子们在点着明亮油灯的桌子上做功课。他们在温暖的房子里面，我却在室外刺骨的严寒中。尽管当时我确定会孤伶伶地死在这寒冷的皑皑大雪中，被遗忘、被遗弃，但是我连害怕的力气都没有了。

雪小些了，路面在夜晚的寒冷中迅速冻结。我在变得陌生的街道上步履蹒跚，身体经常在滑溜溜的冰块上失去平衡。我最后来到了俄勒伍斯基①家的公寓前，这简直是一个奇迹。也许是祈祷得到了上帝的指引？更可能的是，我在街上偶尔碰到了一个行人，向他询问俄勒伍斯基一家住在哪儿。也许我问了不止一个人，直到有人给我指路？直到今天，我都不知道当时怎么会在无计可施的时候想到要去找俄勒伍斯基家的。但是除了科尔潘托娃和旧房东，我不认识任何其他在梅莱茨的非犹太波兰人。母亲并没有提到俄勒伍斯基一家，显然是认为科尔潘托娃会因收下了母亲给她的珠宝而收留我。

俄勒伍斯基一家是从波兹南市（Poznań）来的虔诚天主教徒和波兰爱国者。在德国入侵波兰后不久，他们拒绝成为德国公民，以难民的身份到了梅莱茨。他们在我们租住的那栋房子里租住了地下室。作为邻居，也可以说，同样作为受苦的人，我们互相打招呼，但从没有过其他来往。他们搬家后我们就和他们失去了联络。里娥卡迪亚·俄勒伍斯基②是一个温和瘦弱的女人，患有心脏病。她的丈夫史丹尼斯洛③是一个收税者，就像其他的波兰男人一样，酒喝得太多。他们住在地下室的时候，我也没有和他们的女儿罗玛④玩。她比我小却能去上学，而作为犹太孩子的我却被禁止去学校读书。

我到他们的公寓时天已黑了。我浑身湿透，几乎冻僵了。尽管我

---

① 俄勒伍斯基：Orlowsky，波兰姓氏。

② 里娥卡迪亚·俄勒伍斯基：Leokadia Orlowsky，波兰人，在“二战”中冒着生命危险将作者藏在她的鸡笼子里而拯救了她的生命。

③ 史丹尼斯洛·俄勒伍斯基： Stanisław Orlowsky，波兰人，里娥卡迪亚·俄勒伍斯基的丈夫。

④ 罗玛·俄勒伍斯基：Roma Orlowsky，波兰人，俄勒伍斯基夫妇的女儿。

不知道怎么找到的，但还是记得当时茫然地走进厨房的门廊，一阵热浪迎面扑来。我深深吸进那久别了的、只有家才有的香味，看着窗前桌子上油灯燃放出金黄色的光。仿佛经历了一辈子，我又找到了家。两张床靠在墙边，床上高高堆着绒毯铺盖。床对面是一个砌在墙内的贴瓷片的烘炉，还有一张桌子和几张椅子。俄勒伍斯基太太把我拉进房间，闩上门，仔细拉严实窗帘。有人看到你了吗？她问。她给我换上干燥的衣服，让我冻僵了的脚暖和过来，给我东西吃，然后把我藏在鸡棚里。也许过了好些日子，她才告诉了她的丈夫。既然已成事实，他也没有把我赶走，尽管也许他心里想过这么做。我的亡命之旅暂时告一段落。

1997年9月

历史学家们忘记了登比察和大拉多梅希尔。毕竟不能指望历史学家们记得每个只有几千犹太人（是八千呢，还是有一万之多呢？）被送上死亡之路的小隔离区，或记得每次只有乱枪扫射或棍棒和枪托打死几百个犹太人的小型遣送。历史学家们必须要求自己把注意力放在大问题上，要研究灭绝600万人的大事件。与过去保持一定距离，这样也许可以做到感情上不会负担太重。即便他可能试过，但怎么可能把精力集中在登比察，这个地图上的一丁点，以及一个深秋从那里被送上死路的几千条生命呢？我可以指出历史学家们的错误，他们的疏漏、他们的冷落和他们的健忘。但是，就在我忆起的时候，我也同样在忘记。就在我写这些句子时，有时眼前飘过勾起痛苦回忆的鲜活画面，但更多时间我的记忆也是模糊的，只是一些影子。我辨认不出它们，也辨认不出它们在历史中的分量。

遗忘，在纽约、芝加哥或波士顿比在耶路撒冷要容易得多。然而，即使在这儿，耶路撒冷，记忆近来也变得艰难起来：推倒了的石墙被无情的推土机压碎，荒弃多年的带花园的旧房子也被清拆掉，让位给时尚的高层建筑。我沿着赫茨尔大道①上行，走向“亚瓦深”②——“二战”犹太人大屠杀纪念馆。在我的右边，是以色列军人墓地，里面埋葬着历次战争中数不清的年轻阵亡者——现在也许有人会说他们的牺牲是不必要的。前面红色的雕塑是亚历山大·卡乐得③创作的，将瞬息万变的现代性和死亡的永恒性并列对照。从卡乐得雕塑的右边再往前一小段路就是亚瓦深了。大巴士下来的上百个游客手里都拿着摄像机，汽车上下来的年轻士兵在他们出游的一天中兴高采烈，乱哄哄地围着售货亭；喧闹的学童们和他们的老师们也来了，配有专职导游的商人代表团也从车上下来了……这一切，在明媚的耶路撒冷阳光下，构成一派嘉年华会的气氛。不过，随着马上开始的纪念馆为参观者提供的20分钟简要介绍，馆内的历史铁证和充满死亡与毁灭的图片很快会让这一切都安静下来。

我离开游客和士兵们。经过披满绿树的山丘，看到一节运畜车厢突兀地悬挂在峭壁上。山坡下面，就是纪念“正义的非犹太人”④纪念碑群。再往下，干涸河床上堆满石块，那里就是我要去的“犹太社区纪

---

① 赫茨尔大道：Herzl Boulevard。该大道为纪念锡安主义的创导人西奥多·赫茨尔（Theodor Herzl）而冠名。

② 亚瓦深：Yad Vashem 或 The Holocaust Memorial，第二次世界大战犹太人大屠杀纪念馆，坐落在耶路撒冷赫茨尔山上。

③ 亚历山大·卡乐得：Alexander Calder，著名美国雕塑家。

④ 正义的非犹太人：righteous gentiles 又或称 righteous among the nations，犹太人和以色列国给予所有非犹太人氏、尤其是在“二战”中冒着生命危险参与拯救犹太人行动的各国非犹太人士的尊称和荣誉。该名称源自犹太教典《塔木得》——*The Talmud*。

念谷”[①]。一般游客是不会来这儿的。在这里，大块大块的耶路撒冷金色石头层层相叠，上面刻着在法国、比利时、德国、俄国、捷克斯洛伐克和其他地方的犹太社区名字：犹太人曾经住过、使其繁荣过、然后消失了的几千个城市、乡镇和村庄的名字。它们的名字用或大或小的字母刻在石头上，有的位置很高，我要伸长脖子才能看得到；有的低得接近地面。这里没有树木，连灌木丛都没有，也听不到鸟儿唱歌，有的只是没有生命的石头赋予的沉寂。但是，在这里，记载着梅莱茨、维利奇卡（Wieliczka）、栋布罗韦扎（Dąbrowica）、登比察和大拉多梅希尔的故事，能给予我勇气。尽管历史学家也许不会记得这些故事，但是当他们逝去后，这些故事因为铭刻在坚固的石头上，仍然存在。要忘记它们可能要花更长的时间——直到再也没有剩下一个人来听石头说故事的那一天。

① 犹太社区纪念谷：Valley of the Communities，耶路撒冷二战大屠杀纪念馆室外展览的一部分。

第三章 祖母去世

每个亲身经历过战争的人都知道，记忆里的战争画面总是特别生动。这是因为其进程之残酷，以及正常世界难以理解之荒谬，确保形成那样一种叙事结构……因为预设故事形式的回忆会趋向这类画面。

——保罗·福塞尔，《世界大战与现代记忆》①

在那些旅程之前，曾另有一段时光。那是在我的童年，读书和学习、游戏和友谊，爱与信任，也经常争吵的时光。有时也会吵得很凶，但吵完很快又会忘掉。对我来说，在那段时光里，每一个我认识的人都在他们应该在的地方，过着他们应该过的生活。之后很多年，我都以为那段时光只是一个梦境而已，直到不久前重返梅莱茨，我才发现，那里的房子、街道和市场跟我脑海中的布局是完全一样的。

在孩提时代的我看来，我们的生活处在无处不在的秩序之下。那绝对不是一个最理想的秩序，有很多令人不愉快甚至是丑陋的地方，很多方面我都不喜欢，但是，那时的生活按部就班，井井有条，围绕着犹太

① 保罗·福塞尔，《世界大战与现代记忆》：Paul Fussell，*The Great War and Modern Memory*。

节日和每周的安息日[①]及其特有的风俗和食品。每个星期五下午，我都会把大“充仑”锅（里面装有我们在安息日的午餐，由马铃薯、洋葱、各种豆子和肉烹制而成）端到面包房去，放在热烘烘的砖炉上煮上一整夜[②]。在我那个年纪，对这种秩序感觉很舒适。不过，现在我却能很肯定，对我姐姐和她的同龄人来说，这种秩序使他们感到窒息。如果我能在梅莱茨长到更大，可能也会是这样的感觉。我经常问自己，如果我们那时的生活、生存方式没有消失得那么彻底、那么突然，以至今天只留下死亡和毁灭的记忆，我那时会是什么样的人？之后又会长成什么样的人？

祖母敏得乐是我们生活的中心人物，连我父亲也得听她的话。20世纪刚开始的时候，她丈夫大哈依姆在桑多梅日斯卡街盖了一座两层楼的石头房子。地面一层做店铺，二楼是一套有三个房间的公寓。我想，在房盖好之后不久他就死了。我从来都没有搞清楚为什么人们叫他大哈依姆，很有可能是大家族里用来区分支族的叫法，因为他和他的家族住在大市场附近，而另一位宗亲小哈依姆和他那一支住在小市场附近。我对祖母记忆最深的是她的大鼻子和她的假发，她平时戴黄色假发[③]，在安息日会换上灰色假发。她肥硕的臀部上套着好几条裙子，一层盖一层，而且她总是站在小店柜台后面守护着钱箱。在转角形柜台后面的另一头站着吕文姑父（人们叫他瑞伟乐[④]），他总是白日做梦般盯着远处墙上某个点，直到

① 犹太安息日，每个星期五日落之后开始，到星期六日落后结束。

② 按犹太律法，安息日家里不能生火，因此某些日常活动如煮食也需要拿到其他地方。

③ 信教的犹太女人在结婚后会包住头发，有的人选择戴假发。

④ 瑞伟乐：Rivele，男子名，意第绪语昵称。

祖母敏得乐在梅莱茨的石砌房子与商店，摄于1980年9月。

祖母尖声吩咐他去为顾客从木桶里拿腌黄瓜或者拿糖，又或者干其他的杂活儿。他很清瘦，留着稀疏的髭须。作为外来人，入赘到我们这个能为了琐碎小事而大声争吵不休的喧闹的歌敏得[①]大家庭，他在这个家庭里没有地位。他在德国人入侵后参加了“犹太政务会”，也许就是为了终于能表现他的自信和得到应受到的尊重。

姑父既安静又能使自己不引人注意，而他的妻子——我的费格姑妈——跟他截然不同。像祖母一样，她个子矮、臀部大，总是动个不停：沿着木楼梯跑上二楼公寓，跑到楼下店铺，去集市，去邻居家，回到小店里帮助顾客，或是命令她的丈夫干杂活。

① 歌敏得：Geminder，德语和法语姓氏。作者父亲家族姓氏。

祖母在桑多梅日斯卡街上的所有犹太顾客都是按克、最多按斤[①]来买东西，但她的波兰顾客像科尔潘托娃等，却会买整袋的面粉、干豆子、豌豆。每次科尔潘托娃来的时候，吕文姑父就得帮忙，把货袋搬到她的马车上。作为家庭好友，也作为一位有身份的顾客，科尔潘托娃还享受特殊的待遇：费格姑妈会替她从市场的女摊贩那里买来一块椭圆形的白色奶酪或是用绿色叶子包起来的奶油，免得科尔潘托娃再跑一趟。祖母那些从车尔民[②]来的德国顾客也受到很好的接待。齐默尔曼夫妇和他们那闷闷不乐的儿子鲁迪从他们的村子赶着马车上来时，在费格姑妈尖厉的盯视下，吕文姑父会为齐默尔曼家搬取一袋袋的面粉、糖和小扁豆，听凭他们差遣。

这些大买卖的结束往往就是祖母和姑妈争吵的开端。比如祖母会说少给她钱了（她挺吝啬的），而费格姑妈就会指责她把钱藏了起来。总之不管什么原因，两个女人都会吵得非常厉害。吕文姑父就会趁着这个空当儿溜出小店，不见了人影。我倒从这些嘈杂混乱的大声喊叫中找到乐趣，看得、听得津津有味。对我来说，这些争吵也是日常秩序的一部分，绝大多数住在桑多梅日斯卡街的人，都在不同时间跟他们的家人、亲戚吵过架。

娥丝特表姐，她只比我大两岁，跟我也经常争吵，尤其是当她用她知道而我不知道的事情来嘲笑我、惹我恼火的时候。我实在不喜欢娥丝特表姐的棕色头发，太直、太坠，像线绳。我也不喜欢她的大黄牙，还有她喜欢慢慢用手指来回摩擦牙齿的习惯。估计她也不太喜欢我，但是

---

① 原文为half-kilo，即半公斤。

② 车尔民：Czermin，波兰村庄。“二战”前村里的居民都是德国人，德国入侵波兰后这些居民被称为“德侨”。

我们经常是对方能找到的唯一玩伴，所以我们就一起玩骨牌和纸娃娃。有时我们连求带哄，求她的姐姐玛尔卡为纸娃娃画上时尚的衣裙，那样子玩起来更有趣。我们经常争吵到互相不再说话的程度。重归于好是需要一定仪式和程序的：我们会找来一位调停人，根据双方愿意做出的让步进行谈判。我不知道祖母和费格姑妈是如何解除纷争的，但每次吵嚷大赛之后，她们就又会回到店里，好像什么事情都没有发生过一样。

年纪大一点的女孩们好像从来都没有和她们的朋友争吵过。玛尔卡表姐，长辫子扎在耳朵后面，在楼上一边做针线活一边和她的女朋友们说笑。我姐姐当时跟一位裁缝当学徒，尽管她痛恨裁剪的工作，但她也从来没有跟母亲因为这事争吵过。我也从来没听到过她和琵琵表姐吵架。这两个女孩相处得极好，当她们不干活的时候，就一起到玛尔卡表姐那儿去串门。母亲从不和任何人争吵，甚至父亲生她气了，她也不争辩。她的平静肯定让一些人感到极度厌烦，却使我安心。所以，在我看来，一些人相处得好、一些人相处得不好，这些都是生活秩序里非常自然的。

1939年的夏天充满阳光，明亮得不同寻常。母亲把我和娥丝特表姐送去一个农庄喝新鲜羊奶，她坚信这比煮沸的牛奶对我们更有益。我们走过金黄色的小麦田，一路上摘着开遍了田野的鲜艳的蓝色玉米花和红色罂粟花。据说羊奶有疗病功能，不过它对娥丝特表姐作用不大：她还是一如既往地苍白、瘦弱，并继续擦着她的黄牙。夏天的时候，祖母敏得乐煮的汤也变了，从鸡汤换成我更喜欢的梅子汤。我们会在楼上的“好”房间里面吃。安息日下午，吕文姑父、父亲和他们的朋友们在厨房里（也是祖母的睡房）喝啤酒，吃咸鹰嘴豆。女人们就在费格姑妈的房间里聊天。年纪稍长的表姐们则故作矜持地沿着可里尤瓦（Kolejowa）街来回游逛。她们管这条街叫“百老汇”，认为它代表了某个美国城市里那条地位持久不变、最为时尚的街。

那个夏天我第一次看意第绪语舞台剧。春天里梅莱茨的一些年轻人组成了一个业余演出团体。他们从阁楼上父亲收藏剧本的盒子中选出了一部音乐剧，一直都在排练。剧情是意第绪语观众深爱的那种：一个年轻人和镇上最漂亮的女孩子订了亲，在赴美国之前对她山盟海誓，表示海枯石烂不变心。她痴情地等了好多年后，终于盼到他衣锦还乡，他却完全忘记了她。我不记得女主角后来怎样了，但我知道那是一个伤心的故事。也许她变成了一个老处女，这在当时被认为是非常可怕的命运。这部剧极为感人，至今我还能唱出其中的一两首咏叹调。我看过他们排练，但他们不让我看正式的演出，因为剧是计划演给成年人看的。即便如此，当观众们热情高涨，当面包师的儿子那夫图乐·比尔邦[①]演唱着那个负心汉的歌时，躲在礼堂里一张长凳下偷看表演的我也在抽泣，抹着青涩的泪。

那个夏天，我就读的犹太女子雅各学校在年末献演时，我也获得了一个荣耀的登台机会。修女充满爱意地用一支黑色眉笔把我彻底变成了一名烟囱清洁工。我戴着一顶高高的帽子，用笛子演奏了一曲。父亲为此自豪得不行，他的夸奖让我当场就确信，自己今后注定要从事舞台艺术的。

那个夏天也流言四起：有说危险在酝酿的，有说德国人在武装的，也有说战争一触即发的，诸如此类。琵琵表姐和莎音乐[②]姑妈的年长一点的两个女儿，用一首流行歌的调子重填上讽刺英国首相内维尔·张伯伦[③]的歌词。我想，除了张伯伦自己，没有人会被他的绥靖政策愚弄。似乎还有过把我们这些孩子们送离危险之地的考虑，但是

---

① 那夫图乐·比尔邦：Naftule Birnbaum，意第绪语男子名。

② 莎音乐：Sheindl，意第绪语女子名。

③ 内维尔·张伯伦，Neville Chamberlain（1869－1940），时任英国首相。

祖母下了命令，一家人不准分开。所以，即使成年人接到了危险的信号，我们还是没有动，全都留在了梅莱茨，留在了蓝天下，让熟透了的金色小麦田包围着我们。

那个夏天祖母敏得乐去世了。她是在8月的一个星期六清晨去世的。我们还没起床，父亲那边的亲戚哈娃和她的儿子哈依姆-杨科就为我们带来了这个消息。父亲不在家，看样子他在祖母临终时刻陪着她。他的姐姐莎音乐和家人租住在我们邻近的房间。哈娃一送来消息，整个家庭顿时放声痛哭。母亲的情绪一如既往不受扰乱，她把哈娃带到我们房间，让她在黄铜小桌旁坐下。哈娃把小哈依姆-杨科抱在膝盖上，不停地抽泣，反反复复地说我的祖母是一个多么神圣的人，有着无人能比的高尚灵魂。

哈娃是小市场附近小哈依姆家分支的一分子。她没有丈夫，可能甚至没有结过婚——当然，这种事情人们不会在孩子们面前谈论——她好像全部的时间都花在带着五六岁的哈依姆-杨科（人们叫他“哈曼-杨科”）走访这个或那个亲戚上了。她是一个感情丰富的女人，个子小，走动快，有着杂乱的灰发和尖锐的黑眼睛。冬天也好，夏天也好，她都穿着一条长长的黑色裙子，披着一条五颜六色的大披肩。哈依姆-杨科总是一成不变地穿着一套水手服。他是一个脸色苍白的孩子，鼻子总是不通畅，而且总爱长时间地大声抽泣。哈娃很少理会他的抱怨，也不管他要不要吃，总是把小块的食物塞进他的嘴里。没有人说哈娃是疯子，不像他们称呼住在小市场角落的那个女人那样。那个女人两眼总是空洞地盯着某处，一边到处转悠一边喃喃自语。然而，在哈娃身上也有奇怪和不对劲的地方，有些人说她遭到了诅咒。

母亲不迷信。她既不相信诅咒也不相信避邪。在那个星期六早上，她安静温和地和哈娃说话，尽力宽慰她。我爬回羽绒被窝里，不知道该做什么。我也希望我能像哈娃和隔壁房间的姑妈和表姐们那样哭泣，可是，无论我怎样努力，都没有眼泪，我觉得很内疚。对我来说，实在很难为祖母敏得乐伤心，因为我知道她从来都没有喜欢过我，而我也没有喜欢过她。祖母只爱两个家庭成员：她唯一的儿子——我的父亲，和娥丝特表姐。她给娥丝特买甜橙子，并在以为我看不见的时候给娥丝特一块又一块巧克力。所以，在那个星期六早上，所有我能做的就只是想着祖母：她的样子，她如何走路、如何说话，而现在这一切又如何好像都停止了。我知道当一个人死了就意味着一个人不再存在了，可我还是不能想象，祖母再也不会站在店铺柜台后面和费格姑妈争吵不休，或是躺在厨房里她那宽大的床上，手帕包着她那剃过的头。

刚刚在几天前，祖母才和费格姑妈吵了一大场，那可算她们有史以来最激烈的争吵之一。祖母决定在一天最忙的时分把商店关了，她拉上重重的铁闸，并用巨大的锁把它们锁上，然后把钥匙藏在她床上。费格姑妈一边叫喊一边咒骂，跑上楼来翻天覆地，把祖母床上的衬衣、假发、碎饼干、鞋子、内衣和枕头一件件地扔起抛开，直到她找到那把钥匙。祖母也回应一两句咒骂的话，同时拉扯费格的手臂，努力把她那四处纷飞的物件接住。终于，费格姑妈胜利地挥着钥匙，回到楼下重开店门，而祖母就在后面穷追不舍。两个人仍然叫喊着，一个努力拧动钥匙要打开门，另一个努力把钥匙拉出锁洞。吕文姑父无影无踪，最后还是过路人为母女两人平息了干戈。几天前祖母还是如此孔武有力，现在竟完全沉默了，没了，再也看不到了，对我来说，这是如此的奇怪。

那时，我对死亡和死亡的过程知道得很少。偶然看到过一些死动物，比如老鼠夹上的老鼠，但是死耗子跟人的死亡和消失是不同的。在梅莱茨有新旧两个墓地。曾祖父以色列[1]在世时是一个流动小贩，他背着货囊在村子间奔波往返，为农民们运送他们预订的货物，他死后葬在旧墓地里。他的儿子哈依姆——也就是祖母敏得乐的丈夫——也葬在旧墓地里。我不知道这个旧的、已被占满的墓地在哪儿，新墓地是在可里尤瓦街的尾端、火车站附近，但我从没进去过，那里被矮墙围住了。我们小孩子相信墓地是一个应该回避的地方。我那时认为，死去了的人当然不会在他们被埋葬后就完全消失，他们某些说不清的东西与过往，在墓地里准能留下一鳞半爪，要不然，他们怎样能在救世主到来的时候（我们孩子们是完全相信他终会出现的）跟随他到圣地〔以色列〕呢？而且，归根到底，如果不是用来指引死了的人前往他们最后的目的地，那一小包从圣地〔以色列〕取来和死去的人一起埋葬的泥土到底有什么意义呢？

记得有一次，我问起父亲关于救世主到来的事。我说，墓地如此接近火车站，一定是为了让死去的人在救世主到来的时候能赶上去圣地的火车，这样他们就不需要走太远的路——考虑到老人们（因为只有老人才会死）走路有困难，这可是一件好事。另外，救世主还要走很多路去召集死去的人，离火车站近些，他可以节省时间。父亲好像对我这些臆想感到非常尴尬，但他并没有企图劝阻我对救世主的期望，也没有向我解释死亡和死亡的过程。然而，不久以后开始的一切遭遇，使我也开始怀疑起救世主到来一说了。

祖母的去世带来诸多忙乱，大人们决定在七天哀悼期间将我和娥丝特表姐送到科尔潘托娃那儿去。科尔潘托娃住在离镇子很远的地方，

① 以色列：Israel，此处为男子名。

她那令人赏心悦目的房子有一排白色尖顶栅栏，有一条凶恶的黑狗守在门口，三年后我回到梅莱茨的时候它把我吓得魂飞魄散。她和她的丈夫没有孩子，而他大概也不喜欢、不赞成他妻子交犹太人朋友。科尔潘托娃的丈夫有一个巨大的肚子，他那粉红色、刮得光溜溜的头在上面快速摆动，让我联想起马戏团到镇上表演时，我亲爱的妈妈给我买的一个气球。有人会以为他是一个开心的家伙，但他不是。他从不微笑，也很少说话，我从没在祖母的商店里见过他。

科尔潘托娃不喜欢养闲人，我们到达她家后不久，她就递给我们一只篮子，告诉我们去花园里摘红醋栗。她一边习惯性地用她长满老茧的手把大围裙抚平，一边很严肃地告诉我们只能摘熟了的果子，而且摘下来的时候不要把娇嫩的果子捏烂了。这一天阳光明媚，她的花园灿烂多姿：一大片花朵，红黄交错；淡红色的熟透的西红柿挂在枝上；绿色黄瓜藤气味香甜；高高的灌木上挂着灰白的醋栗、深色的黑莓和红色的红醋栗；玫瑰色的桃子还在树上，没有完全熟透；绿色的苹果和黄色的梨子也挂满了枝头；蝴蝶带斑点的翅膀在清新的空气中轻轻抖动；蜜蜂们在香甜的花丛中忙碌着，嗡嗡地叫个不停。在她的花园里，一切都显得那么宁静与祥和。花园里的鸟儿们自由自在地唱起快乐的歌，远处的鸟儿也跟它们鸣唱应和。科尔潘托娃的花园井井有条，不但充满美丽景色，还有日常可吃的蔬菜和水果。我家租住房子的花园也一样，只是稍欠打理。即使经历了时间的冲刷，我还是很清楚地记得那一天，在她的花园里，就像是在另一个世界里，远远离开了祖母敏得乐的死带来的纷扰和抽泣。

如果我那天是一个人，我肯定会设想自己是在一个被施了魔法的花园里，但是，娥丝特表姐就站在红醋栗树丛的另一边，并选择了这个时候来告诉我关于死亡的事情。像往常一样，她的棕色直发垂挂在她苍白的雀斑脸两旁。因为她很怕科尔潘托娃，所以她在摘果子的时候小心翼翼的。记忆有它走样的一面，然而对我来说，对救世主的到来和重生一说产生怀疑就是从那天开始的，花园里阳光灿烂的那一天与心里埋下的怀疑种子永远联系在一起。那一天，时间好像也停止了。刚开始的时候，娥丝特和我既不说话也不吵架，我们沉默地将篮子装满，不时地尝一些熟透的果子。我们听到鸟儿们像往常那样歌唱，我们听到从科尔潘托娃的厨房窗户里传来碗碟相碰的声音，偶尔我们还听到她那条拴在链子上的狗在房子前狂吠一阵。我俩之间的沉默变得让人难以忍受。完全是为了打破沉默，我没话找话地问娥丝特表姐，她觉得当救世主来的时候，新墓地里的祖母敏得乐能不能与旧墓地里的爷爷哈依姆、曾祖父以色列，还有曾祖母比莉美（我被命名这同一名字就是为了纪念她）会合。她的回答毫不含糊：没有救世主，死的人也不会去圣地〔以色列〕。死的人死了，被埋葬了，他们的头发和指甲会继续在坟墓里长长一点，同时，蠕虫开始吃他们的肉，直到只剩下干枯的骨头。

每当娥丝特表姐有意提醒我她知道的比我多，并努力使我感到自卑的时候，我总是很生气。我还记得那种感觉。不错，她在波兰学校上学，能学到跟我的宗教学校不一样的科目。我的学校所传授的知识只限于希伯来《圣经》、被挑选出来的部分《圣经》解说、祈祷文和大量的希伯来文语法。让我生气的是娥丝特表姐那尖刻、令人厌恶的说话方式，以及一副炫耀的态度。也许她喜欢看我生气——因为如她所料，我总会被她激怒。

但是这次不仅是激怒我。她讲的蠕虫的故事在我熟悉而且坚信不疑的信仰里埋下了怀疑的种子。我的生活里有各种各样可怕的虫子：户外厕所里令人作呕的蛆，菜园里油亮发光的红棕色蚯蚓，包心菜里爬出来的肥白虫子，最严重的，是令人害怕的长在肠子里的绦虫——表姐们没完没了地提醒我们要注意，但却没有告诉我们应如何避免生绦虫。我无法接受娥丝特表姐告诉我的一切：祖母和蠕虫这两个形象是那么不搭界，风马牛不相及的。再说了，如果死去的人除了骨头外什么都剩不下的话，那么，那包从圣地〔以色列〕取来的泥土又有什么意义呢？更进一步说，等待救世主到来还有什么意义呢？在充满了自然魔力的花园里，在夏季里的那一天，娥丝特表姐给我上了一堂关于生与死的课，讲了生命的短暂及其渐渐衰亡的真相。这堂课对我来说很突然，而且也没全听明白。

如果我们，娥丝特和我，一直留在梅莱茨，一起变老，我们会变成什么样的人呢？她会不会长成和我的费格姑妈一样无情而专横？或者，她逐渐修炼成了完美的人，那样我会更喜欢她一些？但是娥丝特表姐没有这个机会——她被杀害了。现在她只活在我的记忆里——一个不受幻象影响的人，始终追求真实（她所能理解的真实）。我还记得她的尖刻，但如今我明白，尖刻是为了掩盖她的脆弱。

七天哀悼期结束后，生活回到了它惯有的节奏。父亲和吕文姑父重开店门。我的父亲显然还是很伤心，我想念他最爱哼的小调，关于锡安在绿油油的田野、关于小羊们的草地的小调。我们在中午又吃上热菜了，每个人好像都忘记得那么快，把祖母不再和我们在一起视作理所当然。而我却不能停止琢磨她的死亡。因为我总也忘不了娥丝特表姐说的关于蠕虫的话。

祖母去世后我第一次到她家时，无法想象她竟然不在楼下的店里，没站在柜台后数抽屉里的钱，也没在楼上炉子旁煮着那些浓香的鸡汤。我觉得进门的时候肯定看到她了：她站在从敞开的大门射进的那束阳光里，看着繁忙的街上，农民赶着四轮马车去市场，女人们悠闲地步行去办事。我觉得她穿着深色长羊毛裙子，虽然天气已转暖，仍用一件深色披肩包着肩。在她头上是那顶吓人的黄色假发，像往常一样有点歪：她有挠头的习惯，总是把假发推到一边的耳朵上。布满皱纹、灰黄色的脸庞上小眼睛警惕地张望着，每当我试图从大瓶子里拿一块糖果的一刹那，她肯定会看见。她活着时牙齿已掉光了，嘴瘪着，使得她的鼻子比实际看上去更长，并让她的脸看上去永远都是一副不满足的表情。但是今天她开心地笑着。我揉揉眼睛再看过去，她不见了。在她的位子上站着吕文姑父，身上是那件他平常在店里干活时穿的脏兮兮的白色外套，脸上还是一如既往的睡眼惺忪、漫不经心的表情。

如果我只是在祖母死后“见了”她这一次，我可能完全不记得这件事了，问题是我不断地在屋里不同的地方看见她：她一早在楼上厨房桌上的铜臼里捣碎菊苣和咖啡豆，她在厨房左边角落的床上坐起来，她在打一个大哈欠时张大了没有牙齿的嘴……奇怪的是，她每次都很慈祥，想给我东西——那可是以前从来都没有过的。而每一次我定睛细看时，她又不见了。祖母只在她的房子里、在楼下店里，或在楼上公寓里向我现身，除了这些地方，我从来没有见着她。比如说，当我在面包房买油腻的早餐花辫面包圈时，或是星期五下午把“充仑”锅端到面包店去煮一宿时，我都没有见过她。在摩得可[①]的熟食店，妈妈偶尔会带我去买一条松脆的填奶油的油酥点心，我也没有看到她出现。

邻居和亲戚们下午到我们家闲聊的时候，祖母也没有出现过。下午聊天是祖母在世时她们的习惯，现在祖母死了，她们继续聚会。每次大约有五六个女人，喝着柠檬水、吃着鹰嘴豆，哈娃和哈依姆-杨科从不缺席。我和娥丝特表姐、小男孩哈依姆-杨科坐在窗户和厨房桌子之间那个磨得露线的绿沙发上，座垫里面折断的弹簧直扎我们皮包骨的屁

---

① 摩得可：Mordche，意第绪语男子名。

股。我们假装在穿珠子或钩织，其实一直竖着耳朵聆听，以免漏掉女人们聊天内容中的每一个字。

也许就是在这段时间里我听到了要告诉你们的这个故事。是哈娃讲的，还是哪个女人讲的？不过也许只是我后来在某处读到的？记忆以某种方式将祖母的去世事实与我内心对她的想象编织到了一起。作为一个小孩子，也许我该感到内疚，因为她在世时没有喜欢过她，因为嫉妒她只给娥丝特表姐而不给我买甜橙。不管怎么说，我认识到，一个人死后灵魂不会立刻脱离躯体。七天的哀悼期和男人们每天在死者家里的祈祷，就是为了安慰那些天里不断返回家里的灵魂。灵魂在墓地和生前的家之间游荡，直到七天哀悼期结束。然后接下来的一整年，灵魂继续在坟墓和天堂之间游荡。只有在一年以后，灵魂才会永久地留在天堂，虽然它有时还会到坟墓走走。祖母敏得乐不能在她的坟墓里安息，也不习惯她在天堂里的生活，一定是因为有什么事情让她不得安宁。她的灵魂在努力发出信号，告诉活着的亲人她的那些忧虑。也许她想重做做过的一些事情，也许有一些事她没来得及处理，而她想让家人知道应该把这些事做了。她不安宁的灵魂在战争爆发前不久停止出现。我从来没有告诉过任何人这些事，而且我也很快就忘记了曾在她死后见过她。

关于战争的传言使每个人都很不安。我们整个家族，包括在小市场那边的分支，都处在惶恐当中。我们应该把所有东西打包逃离本地呢，还是原地不动？波兰军队能在维斯沃克河（Wisłoka River）稳住阵脚并且把桥梁炸掉吗？梅莱茨会不会再次成为战场，就像在第一次世界大战时成为俄国和奥地利军队的战场那样？直到现在，那段历史对很多人来说还历历在目。我们应该按长时间遭到围困来储备饮食，还是期待战争迅速结束？寂静的梅莱茨（尽管有一个火车站并且是一个有市场的城镇）对于波兰和德国军队来说都很重要，因为这里有一座桥梁，既适合军队进攻也方便军队撤退，附近还有一个飞机制造厂、飞机机库和一个小型军用机场。当地人对战争的恐惧不是没有根据的——梅莱茨是战略要地。

费格姑妈很担心有人抢劫，在用那把曾经引发她和祖母激烈争吵的钥匙锁上店铺铁门之前，她把一大包磨好的巧克力粉扛到我们家储存。父亲确信德国兵会轰炸附近的飞机制造厂，爆炸冲击力肯定会把我家窗户玻璃震得粉碎，他把纸剪成一条条的，用面粉和水调成浆糊把纸条粘到窗玻璃上。我们的波兰房东确信他漂亮的砖砌两层楼会被烧毁，紧张的脸上汗水直淌，警告我们一开战就不能生火煮饭。

每个人的神经都绷得紧紧的。人们在街头巷尾都会互相询问最新的消息。父亲把他的大收音机拿了出来（这种大收音机在梅莱茨很少），平时放在阁楼里，因为我家的小房间没有地方放。他和我聚精会神地听了半天，但是除了杂音和嗡嗡声，什么消息也没听到。我跑到祖母家去跟娥丝特表姐道别。因为母亲告诉我，一开战就不准到房子外面去了。现在不是计较旧日争吵的时候，我想好好问问娥丝特表姐有关战争的问题，因为父母好像都没有心思解答我的那些问题。

我对将要发生的一切只有很模糊的概念。我知道《圣经》中的战争：与亚玛力人①之战，与腓力斯人②之战，与迦南人③之战，更不用提还有与亚述人④以及与巴比伦人⑤的战争——因为他们把我们的圣殿烧毁

① 亚玛力人：Amalekites。

② 腓力斯人：Philistines。

③ 迦南人：Canaanites。

④ 亚述人：Assyrians。

⑤ 巴比伦人：Babylonians。

了。但是所有这些战争都发生在很久以前了。我在阁楼里找到了一本灰尘蒙面的旧书，讲的是拿破仑的战争：血肉横飞的画面中，战士们神情严峻地点燃大炮的引信，躺在地上的伤员则肚皮裂开，血流如注。我被这些图片深深吸引。但阅读这类书是被禁止的，我没有告诉过母亲我的发现。我还从祖母厨房里那些女人们聊天时说的故事中了解到，祖母敏得乐和曾祖母比莉美如何在早年的战争中逃到维也纳，而父亲被送到荷兰以免被奥地利军队抓去服兵役。我们也有关于战争的歌曲，也不知道是从哪儿流传来的，我们用意第绪语唱："我的名字是约瑟乐，我在军队中服役。"或是用波兰语唱一首歌，那首歌讲的是堕马而死的长矛骑士听同伴劝诫，让他即使在黑暗的坟墓里，也要想念波兰。这些点点滴滴的知识都没有帮助我明白战争是怎么一回事。

终于有那么一次，娥丝特表姐在向我讲解事情时温柔平静，甚至是和蔼的。她一边擦着黄牙，一边解释：德国飞机一扔炸弹，炸弹爆炸时就会发出巨大的响声，我必须赶紧捂住耳朵，要不然一辈子都是聋子。飞机轰炸后，会出现带着机关枪的士兵，我们就必须躲起来。但是，娥丝特表姐说战争时间不会长，因为波兰军队又少又弱，不可能抵挡得住实力强大的德军。

在一个阳光灿烂的下午，哈娃匆匆赶来，她的红花披肩在身后飘扬，苍白的小哈依姆-杨科又短又瘦的双腿几乎跟不上她。哈娃的眼睛比平时睁得更大，显然她有让人沮丧的消息。原来，她听说一些犹太教神秘学[①]学者正在尝试预告将要发生的事情。这些学者是另一个世界里的人，在命理学推算方面造诣很高，却绝少阅读报纸，也从不听收音机。在波兰将被入侵的前夕，虽然气氛十分紧张，可是我们一点儿消息

① 犹太教神秘学：Kabbala。

都听不到——有收音机也没有用，没办法，只有通过其他途径获取消息。尽管很不耐烦，父亲还是决定听哈娃说完。哈娃讲，经过长时间讨论，神秘学学者们得出的结论的大意是（很长时间以后我才在别人的帮助下弄懂其大意），如果用希伯来文把名字“阿道夫”、“希特勒”和“梅莱茨”写出来，它们的希伯来文字母的数字值〔在希伯来文中，每个字母都有它的数字值〕总数是705。而数字7、0、5对应希伯来文字母的ת、ש和ה，按照顺序，就是1945。如果将这些犹太字母串成一个字，它的意思就是“耗尽”或“衰弱”。

哈娃这样理解神秘学学者的解释：从现在到1945年，犹太人可能有数场大灾难，这些大灾难会把犹太人耗尽或毁灭。神秘学学者们建议不要延迟，立刻逃亡，越快越好，越远越好。现在回过头去推忖，当哈娃知道这一消息时，一定会抱着哈依姆-杨科伤心绝望地哭泣。她一个女人独自带着一个小孩子，能去哪里呢？而那些让我们惴惴不安、将要降临到的大灾难又会是什么呢？

没有人把神秘学学者的厄运预言当回事，也没有人听从他们的建议。哈娃没有逃并不奇怪，神秘学学者自己也没有离开镇子。毫无疑问，就像父亲一样，人们只把几个老人玩弄数字和希伯来文字母的游戏当成笑话，根本没把他们的警告当回事。

1996年1月

我喜欢在耶路撒冷希伯来大学的圆形教室里给大学研究生班讲课。我只有为数不多的学生。他们也喜欢这个房间，柔和的日光从穹顶投射到教室里，有一种飘渺的感觉，恰好与我在这儿教的科目相合——我教中国文学。这不是一个流行的科目。今天更多的学生喜欢实用性的科目，如政治、蓬勃发展的中国经济、一党政体。这些学生甚至把没读过中国小说或诗篇当成值得夸耀的事。

然而，坐在圆形教室里的学生都是有献身精神的读者，也许有一两位学生选择这个科目只因为它与其他科目的时间不冲突，他们觉得很乏味却努力抑制住哈欠，顽强地抵抗着睡意。我们正在读《红楼梦》，一本18世纪的中国小说。就算世界对它的认可太迟了，并不影响它是世界文学的伟大经典之一这一事实。这是一部长篇小说，有几百页之多，情节曲折，内涵丰富。

我们发现，书中描写的众多令人迷惘的人物并非此书的最伟大之处。这些人物，故事的男、女主人公，像我们一样，都在找寻生、死、命运的意义。在找寻一个答案，看人们能否与命运交涉，改变看上去好像已成定局的命数。一次又一次，作者希望他的读者能明白人性无知的一面：我们没有能力辨认征兆，众多路标警示我们正被推向某个命运，但奇怪的是，我们似乎看不见。《梦》——我喜欢这样称呼这本巨著，告诉了我们很多关于在中国，以及在其他所有地方的人们的活动。但是，这部小说和它深邃的启示并不很容易明白，西方人在这方面的表达有所不同。即便采用了不同的角度和观点，我们在谈论生与死这个谜团时，也和盲人摸大象没有什么不同：误以为大象的样子就跟他们摸到的象鼻子或象大腿一样。无知阻挠我们认清我们所不能理解的现实。

男主人公宝玉和女主人公黛玉，都被写成有缺陷的，我解释说，因为他们必须存在于一个并不完美的世界里。他们的摇篮期，在一个完美的神话世界里形成了他们的高尚天赋时就带有瑕疵。宝玉曾是一块顽石，因为不合用，在女娲氏炼石补天时没用上，导致他萌生了到人世间去的渴望。黛玉开始也是在神话世界里。她是一朵花，但因为孤傲而不完美。就这样，这对命中注定该在一起却还未相遇的两个人，各自怀着石和花的高尚天赋，降生到了这个不完美的世界里。

《梦》的作者原是中国南方人，他的家乡地处华美、青葱的水乡。他的家庭曾富甲一方，备受尊重。到他开始写这部小说的时候，却已是家道中落，大不如前。他已居住在环境、气候截然不同的首都北京，极为穷困。小说里有作者的南方孩童记忆，书中大部分情节也是在一个种满奇花异草的花园里发生的，那里是小说中的人物逃避外面纷扰、庸俗世界的避难所。宝玉、黛玉和他们的青少年同伴们一起住进大观园，每天天真无邪地嬉戏，享受相伴之乐。然而，年轻的女孩们必须一个个地离开大观园，到园外面对悲剧性的命运：病患，没有爱、使人变得冷酷无情的婚姻，还有死亡。女孩们都很纤弱易碎，就像树上含苞待放的花蕾。她们的青春就像开得灿烂明媚的花朵一样短暂，很快就枯萎了。

我告诉我的学生们，在主人公们最快乐、家庭最显贵的时候，腐蚀、衰落，还有这些少年人的最终命数，都已经被决定了。当宝玉在梦中看到对他们命运的记述时，他并不明白那些话的意思。在这些少年人玩的谜语游戏中，对命运的警示就在谜底里。年长一些的家庭成员也有参与，但是年少和年长者们都没能将谜底与他们自己的命运联系起来。

难道我们不是一样吗？我问道。我们听了但没听见，看了但没看到。我们被赋予了这些能力——当我们最初在精神形成时就被赋予的潜力——但我们并没有好好运用它们。那个单纯的、充满甜蜜花香、到处是五颜六色的鲜花和奇妙鸟儿的花园很奇妙，但是我们能在里面的时间是那么短暂。很快，我们就必须离开花园。没有人打理，花园很快荒芜、败落了。改变命运的办法曾在我们面前展示，但是我们没有好好利用。看来我的学生们不相信我说的这些，他们争辩说，有些事情是改变不了的。他们相信自己从来都没有身处儿时的魔幻花园，也不认为曾见到过任何指引未来的标志。他们不应当这样看世界啊。

战争刚爆发的时候，显得很遥远。不过，它还是带给梅莱茨一种奇怪的沉默。生活好像也停顿下来。农民的四轮货车不再辘辘地驶向市场，商店都关上门，并闩上了铁条。购物者从商店后门匆匆飞奔进去，然后又急忙地冲出来赶回家。面包师们还在继续烤面包，不过都是在紧闭的大门后工作。母亲们都把孩子留在家里，傍晚时人们也不再延续往日的习惯互相串门。一切都很安静。太阳在无云的天空中照耀，人们在等待着什么。那些天都很晴朗，到处都能闻到花园里花儿发出的迷人香味，还有果树上晚熟果子的新鲜气味。蚯蚓在卷心菜地里十分忙碌，大大的蝴蝶就在苹果树梢上颤动。

忧虑，混合着一丝恐惧，在家里生成一种很压抑的沉重。不准我到花园以外的地方去，我很无聊，于是下楼到花园里，带着我的书，坐到大胡桃树的树荫下。我们的花园——其实是我们房东的花园——和科尔潘托娃的花园不一样。它也有果树和蔬菜，但是房东和住在房子里的房客们都没有人种莓果灌木丛。我喜欢坐在胡桃树下，喜欢透过厚密的树叶看太阳和飘动的浮云，我甚至喜欢不安地等待毛毛虫偶尔掉到我的手或脖子上。我读参孙和黛丽拉[①]的故事，他们之间的爱与背叛，还有为盲目的爱与信任而付出的沉痛代价。我也读大卫王和他儿子押沙龙[②]的故事，每次读完，我都会感慨一次：尽管押沙龙背叛了他父亲的爱，大卫王还是那么深爱他的儿子。“押沙龙，我的儿子，我的儿子，押沙龙。”当捎信人把他的死讯带给大卫王，大卫王禁不住地抽泣。大卫王凄苦的悲伤，还有因爱、背叛和死亡带来的痛苦，总是能使我热

① 参孙和黛丽拉：Samson and Delilah，《圣经》中人物。

② 押沙龙：Absalom，大卫王儿子之一，头发美而长。起兵要篡位，却在战役中被一棵树卡住头发吊死。

泪盈眶。

一天，我正坐在花园里，忽然听到了一阵喧哗，确切说不很喧闹，更像寂静中由众多细碎声音汇聚成的一片杂乱的嘈杂声。我从未听到过这种声响，赶紧跑到楼上去。我们全站在莎音乐姑妈房间的阳台上，看着波兰军队撤退。士兵们穿着撕破了的沾满污垢的军装，精疲力尽，脚步拖沓地在街上穿过，掀起团团尘埃。他们的头耷拉着，只用勉强听得到的声音说话，无精打采。这是一支被击溃的军队。他们还都光着脚；母亲说那是因为他们的鞋都是用纸做的，在雨中都融掉了。她向来有慈悲之心，所以就到楼下的水井为疲惫的士兵们汲水。父亲相信德国人已经到了附近，但是，波兰军队看上去不打算在维斯沃克河迎敌，所以我们家门前也应该不会成为战场。因此，按父亲的话，我们没有什么好害怕的。

另一天，我们站在阳台上看到在无云的天空中有一架银色的飞机，也不知是德国的还是波兰的飞机。我们好像全忘了曾被警告过——一看到飞机就应该立刻躲到地下室去。那架飞机在空中盘旋了一圈，两圈，然后飞走了。之后，我们听到了两声巨大的撞击声，整个房子都震动了。仅此而已，父亲糊上的窗户没有碎裂，河上的桥也没有被炸，德国人需要留住那座桥，以便开进梅莱茨。我们后来得知，我们听到的撞击声是炸弹落在飞机制造厂或它附近的声音。

像剧院的观众一样，我们又一次站在了阳台上，看着难民们涌进镇子。男人女人，老的少的。有的人把少得可怜的一点财物扛在肩上，有的人把一箱箱行李高高地堆在手推车上。难民队伍也掀起团团尘埃，但不像士兵，他们来后没有离开镇子。难民们打算留下来，也许觉得在镇子里会比在一个四周敞开的村庄安全些。母亲又一次到楼下的水井为惊恐不安、精疲力尽的人们打水，并询问他们德国军队还有多远。

现在，街道不再沉寂了。满身灰尘的男人、女人们在小街窄巷来回走动，敲着关闭的窗板和门。他们乞求能买面包和一些牛奶，还请求一处遮风蔽雨的房子，幼小的婴儿在他们母亲的怀抱中哭叫不停。我们的房东在门口守着，不让任何人进入他的花园。他说，这些人都是贼，一有机会就会偷窃。父亲认为，德国人一到，对我们来说战争就结束了。我十分希望他的话是对的。

9月，在犹太人新年的除夕夜，德国人的摩托车轰隆隆地开进了镇子。他们来的路线跟波兰军队和难民的一样。我依稀记得，德国人并不太多，但足够完成他们特意要来干的事情。我们站在阳台上望着那些摩托车，听着语调陌生、凶巴巴的声音。刚开始，我们也许还为没在梅莱茨镇里或附近打仗感到庆幸，还努力想弄明白这些德国征服者会在镇上做什么。我们在阳台上观望的时候，并不知道他们来只为了一个目的：屠杀犹太人。

那年的节日我们没有好好准备。由于爆发了战争，每周的集市取消了，附近村庄的农民既没有给我们带来水果也没有蔬菜。尽管如此，梅莱茨的犹太人觉得最坏的情况已经结束了。波兰军队已经垮掉，德国人正在征服波兰，生活总还要继续吧。节日是一年中最神圣的时候，一个犹太人必须尽其所能去庆祝。人们有什么就煮什么。那些有本事在紧张日子里把自己的鸡鹅养肥的人，一大早就把家禽带到屠夫那儿进行符合犹太律法的宰杀。女人们为节日忙着操持家中各项事宜，男人们则忙着做身体和精神的准备。那些天，公共澡堂通常都非常拥挤，一来是因为宗教律法规定的仪式性洁净沐浴在节日庆祝中尤为重要，二来是镇里的那么多难民也需要洗澡。

驾着咆哮的摩托车冲进镇之后，德国人包围了澡堂和肉铺。从澡堂被赶出来的人被带到肉铺里。路过的或是向着澡堂方向走去的犹太人，很容易就因为他们的胡子、鬓发[①]，以及服饰被认出来。他们都被抓住，赶进了肉铺。除了女人和孩子们被允许回家，没有一个人可以逃掉。然后，德国人要么就先射杀人群，然后纵火烧掉被杀者所在的建筑物；要么就直接放火烧建筑，把里面的人活活烧死。关于这些事件的记述有所不同。没有记者在场记下事实和接下去发生的事情。如果有人在这些事情发生后立刻就记录在日记里（很有可能一些人真的这样做了），那日记也早就失落了，就像不久以后的梅莱茨犹太区和它的大部分居民一样，被毁灭了。

在杀掉肉铺里的人并火烧犹太区之后，德国人来到犹太会堂纵火（有的人说德国人先离开了，然后在“赎罪日”[②]前夜再回到梅莱茨放火烧会堂）。他们先是把毗邻犹太会堂两侧的“学堂”[③]里的祈祷书、《托拉圣卷》[④]和其他的书扔进燃起的篝火堆。会堂是一座高大的石砌宏伟建筑，并有两个圆柱形塔楼。它前面的一大片空地让会堂从街道边往里凹进去一点，现在却成为了焚书的理想地方。“学堂”是用木材建造的，很快就被飞舞的火星点燃，越烧越猛的火焰迅速蔓延到了会堂。夜晚，德国人完成任务后离开了——或许只是其中一部分人离开了，因为第二天早上，当犹太人要把死去的同胞埋到小镇的新墓地时，德国兵

---

① 鬓发：earlock，虔诚的信教犹太男子根据《圣经》所提到的，从不剪去耳朵 上方的头发，这成为被认出是犹太人的最明显根据。

② 赎罪日：Yom Kippur，犹太人最神圣的节日，也是斋戒日。犹太人在这一整天都会在会堂里祈祷。赎罪日是在犹太新年后第十天。

③ 学堂：House of Study，是犹太人在一起学习《托拉圣卷》、《塔木得》等犹太律法的地方，一般每个犹太会堂里都有学堂。

④ 《托拉圣卷》：*Torah Scrolls*，犹太《圣经》，共五本，也叫《摩西五书》。

阻止了他们。

历史学家提到这些在梅莱茨发生的事件时，总是一笔带过。在记述中，新年除夕事件那一昼夜内无尽的惊骇和悲惨被淡化、消解了。事件发生50年后，一位历史学家写道：“在梅莱茨，9月13日，35个犹太人在一次宗教仪式沐浴中被逮捕，被带到了（动物）屠场，然后活活烧死。另外20人在犹太会堂里被活活烧死。”一位波兰历史学家，在一本共有1000多页描写梅莱茨和它周边环境的书里，仅仅如此提到：“那是在1939年9月，德国人在梅莱茨放火焚烧犹太会堂，其中的数十名犹太人全部遇难。”也许，与接下来几年里发生的事相比，那个除夕发生的事情算是微不足道的，也不值得占更大的篇幅。再说，“集体屠杀”[①]——后来用以专称这类事件的词——也发生在其他城镇里，很少地方能幸免。然而，这么简短的语句是多么容易让人忽略啊。读者毫不费力就会转向死者以数千、以百万计算的事件。只是几十个犹太人？一个犹太会堂被烧毁？澡堂？几乎不值得读者注意。现在这些关于梅莱茨的句子已经很简短，今后有可能会越变越短，直到有一天在历史书中完全消失。遗留下来的问题有可能永远都不会得到回答。这些姓名不详的、穿着灰色制服、戴着大头盔、成功实行了第一次大屠杀计划的德国人是谁？那些士兵是德国掌管波兰这片地区的“德国第十军”[②]吗？他们是在梅莱茨之后继续在其他地方大批杀戮犹太人、附属于“第十军”纳粹秘密警察“摩托化团”的一部分吗？“第十军”的指挥官互尔特·冯·赖赫瑙[③]，在听到纳粹秘密警察的行径时真的会义愤填膺吗？

---

① 集体屠杀：the program，专指有组织的被集体迫害和杀戮，尤其是因为宗教或种族原因。

② 德国第十军：German Tenth Army。

③ 瓦尔特·冯·赖赫瑙：Walter von Reichenau（1884－1942），德国陆军元帅。

我们站在阳台上，听着可怕的尖叫声。我们的住所紧挨着镇上波兰人居住区的边缘，和犹太人居住区仅仅隔着一大片田地。田地的另一边是两三座公寓房子、一座面包房和一些商店。再过去就是大澡堂。沿着街道，大澡堂转角就是肉铺。明净的空气把垂死的人发出的不像人声的尖叫传了过来，但是在这边，我们不明白发生了什么事情。

我们先闻到烟味——焚木和焚肉的烟味，但我们还是不明白发生了什么。然后，我们看到了火。一道火墙慢慢地把我们前面的一条街包住了。我们听到枪声、狂笑声和令人胆战心惊的尖叫声，那时我们也知道了镇上犹太区的一部分都着火了。波兰房东冲上了楼，后面跟着他脸色铁青的老婆，抱着一对双胞胎女儿。他大声喝叫着要我们离开：如果德国人发现他有犹太人房客，毫无疑问会把他的房子也烧了的。我们只能驯顺地遵从房东的意愿，而他心里只有他的房子，就那样看着我们离开。他的两个小女儿眼睛睁得大大的，一边一个抱着他的腿。

我们默不作声地穿过花园，出了后门，来到了一片很大的马铃薯地。离收获还有一个月或更久，绿色茁壮的枝叶又密又高。我们不敢走到街上去，也不知道该上哪儿去。父亲决定，我们必须在马铃薯地里待到天亮。

在那个漫长的夏夜里，我听见红红的烈火在怒吼，看到阵阵火星射向天空，脸上感觉到了炙热的烈风。我以为自己看见可怕的怪兽拿着机关枪，穿过花园栅栏向我扑来。我把身体紧紧地贴在柔软的泥土上，祈祷着马铃薯地能把我们一家人隐藏起来。泥土的气味湿润清新，但乌烟弥漫的空气使我窒息。整个夜晚天上都在飘烟雾红云，仿佛整个世界都着火了，包括它里面的每样东西、每个人。我蒙上了自己的眼睛。即便烈火在咆哮，我想还是听到了可怕的尖叫声和狂笑声。那个夜晚，当我努力把身体钻进黑黑的土地时，一种抹不掉的死亡恐惧占据了我整个人。以后很多年里，这恐惧都是我记忆的一部分。说不清为什么，这种恐惧不时重复浮现，出现时足以令人瘫痪、无法动弹。这份恐惧里包含着上千声尖叫，深藏于我心底没人能分担。直到多年以后，我才终于在经历的更多无法忘却的恐惧记忆当中，为这份恐惧找到了一个位置。

当黎明终于在灰蒙蒙的雾霭中来临时，我们偷偷从花园后门回到了楼上的住处。我又一次站到阳台上，从这儿既看得见那片间隔两个区的田地，又可以看到那条纵贯犹太区和波兰区的大街。那条街经过我家住的房子、田地、面包房、澡堂，一直通到肉铺。眼睛能望得到的地方，犹太区街上所有的房子都被焚毁了。烟囱像一根根光秃秃的巨大红手指，指向看不到太阳的灰色天空。最让我注意的是面包房的大烟囱，几个星期前我们还从那儿买了洒满蓝莓的“可可乐”蛋糕。离我们最近的那座房子的房椽还在慢慢燃烧，一缕细烟在断壁残垣上袅袅上升。浓重的清晨空气似乎锁住了刺鼻的大火气味。在下面的花园里，树叶都盖上了灰色细灰。一份诡秘、压抑的沉寂在这片死亡场地上弥漫。甚至鸟儿也飞离了花园，公鸡不再啼晓，母鸡不再咯咯叫，那种我熟悉的早晨的声音都不见了。

我记得，看见人们开始来到田地另一边一座烧焦的房子的后院。几个男人拿着铁铲，一到那儿就匆忙地开始挖一个大坑。没有阳光，天气却很闷热，挖坑的人不时要停下来擦掉额头的汗水。另外一些男人们挤成一堆儿进了后院，去搬他们之前小心翼翼地放在离坑远一点地方的包裹。他们默默地打手势示意，没有哭泣，也没有呻吟。围观的人，挖坑的人都沉默不语。坑挖好以后，众人轻手轻脚地把捆好的包裹逐个儿放到坑里。他们用低得几乎听不见的声音祈祷，然后很快把坑填上，匆匆离开，回到街上。

我看着，却不明白，只是领悟到有些很可怕的、理解不了的事情正在发生。我被那沉默的一幕施了魔法，没有办法把自己的目光拉开。这幅画面嵌入了我的脑海，再也抹不掉，差不多60年之后回忆起来还是像那个阴郁的早晨看到的一样清晰。随着时间的推移，后来不知是父亲或母亲的解释，还是无意中听到别人的谈话，我终于明白那个早晨看到的画面：整个早上，犹太教“埋葬服务社团”虔诚的男人们很小心地收集烧焦了的尸骸加以埋葬。很多死者被烧得面目全非。他们是陌生人还是镇里的居民？又或者，哪块肩胛骨属于哪具骷髅？根本没有办法知道。至于为什么这个房子的后院被选中作为葬地，又或者为什么他们决定把烧焦的遗骸葬在一个大坟墓里，从来没有人说起过。

接下来的几周我都尽量不向那个大坑的方向看，从阳台上可以很清楚地看到它的轮廓。对那个清晨事件的记忆一直如鬼魂般缠绕着我，让我有了一种新的恐惧。假如德国人在马铃薯地里发现了我们，我们也会被烈火吞噬吧？我现在也成了一堆捆扎的包里被烧焦的骨头，无法辨认，没有面容？而我的灵魂，会不会到处乱闯（尽管娥丝特表姐早就给我明确解释过，但我半信半疑，仍相信灵魂会游荡），认不出哪一具是我被烧焦了的骨头——或者更糟，错认了别人的尸骸？我想起了祖母敏得乐，想象她现在很安详地躺在她自己的坟墓里，也许戴着她在安息日才戴的灰色假发——而不是每天用的黄色假发，等待着，等待着……我也想起了一夜恐怖之后埋在大坑内那些包里烧焦了的骨头，还有那烈火的嘶吼，那些不像属于人间的尖叫声。

花园开始有夏末的样子了。黄瓜藤上的叶子干枯，满是尘土。豆蔓上已没有闪亮、饱满的豆荚，垂头丧气的。房东摘掉了果实以后，苹果树虽然不是光秃秃的，但也好像失去了茂盛和活力。跟花园连在一起的马铃薯地不再是枝繁叶茂、在阳光下光影闪烁的绿海。曾在“集体屠杀”那一夜把我们藏起来的高秸梗，都变成了干枯的棕色，不久就会全部倒伏。然后，女人和孩子们就会成帮结伙地来这儿，在肥沃的黑土壤里挖马铃薯。

父母不许我离开花园，其实我也没有这个打算，只有在花园里我才觉得安全。我坐在硕大的胡桃树下，它的树冠越来越稀。整个夏天，总有胖乎乎、摸上去冰凉的毛毛虫从树上掉下来，可是秋天一到，它们就完全消失了。我现在有点想念它们了，它们带给我那种在不安中期待的愉快。没有庆祝住棚节，就好像没有了夏秋的过渡期。父亲或其他（犹太）人都没有搭盖“棚子”。时间的列车还在前行，却好像失去了车站牌，不知到了哪里。我的完整世界开始出现裂缝。即使现在父亲因为答应祖母敏得乐不让一家人分开而心生后悔，也无力做什么来改变现状了。仅仅不到一年的时间，一切都太晚了。

> 我授予你无条件拒绝所有离境要求的权力……因为从波兰总政府地区离境……不再被允许……也不允许给任何一个犹太人发旅游通行证……（或）向在德国的一个外国领事馆申请签证。
>
> ——摘自一份1940年11月23日的政府通告

一天，我打算坐到阳台上读读课本，但是我无法把精神集中到内容上。我的视线总是从课本移向花园外那焦黑的房子残骸，还有那个大坑的轮廓上。羊毛状的白云遮住阳光时，空气里出现一丝寒意。云影落到田地对面的黑色颓垣上，让它看上去很凶险。我该怎样理解那曾经发生的可怕死亡？救世主怎样才能把烧焦的骨头带领到圣地？也许到头来救世主根本不存在？那么，在坟墓里真的没有等待去往圣地的灵魂？难道娥丝特表姐是对的，最终只有骨头留在泥土里？我的脑海里重现那个火光冲天的恐怖夜晚。言语无法表达恐惧掠过心头的感觉。

忽然间生活里出现了很多不确定的事情。一个曾经完整的、我所了解的世界，虽非事事完美却也井井有条，现在却布满了裂痕，充斥着我茫然无知的事情。祖母敏得乐已经被蠕虫吞噬掉了吗？活生生的人是怎样、又怎么可能变成烧焦了的骨头呢？我没有办法用言语说出这些感觉，我只是一个语言贫乏的孩子，无法讲出那种感受：一切再也不会像从前一样了。

冬天来了，一层洁白的雪毯把埋葬烧焦骨头的大坑覆盖，我也不再去想埋在那里的包裹了。房子残骸仍旧立在路边，参差不齐的残垣被雪盖住后，线条也显得柔和了一点。不过，我到祖母家去时，还是会兜一个大弯，避免经过这些地方。

随着时间的推移，其他事情占据了我的头脑。每个人、每件事都在发生令人难以理解的变化。我也在变，变得更瘦、更高，并且对再也吃不到的食物胃口极好。只有娥丝特表姐还像从前那样爱争吵。但是，她的嘲笑不再困扰我了，因为我交了一位新朋友——托史卡，一个从克拉科夫市来的难民。哈娃不再造访我们。母亲说，她变得非常古怪，人们看到她在街上自言自语。我偶尔看到她和哈依姆-杨科一起，灰发比以前更加凌乱。她好像认不出我了，我也不再走过去和她打招呼。她越来越像住在小市场拐角的那个疯女人了。

尽管我偶尔还做我的童年花园里的梦，但结局已经来临。父亲已停止唱歌，那些只有他知道的歌。

第四章 托史卡

流水落花春去也，

天上人间。

——（南唐）李煜，《浪淘沙》

前不见古人，后不见来者。

念天地之悠悠，独怆然而涕下。

——（唐）陈子昂，《登幽州台歌》

托史卡·斯比利那[1]和她的父母、姐姐都是从克拉科夫市来的难民。在克拉科夫市时她的父亲是一名记者。到梅莱茨之后，他很少在家。她的妈妈很美，黑黑的杏仁眼，橄榄色的皮肤，还有一头油亮的黑头发。托史卡遗传了她爸爸的蓝眼睛和棕色卷发。她和她的家人在贝乌热茨被杀害了。我有过一位朋友。她的名字叫托史卡。她在贝乌热茨被杀害了。

我们的友谊仅存在了两年，非常短暂。但是，我对她的悼念从来没

① 托史卡·斯比利那：Tośka Spyrina，波兰女子姓名。作者在战时的少年朋友。

停止过。我最后一次见到她大概是在被从梅莱茨押遣前的一、两天。在那之后，她和她的家人就失踪了，和其他几千人一样。我们的友情只是我记忆里的一些片段，包括我们当时上的秘密学校，而这些不完整的片段和情节却把身边那些我们感兴趣的人连在了一起。我并不知道当时我们是否已经感觉到了我们的友谊不能长久存在，但我确实知道，当我们一起分享那段令人遐想的生活时，不去想它哪天终止。

那场大火之后没多久，德国人完全控制梅莱茨之前，我们的生活慢慢地、小心翼翼地恢复到了一个似曾熟悉的节奏。然而，那种熟悉只是假相，随时会消失。人们心中的恐惧像巨大的黑影笼罩着犹太人住的街道。我们躲避不了身穿灰色制服来来往往的德国兵，一看见他们，我们就会想起他们能做出什么事情来。还有，“盖世太保”总部就在离小市场不远的一条大道上，我们叫它“盖世太保大楼”。我相信那里面满是说不出的凶险：盖世太保在里面折磨那些他们所认定的罪犯，罪名是由盖世太保说了算的。

然后，有些人开始不见了，有时候是一家子都不见了。他们的房子安然无恙却人去楼空。门都严实地锁住了，一生积攒下来的财产也跟房子一起被遗弃了。人们都上哪儿去了？他们会回来吗？一天，住在祖母敏得乐店铺对面的费里得曼[①]全家都不见了——那对老年夫妇，以及他们一大群儿子、媳妇和小孙子们，甚至包括那个习惯离家出走、几天后又被兄弟们找到带回家的小儿子（有一次，他竟然把垂在两耳侧的头发剪掉了，让他家人羞辱不堪），也不见了。当我从祖母敏得乐楼上的房间往下看，街道对面静悄悄的。我不明白发生了什么事情，模糊听来的

① 费里得曼：Friedman，人名。

大人间匆匆的对话也没给我一丝线索。

终于有一天，那时秋天的感伤和烤马铃薯的香味已经弥漫在空气里，谜团解开了。一天晚上，夜幕刚刚降临，几个男人集中到了我们住的小房间：父亲、吕文姑父、瑟以旦医生（牙医）、费拿尔先生和他女儿英俊的未婚夫。他们是来讨论应否逃到波兰境内俄占区的。房门紧紧关上。姑父不赞成，不想参与逃跑计划。我坐在惯常待的角落——衣柜和门之间，身后的书架放满了只有大人才允许看的书，我叫这些书“禁宝”。即使被挡住了一半，我还是能看到微弱的灯光里男人们忧心忡忡的脸。

每个人都低声讲话。他们必须渡过、甚至游过布格河[①]才能到达俄占区。但是，河流有多宽？他们能不能租到一条小船？他们不知道梅莱茨离布格河有多远，路上状况如何。他们不知道应该坐火车，还是波兰农民的牛车会更安全。他们很害怕遇到德国巡逻队。万一被德国人拦住了怎么应付？瑟以旦医生带来了一张地图，他把地图摊开在我们玩拉米纸牌的镀铜桌上。男人们把头凑到一起，在摇曳昏暗的油灯下，在地图上努力寻找梅莱茨和布格河。吕文姑父平时喜欢把帽子推到脑后勺，现在帽子几乎要掉下来了。

现在有一个新的问题：要不要把家人一起带上？如果带上，女人和孩子们怎样才能渡河？吕文姑父主张把老弱妇孺留下。他争辩说男人们面对的危险比女人们要大得多。父亲好像也同意姑父的说法。父亲说德国人其实也有一定的文明和修养，不大可能伤害女人和孩子们。比如在纵火时，他们没有烧妇孺，只烧男人。但是瑟以旦医生用牙医的权威反驳说，德国人对所有人来说都是危险的。他问，能纵火烧死丝毫没有伤

① 布格河：Bug River，在波兰与乌克兰之间的主要河流。在1939年，德军在河边止步，没有过河并进入当时的俄国领域。

害他们的人，这样的人能有多文明？他不断摇着头说，我们犹太人对德国人不能抱任何幻想，必须警惕。

他们反反复复地争论，而我，从我的角落里明白了费里得曼家和其他人消失的原因。可是，这一明白让我有了新的恐惧。父亲会不会想把我们留下来？没有他我们怎么办？我们需要他来保护我们不受德国人的伤害呀。如果他像其他人一样忽然间消失了，我们该怎么办？（我那时候不知道，父亲向祖母敏得乐承诺过，他不会让家人分离。）

那次会议之后的一段日子里，似乎不再那么危机四伏。父亲还在我的身边，吕文姑父继续睡眼惺忪地站在空荡荡的店铺柜台后面。那段日子天空晴朗，阳光明媚，我开始收捡栗子，把它们刻成小篮子，串成项链，或做成玩偶。我们的邻居费拿尔先生时常在院子里帮他妻子劈柴。他一言不发，有条不紊地把大块柴劈成几小块。棕色皮肤胖乎乎的费拿尔太太哼着歌不经意地把引火小干柴按厚或薄、弯曲或笔直的分开码好。

房东建好了他的两层楼房后，他一家子和我们一家住了进去。而原来他住的白灰水粉刷的小农舍，费拿尔一家搬了进去。那个又旧又破的农舍有小窗子，屋顶盖着厚重的干禾草，朝着街的门廊下有两张长条凳。费拿尔太太是一个开朗的女人，总是面带微笑，有时还一边干活一边唱歌。她不信教，所以也没有戴假发。她那正在变白的头发总是往后梳成一个不整齐的发髻。费拿尔先生的皮肤和他太太差不多，也是深颜色。尽管他没有留胡子，但总是戴着帽盖头，[①] 就像很多其他“从束缚中解放的犹太人”一样。与他兴高采烈的妻子相比，他显得郁郁寡欢，很少和其他房客搭讪。

① 犹太男子常戴圆形小帽遮盖部分头顶，用以提醒自己之上还有上帝。

费拿尔夫妇有一个约莫18岁的女儿和一个约莫14岁的儿子。儿子有着父母那样的深色皮肤，他那带着恶作剧表情的面孔，露齿笑时就像他妈妈。女儿与他们的长相非常不一样：她不高也不矮，金黄色的头发，蓝色的眼睛，美丽的皮肤几乎像牛奶一样白。她的楔子底木凉鞋两边涂着不同颜色，那可是夏天的新时尚——那时由于物资短缺，再也没有皮鞋上市了。当她沿街往下走时，印花薄纱裙在风里摇曳。那时她已经订婚并准备结婚了（至少，我这样以为），因为我经常看到她和她的未婚夫一起坐在她家门廊的长凳上。他们是漂亮的一对，并排坐在一条长凳上深情地凝视着对方的眼睛，热烈地交谈，我认定他们在谈婚礼。对于10岁的我来说，沉浸在我读过的童话般浪漫爱情和美好结局故事的遐想中，也许能让刚发生不久的危险和每天的不安等待变得容易承受一些。

很快，初秋阳光灿烂的温暖变成了秋雨和刺骨的寒风，没铺石子的路变成了危险的泥泞，农夫们的马车走过后总留下深深的垄沟。我们走在路上必须很谨慎，避开水坑或半融的雪，以免珍贵的、没地方能再买到的胶皮套鞋被泥泞吸住拔不出来。夏天的时候，妈妈用旧毛衣拆出来的羊毛线重新为家里每个人织了帽子。帽子看上去不讲究，只是将一条长围巾中的四分之一缝起来，就成了一顶围巾帽。妈妈做的帽子后面都凸出一个尖角，一点都不好看，但是保暖挡风。

虽然我讨厌冷天，但那个秋天我却很少猫在床上和屋里，总担心睡着的时候父亲会忽然消失在黑夜里。我给自己的任务就是监视他，并经常到店里去看看，保证他和吕文姑父都没溜走。另外，虽然免不了和娥丝特表姐拌嘴，我还是宁愿和她一起刻栗子而不愿意我一个人在家，那样会让连绵阴雨压得透不过气。

现在，瑟以旦一家也走了。他们离开了坐落在梅莱茨镇外围的那座漂亮房子，以前有时我和妈妈会受邀请到那里喝下午茶。对我来说，下午茶是很隆重的活动，估计对我母亲来说也是一样的。我俩都会穿上最好的衣服，也许还会叫一辆有钱人才用的出租马车。在我记忆中，好像只有最特殊的情况我们才会租马车。那些下午茶总是那么高雅。瑟以旦老太太和妈妈彬彬有礼地聊天，一只手小心翼翼地捏着精美的瓷杯，另一只手拈着糕点。而我呢，会被允许去他们的“冬园”玩儿。那其实是一个用玻璃封起来的门廊，瑟以旦太太在里面种养引进的植物——至少在未见过世面的我看来是引进的植物。现在，他们的房子被丢弃了，静静立在灰暗秋色的荒芜田野里。那些植物没有人打理，很快就会枯萎。

费拿尔家女儿英俊的未婚夫和费拿尔先生也不见了。我不担心费拿尔太太，她好像很能干。事实也是如此，她还是生活得很好。我更担心她美丽的女儿：她是否会对她英俊的未婚夫忠心不渝？而他，是否会一渡过那遥远的布格河就忘掉她？

穿过布格河的想法让我产生了无穷的遐想（我没有想过，其实不用渡布格河也可以到达俄占区）：一个月黑风高的夜晚，男人、女人、孩子蜷缩成一堆紧紧地挤在一条单薄的小船上。费拿尔先生和他女儿英俊的未婚夫狂乱地划船横渡布格河。布格河肯定比我们这里的维斯沃克河要宽。有一次一个叔叔在维斯沃克河里教我游泳，我却像石头一样只会一个劲儿地往下沉。娥丝特表姐也不会游泳，但她却能告诉我关于河流的一切危险，还提到发生在这条和其他河流的多次溺水事件。她还给我讲了在遥远的国度丹麦，有一个叫奥菲莉亚[①]的女孩子爱上了王子。河里隐藏着危险。我想象费里得曼太太身穿每天下午来我家串门穿的做工精致的黑外套，紧紧抓着船舷，哭叫的婴儿就在她的身旁。我紧接着想到，秋天的河水该有多冷啊！我没有跟任何人说起过我的这些焦虑，起

① 奥菲莉亚：Ophelia，莎士比亚悲剧《哈姆雷特》中的女主人公。

码没跟娥丝特表姐说起过，因为那无异于送上门去让她嗤笑。

费拿尔先生离开以后，他的太太开始在这一带卖面包。她烘烤的面包又大、又黑、又沉，但不是浑圆松软，即便这样，人们仍然购买。妈妈说费拿尔太太掺了马铃薯，使面粉团更大，但她认为这是费拿尔太太供养孩子的大胆方法。所以，妈妈总是尽可能不声不响地帮助费拿尔太太。

然而随着时间推移，母亲开始怀疑。费拿尔太太和她的面包都有点不对劲。面粉是按额配发的。我们认识的所有人吃面包都像吃蛋糕一样节省。比尔包姆面包房里的面包永远不够卖，他们总是缺少面粉，可是费拿尔太太却总有办法弄到面粉。她和帮她送面包的卷发儿子总是按时出现在我家门口。当谁都拿不出面包的时候，我们总是能够指望费拿尔太太。她走上我们的楼梯，圆脸上带着愉快的微笑，好像世界目前的状况也无法使她忧虑。她的儿子跟在身边，黑色的眼睛一眨一眨的。我上的宗教学校教育我不要看男孩子。但这个男孩子又调皮又好动，我实在忍不住，总偷偷地瞟他一眼。

快到冬天的时候，德国人从大城市驱逐出的首批犹太难民开始到达梅莱茨。已经挤得很厉害的房间又分租给新到的人。有的难民到达的时候只有身上的衣服，也有的拖着大大小小的包裹和皮箱。一个拉比的太太带着两个受惊吓抽泣不停的小孩子，住进了费拿尔太太家。那个房子有两间屋。拉比的太太用一条手帕包着头。她面色苍白，眼睛红红的，而且很古怪，没有眼睫毛。她的两个孩子害怕陌生人，总是哭个不停，揪着她的裙角不放。我试着逗他们玩，但他们只是躲在母亲背后，用充满恐惧的大眼睛瞪着我。漫长的寒冬里，我经常寻思，乐天派的费拿尔一家和这么个凄凄惨惨的女人共处一室，会是什么情景？费拿尔太太不给顾客送面包的时候就烤面包，浅褐色的手直到肘部都沾着面粉。拉比太太除了买食物从不出门。

妈妈经常谈到难民们。食物这么少，做饭和取暖的木柴和煤都快用光了，我们的日子会越来越难过，然而，母亲说，难民们的生活比我们还要困难十倍。他们没有钱，更大的问题是没有亲戚在镇上。在这里，举目都是陌生人，困难的时候没有人施予援手。母亲有一颗慈悲的心，她甚至可怜那个满脸忧郁、眼睛通红的拉比太太，还有她那两个可怜兮兮的孩子。估计费格姑妈也可怜难民们，但她比母亲要实际。在她的店里，很少人能赊账，除非是她熟识的人。

1940年我认识托史卡的时候，春天还没有到来。我是在哪儿第一次见到她的呢？会不会是她跟着她妈妈到店里来的时候？我经常在跟娥丝特表姐吵架以后，跑到楼下去，躲在一个和小店相连的小房间里。这曾是曾祖母比莉美的房间，现在只用来存放杂物：秋天做泡菜丝的桶、挑水用的水桶、空盒子、碎布头等等。房间没有窗户，只有把门打开，房间里才会有光线。为了纪念曾祖母，我被取了同样的名字。也许正因如此，每当坐在这个房间里，我总会想起她。我在想她是怎样一个人，是什么样子的，快乐的呢还是伤心的？尽管小房间里已经没有她的东西了，坐在堆得满满的杂物中，我却奇怪地感觉到与曾祖母很亲近，好像她还用某种形式呆在房间里，让我感到慈爱、安宁。我听说曾祖母比莉美不像祖母敏得乐那么“摩登”戴假发，她戴头巾帽。她的头巾帽上面还有串串珍珠。曾祖母比莉美去世以后——听说是在的99岁高寿之龄——祖母敏得乐的每个孩子都分到一串珍珠。父亲把他那串给了母亲。每当母亲戴这串珍珠的时候，我总觉得曾祖母仍然和我们在一起。

如果托史卡和她妈妈进店时我在小房间里，我可能是在她妈妈到柜台付钱的时候看见她的。那时候我也许没有和她说话，但是我清楚地记得我第一眼见到她时，就已经想和她成为朋友了。也许是她先和我搭讪的，托史卡是一个很单纯、外向的人。反正不管是怎么开头的，我们很快就很自然地成为了朋友，而我对她的爱慕随着对她了解越多而越强。她只比我大几个月、最多大一年，却能写出令人赞叹、声调优美的诗句。我们的友谊虽然太短暂了，然而从来没有因为争执影响我们的友谊，仿佛我们有默契：尽情享受友情。也许，因为我们比大人们更加敏锐地感觉到了笼罩在我们这温馨小天地之上的灾难威胁？

我对托史卡讲了费拿尔太太的女儿与未婚夫的分离，而托史卡开始想象他们的团圆和婚姻。讨论那对恋人越多，我们遐想的图景就越美丽。现实从我的头脑中消失了。我们建起一个梦幻世界，里面不但有费拿尔太太的女儿和她的未婚夫，连我和托史卡都有一席之地。托史卡相信就像我们读过的童话那样：战争会结束，未婚夫会回来，他们会结婚。他们会飞扑到对方的怀抱中，情景就像他们离别时一样美丽动人。她会羞红了脸，而他就会抱着她，温柔地吻着她的前额。胖乎乎的、浅褐色的手臂沾满面粉的费拿尔太太，也像平时一样笑吟吟地望着这对尴尬的爱人。托史卡想象，新娘在婚礼上会穿一件白色的花边礼服，她在这方面比我知道的要多得多。那将会是在春天，我们会为她送上一大束花，全是春天的花朵。费拿尔太太不再烤面包了，她会用最好的面粉烤一个结婚蛋糕，人们想吃多少就吃多少。婚礼之后，年轻夫妇会乘着三匹大白马拉的礼车乘风而去，而五百个客人会一直跳舞跳到天亮。

但是，春天还很遥远。窗外，一座座房子在寒冬里显得比以往更灰暗。厚厚的云团夹着雪压在头顶。地上，新雪又厚又白。农夫们坐着雪橇去城里，马铃声显得有气无力的。我和托史卡就努力想象春天的样子：紫色的丁香爬满栅栏，老胡桃树上的白花像烛光般在闪烁。

从左到右：我亲爱的朋友托史卡，一个邻家孩子和我。

苹果和樱桃香甜的花蕊也会在房东的果树上绽放。只要留神不让房东看到，我们还可以摘花蕊吸吮里面的花蜜。

春天来的时候，我和托史卡已经形影不离。现在天气暖和了一些，我们可以更多地到户外呼吸新鲜空气，沐浴在温暖的阳光里。阳光融化掉水井周围的雪，涓涓细流经过后院流出门去。冬天坚硬的冻土变得柔软，热气腾腾，还发出一股独特的香味。整个冬天，又丑又黑的乌鸦站在栅栏上，我很怕听它们那种聒噪，它们飞走后，树上的鸟儿们发出了怯怯的第一声啼叫，让我感到舒心。

但春天也让饥饿程度更严重。除了费格姑妈一家，家家户户的食物储量都所剩无几，或都已经吃完了。难民们继续涌进梅莱茨，我们本已少得可怜的食物却要维持更长时间。我看到了难民孩子们骨瘦如柴的四肢和鼓胀的肚皮。母亲说那是因为他们除了腌黄瓜就什么都没得吃，小身躯里有太多的盐和酸。我们变得越来越苍白，越来越消瘦，地窖里的马铃薯快吃光了。冬天的卷心菜也快吃完了，母亲省下少量叶子，努力使它们保持新鲜——我虽然没有吃腌黄瓜，但我的手脚都长了很大很痛的肿包，里面都是脓——那些卷心菜叶子就是用来把脓引出来的。

现在我很少到祖母敏得乐家里去找娥丝特表姐玩，有时我也会为有了新朋友而忽视她感到内疚。有时娥丝特表姐出现在我的梦里，很奇怪，在梦里她变了，不再擦她发黄的牙齿，也不叫我外号。梦里的娥丝特人好多了，也漂亮多了。她会分一块蛋糕给我，给我一个苹果，还会邀请我一起玩多米诺骨牌。尽管我知道这只是一个梦，梦中的娥丝特当然没有那个嘲弄我的娥丝特真实，但是更让人喜欢一点。记忆可能在耍我，谁能清楚记得那么多年前的梦呢？我的梦是那时做的，还是晚些时候做的？哪些部分是真实发生的，哪些部分只是梦？或者我只记住了梦，是因为现在的我内心为那时觉得娥丝特表姐那么不好而内疚？我饿的时候她从来都没有和我分享过她的食物，她也从来没有好好待我。但毕竟今天我还活在世上，能够随心所欲的吃蛋糕、苹果。娥丝特呢？死了，被鲁迪·齐默尔曼开枪杀死的——就是那个在成为德侨之前、在战争爆发前父母还到祖母敏得乐店里买食物的齐默尔曼。

费拿尔太太继续烤面包。她的面包价格急剧上升，很少顾客能买一整条面包了。她的儿子不必帮忙送面包了。她把面包均匀工整地切成一块块楔形，仔细秤好，然后把它们放进大提篮里。当费拿尔太太挎着她那香气四溢的篮子要来的日子，我总是尽量留在家。我深深地吸进新鲜出炉面包的香味，而母亲就会很小心地挑选一块面包。像往常一样，母亲要问问费拿尔太太有没有她丈夫的信息，而最近几个月来费拿尔太太都只是耸耸肩作答。她不再像从前那样快乐。与其他类似情形的人一样，她也会抱怨那些“去了另一边”的人已经忘掉了抛下的家人。母亲还在寻思费拿尔太太从哪儿弄到马铃薯和面粉来做面包。我姐姐好像知道一些内情，不过她没说，要么是她不想告诉母亲，要么是她不想在我面前告诉母亲。

那个春天我偶尔也会看到费拿尔太太的女儿。每当她回家，我就会听到她的木底套鞋敲打着砖路，发出令人愉快的咔嗒声。我总是跑到门前希望能望上她一眼。她没有我想象中那么伤心。同她母亲不一样，她看上去很高兴，金黄色的头发在软软的春风中飘拂。开始的时候，我和托史卡很担心这个美丽的女孩会不会已经忘掉了她的未婚夫？她上哪儿去了，看上去这么快乐和无忧无虑？我俩讨论过多次，托史卡断定她是在强颜欢笑。她很勇敢，要向整个世界表明她坚信她的未婚夫会回来。当他回来的时候，她的未婚夫会看到带着笑容、面色红润的她，而不是苍白抽泣的她。

春季转入夏季的时候，我们不那么热衷于关注这出爱情与离别的剧情了。犹太孩子不准再上波兰或犹太学校，但我和托史卡在整个漫长的冬天都没有真正想念过上学的日子。不能上学就像被延长了的假期，我们的日子充满不断翻新的友情、自己发明的游戏，还有无穷的幻想。在现实和想象交织的世界之间，我们从不觉得对方单调乏味，更不会闷着没事干。然而，春末的一天，我们忽然间想念起学习的日子、有规律的时间表和做功课。我们也憧憬可以自由地到处转悠：在温暖的阳光中，惬意地闻着夏天的气息，感觉暖暖夏日里雨水的清新，陶醉在鸟语花香中。然而，我们不敢离家太远。我们生活的小天地饱含新的危险，母亲更严令我们只能在家附近玩耍。她不再像以前的夏天一样，让我和娥丝特表姐去喝新鲜羊奶。我怀念那条穿过金色的小麦田到羊舍去的路，也很想给托史卡介绍那儿殷红的罂粟花、淡蓝色的玉米花。但是，现在，到镇外田地去实在是太危险了。

那个夏天，我和托史卡学会了小心谨慎。德国兵到处抓男人和男孩子，然后把他们送到普斯特库夫（Pustkow）苦役集中营。我的表亲哈依姆，史米—都伟的儿子，上过波兰高中，他头戴一顶高中男孩子特有的帽子，让我很崇拜，他现在就被抓进了那个集中营。普斯特库夫集中营的卫兵以残忍出名，史米—都伟为了解救他的儿子上下奔波也无济于事。仅过了几个星期，哈依姆就死了。他是到一旁小便的时候被一个卫兵痛打致死的。德国人还在街上抓孩子们去田里干活，德国人要孩子们用敏捷的手指摘掉正在成熟的卷心菜上的毛毛虫。

我学会了怎样绕小路去祖母的商店，那样走可以躲避坐落在大街上的盖世太保大楼。我和托史卡也学会了当有波兰男孩在附近的时候要加以小心，他们扔石子砸犹太人是出了名的，而且会打人，还会做更糟的事。没有人向我们解释“更糟的事”是什么，但我和托史卡知道那一定很可怕。我们学会了不声不响，学会了忍受饥饿，有一天我们央求来足够的纸和两支铅笔后，就开始写一部小说。

小说带我们离开了梅莱茨、德国人、危险、不断增强的痛苦，把我们带到了一个遥远的地方。我们构思了一个新的幻想世界，充满了奇遇和美好的结局。当然，小说写的是像我们这般大的小孩子，过着我们认为的“真正的生活”，就像我和托史卡以前过的生活。尽管战争开始了才两年，以前的生活好像已经是很久很久以前的事了。在我们幻想的世界里的孩子有很多奇遇，有的甚至能让你惊得脊背发凉，但结局总是美好的。那些主人公不知道什么是恐惧，互相帮助，不小气也不刻薄。他们有时候淘气、恶作剧，但没有恶意。在我们构思的那个理想世界里，时间重新发挥了它的多层魔力：所有的历险记结局都皆大欢喜，故事中的人物永远都生活在幸福中。我和托史卡说不清用去多少小时，躲在我的角落——那个柜子和屋门之间的小空隙，仔细构思故事中一个又一个冒险行动。直到现在，我仿佛还能看到托史卡用她那美丽的手拿起铅笔，胸有成竹地用工整的字铺满在一张张纸，留下一个个句子、一个个段落。

在我和托史卡幻想的世界里，我们希望的生活要求并不高：没有战争，没有人会消失，没有人会被打死甚至变得认不出来。现实世界却是另一回事。当秋天寒意出现的时候，有天晚上我们看到了费拿尔太太的女儿。她和费拿尔太太坐在她家的门廊里。很久以前，她和她的英俊未婚夫曾经坐在那里。两个女人话都说得很响，还在笑。费拿尔太太的女儿抽着烟。我们推开对着街的门仔细看。这个胖女人就是我们整个春天念念不忘的美丽姑娘？她的开胸很低的裙装太短了，肥硕的大腿都露出来了。在其他人都一天天变瘦的时候，她怎么做到变胖了呢？我们不明白发生了什么事情，使一个曾经那么漂亮的女孩子样子变得如此肥硕和粗俗。

发现我们盯着她看，她大声骂人，狂怒扭曲了她的面庞。我和托史卡不知道因为什么，从没见过发这么大火的人，也从没听过这么难听的话。尽管有时小市场拐角的疯女人也会骂街，但从没这么狂暴。费拿尔太太的女儿对我们发火，但那是为什么？我们没有做错什么事，也没有对她做过什么呀。很明显，她把一些事怪到我们头上来了，至于那是些什么事，我们就不知道了。我们吓得掉头就顺着房子被烧毁的那条街跑下去——在过去一年里，我们一直小心地避开那条街。我们仓皇逃离，好像跑开了就可以避免知道发生了什么事情。然而，就像沿街烧毁的房子提醒我们在发生死亡和毁灭，费拿尔太太的女儿在提醒我们战争所带来的崩溃。

如果娥丝特表姐那天和我们一起，毫无疑问她会直截了当地向我们解释：费拿尔太太的女儿成了妓女，由她的弟弟为她拉客。那也是为什么当其他人啥都没有的时候，费拿尔太太还能找到面粉和马铃薯。可在那个时候，我们不知道娥丝特表姐知道的那些。她只和她的朋友们低声耳语然后咯咯笑个不停，和我却没那么亲密。有一次，我不经意听到她朋友哈娃跟她说起哈娃的波兰女佣，说没人在家的时候，男人们都在那女佣门前排起队。她们交换心照不宣的眼色，但我就想象不出男人们在一个女佣门前排队的目的。

现在，我相信我和托史卡当时已经感觉到（当然并不明白）男女之间有些羞耻的、难以理解的复杂事情。但是，我们没想到要接受幻想世界崩溃的现实，这个幻想世界就是关于男人和女人之间的爱。我那时年纪太小，没法接受娥丝特表姐面对生活中新情况的方式。很长时间以后，我才明白：她是在用坚定的态度面对世界，拒绝蒙蔽双眼，也不在意这样做会带给她痛苦。她认清了世界的猥亵与腐烂，恐惧与败坏。经历了这件费拿尔事情以后，我和托史卡不再谈论费拿尔太太的女儿，甚至也很少谈到爱。事物不再像以前那样清澈见底，对于不经意间在别人谈话中听到的只言片语，我们会琢磨它们是否有更新的含义。

我在一本新出版的关于梅莱茨的书里面读到：

> 在梅莱茨的生活曾经是安宁的……社会条件、经济条件或是社群的安全并没有变化。一批批年轻犹太男人每天继续被迫为德国建筑公司做劳工。工资很少但条件还能忍受。商业活动还在持续，从塔尔努夫市（Tarnow）和克拉科夫市来的商人为他们的波兰人和犹太人顾客带来货物……

在1940年和1941年的时候真是如此吗？还是记忆被漫长的岁月磨得模糊了，致使作者把那段时间的日常生活写得几乎是惬意的，丝毫没有困难和恐惧？当然，现实也可以是多维、多层次的。就拿吕文姑父来说：自从成为了“犹太政务会”一员，会里的事务使他忙得不可开交，我在店里再也见不到他。现在他是镇上一位重要人物，人们需要帮忙的时候都找他。他整个形象好像也变了：走路的时候身体挺直了一些，说

我的父母亲，海伦妮与以迪迪亚·歌敏得，摄于1940年。那时他们已经必须戴上六角大卫星标志的臂章。

话的时候有信心了一些，早年间的瞌睡发呆的样子不见了。吕文姑父还从一个大家庭里怕事的外来女婿，变成了一个有目标的新人。也许对他来说，那段时间也不是完全那么糟。也许他像那个把生活写成“安宁”的作者一样，成功地把眼睛从每天的苦难上移开。

而我呢，可能也不是每时每刻都那么不开心，只是如影随形的饥饿和缺煤少柴的寒冷使我备受折磨。从1940年起，所有犹太人离开家里的时候都要戴上有一个蓝色大卫六角星的白色臂章。因为不是每个人都能绣这些臂章，生产臂章的新生意也开始了。被驱赶到梅莱茨来的难民不断增加，住房情况也越来越糟。同时，限制了犹太人的行动自由。没有德国当权者发的通行证，任何一个犹太人都不能离开小镇。这倒给了我们家一个意外的收入来源：为了拿到通行证，一个人必须向德国人递交一份打印清晰的申请书。因为母亲会德语，而且拥有一部打字机，她很快就在我们的小房间里开始做起生意。现在，从早到晚，我们的小住所都挤满了人，等待他们的申请书打印出来。屋里都是陌生人：坐在床上的，坐在仅有的几张椅子上的，互相抱怨来自外地病弱的亲戚所带来的麻烦，或是谈论需要关注的公告事务。白天的时候，我和家里其他人都没有立足之地，只有到了晚上我们才重新回到栖身之处。

冬天来临了，严寒令生活到了最艰难的地步。然后有一天，母亲听说有一所新学校。德国人来了之后，犹太孩子理所当然被禁止继续上学，所以这新学校是秘密开办的。它是由一个克拉科夫来的难民发起的。她是梅莱茨人，原在克拉科夫上大学，禁学令后回家来了。去上学不是没有危险的，老师本身的敌人可能会去德国人那里告发她。邻居也可能因怕学校被德国人发现时受牵连而告发。但是，家里最终还是决定让我到这个学校上课，尽管反复叮嘱我务必小心。我去学校时身上不能带任何书（这倒没什么，反正我没有书，因为我从没进过波兰学校），连笔记本也不可以带。所有学生也不能同时到达或离开学校。母亲警告我，只要看见德国士兵或警察在学校附近，千万不要进学校，继续往前走就是了。

我很兴奋，尤其因为托史卡也要上这个学校。最近几个月，每次经过战前读书的地方，看到冷清、孤寂的院子里那破烂不堪的小房子，我总希望会发生奇迹：门上的大扣锁打开了，房间里又坐满了不同年龄、专注学习祈祷和感恩保佑语的女孩们。我还记得那两位外来的年轻老师，她们穿着漂亮时尚的裙子，虽说裙袖遮到手肘、裙摆长及膝盖，还有她们讲课或是和我们玩游戏时表现出来的耐心。学期结束的时候，她们还为家长安排了一次学生表演。那个晚上我饰演了一把会唱歌的烟囱扫帚，那一刻开心极了。

生活中出现这个新的转机，我兴奋地第一时间跑去告诉了娥丝特表姐，她的不以为然也没能打击我的兴致。娥丝特表姐说，克拉科夫来的女人只是大学生而已，并不是真正的老师，她端着架子只是因为她自以为比别人受过更好的教育。你等着瞧，娥丝特表姐说，学校里不会像你

1940-1941年间我上的秘密学校。我们的老师站在最后一排的中间。后排右一是托娃·楚琵得，她也在“二战”中幸存了下来。

想象的那么好。她的母亲是一个穷寡妇，所以现在要她女儿出来工作赚点钱。

这一次我没有反驳，主要是因为我不清楚在大学里的人做什么，他们跟我们在学校的学习、生活有什么不同。托史卡却比我洞悉娥丝特表姐敌意的由来。她说，会不会是因为娥丝特表姐也想去上学，却由于她父亲是“犹太政务会”的成员而去不了？毕竟这个学校是“非法的”。

现在，我一边写着这些字句，一边看着面前一个相框里的学生合影。这张照片经历了战争和毁灭却残存下来，真是奇怪的造化。我们共有16人，4个男孩和12个女孩，站在上课的房子旁边。我只记得三个同学的名字：托史卡，托娃·楚琵得[1]和哈娃。托娃有一头浓密的棕发和一副轻松的笑容。她的父母住在祖母敏得乐的小店附近的院子里。哈娃是娥丝特表姐的朋友。照片上的托史卡像个在位王后，站在中间，两个男孩侍立两边。即使这张照片已经这么旧，还能清晰地显示出她灿烂的笑容，那笑容让她的脸发光、眼睛闪亮。站在托史卡身后的女孩，我和托史卡都跟她挺熟悉，我记得她的小妹妹生下来的时候两只眼睛都是闭着的。有两个男孩来自富裕家庭，他们父母的商店在可里尤瓦街上。我是非常希望能讲诉每个同学以后的生活变成什么样：他们的生活发生了什么变化，他们和谁结婚又离婚了，他们做什么职业，或什么都没干，他们搬到哪儿去了，他们获得成功了没有……但是，没有什么可以讲述的。除了托娃，我所有的同学都在帕切夫、弗沃达瓦或索比堡被杀了。

学校离我家不远，在一条老街上。这条街很多房子都是禾草苫顶。房子的窗户那么低，我不用踮脚就能看到屋内。母亲有一次告诉过我，这些房子很老，它们正在慢慢下沉，我推断，总有一天这些房子都会消失掉，地面只剩下房顶。我们老师的房子尽管也很老，但它有一个正经的房顶。厨房是最大的、也是唯一由于做饭而温暖的房间，所以课堂就设在那里。老师的母亲在我们上课的时候烧饭，把锅移上灶炉，加上各种各样的调料。整个上午她都进进出出的，在厨房里外安静地忙碌。她不会很老，但她驼着的背、迎风流泪的眼睛，满嘴没牙，使她看上去更像我们老师的祖母。

长凳围着两张长方桌，我们就坐在那里。老师（我早就忘掉了她的名字，这让我很惭愧）在桌子间走动，看我们做练习，问我们问题，或是静静地给我们解释新课。她从不提高声音，也不许我们大声说

---

① 楚琵得：Trumpeter，犹太人姓。

话，因为害怕外面有人走过时会听见。我第一眼就喜欢上她了。也许这也是为什么，即使我忘记了她的名字，我还记得她的很多事。她没有费拿尔太太女儿曾有过的动人美貌，却有一种脱俗的端庄，那种有教养的仪态使她与镇上其他年轻女人区别明显。她衣着简单，我认识她的那些天里，都穿着一件高领毛衣和一条裙子。我相信有时她也会穿一条连衣裙，但是铭刻在我记忆里的形象是她穿着说不出颜色的毛衣，和有点紧的裙子。

我们去上课的那一小段时间里，她教了我们很多科目，包括基础英语。我们读记简单的诗词。诗词的音调在我听来很陌生，却又显得十分动听、优美、有节奏。就像这一首，我至今还记忆犹新，也许是因为诗里写的正好是我当时越来越渴望的自由：

我家门前有一条小路，
通向风景秀丽的远处。
有一天，我问妈妈，
小路尽头是哪里？
妈妈说——
沿着它一直走，
就是送奶工的小屋。
（啊，于是，我从未走到远处）

托史卡也在“厨房学校”上课，这加深了我们的友谊。娥丝特表姐早被我忘得一干二净。托史卡和我一起上课，下课后我们一起分享学到的知识。她学每样东西都又快又轻松。我呢，就要多用一点时间。这并未让我不高兴，相反，我喜欢托史卡给我解释，有机会重温珍贵的、一起上课的时光。当我们复习上午在课堂学的东西时，战争、恐慌、饥饿，统统都会从我们面前消失。托史卡穿一件从前在克拉科夫上学时穿的蓝色女学童罩衫去学校，我觉得它很漂亮。我恳求母亲给我做件一样的外衣。她把这个请求列入旧物改造的项目之一。等到有人卖给她一件旧大衣的闪光绸蓝色衬里后，她满足了我的心愿。整个冬天我对这件罩衫都很着迷，而它恰合时机地罩住了我那日见短小、露出线头、打满补丁的旧连衣裙。

放学后我很少直接回家，因为挤在那些申请人和他们的苦难诉说包围之中感觉很压抑。到祖母商店里向父亲报平安后，我就会去小市场与托史卡会合。她住在那儿。不像我家挤得满满的小房间，她家住的两间房很宽敞，也不凌乱。她家很多东西都丢在克拉科夫了。她的父母很幸运，找到了而且保住了这两个房间，因为按规定一家四口人的住房不能超过一间。她家是个和睦的家庭——这是指托史卡、她妈妈和她姐姐，她的爸爸很少在家。有一次娥丝特表姐隐晦地暗示她父亲有“另一个女人”，我蒙上耳朵不愿听她诽谤我朋友的家人。我宁愿相信她的父亲是在城里很勤奋地做生意，就像我的父亲一样。

我们到的时候斯比利那太太总是在家。她有一种忧郁的气质，不知为何让我想到曾见过的身世悲惨的西班牙舞者。其实，我从没见过什么西班牙舞者，也说不清那悲惨经历是什么，只是隐约觉得应该跟伤心的爱情有关。托史卡的姐姐继承了母亲的橄榄色皮肤，但没继承她的性格。她姐姐也许比我们大三岁，生性活泼，而且成熟得惊人。她们姐妹之间的关系比我跟我姐姐亲密得多，也许是因为姐姐比我大太多了。

到托史卡家串门意味着有吃的。一进门，斯比利那太太就会给我们切两块黑面包，并很大方地在上面涂满甜菜根做的果酱。买不到水果和糖之后，一些家庭开始用芜菁甘蓝糖浆做甜菜根果酱。甜菜和芜菁甘蓝怎样做成果酱的，倒是一个谜。我们家就没有甜菜酱。我们家面包也不会切得那么厚。

我们有学可上的短暂时间里，一位希伯来文老师——也是来自克拉科夫的难民——出现在我们的生活里。父亲先认识他的，肯定是可怜他作为一个老师比其他人更难找到生计，请他每个星期来斯比利那家一次，教我和托史卡希伯来文。尽管我们应该更有同情心，但我们实在觉得他太滑稽了。他个子很高，瘦骨嶙峋的，穿着一件比他的身材要大好几号的大衣。他的帽子也太大，遮住眉毛，扣在耳朵上面。一条脏兮兮的棕灰色围巾在脖子绕好多匝。看上去他就像失去了所有自己的衣服，现在穿的都是另外一个比他大好多号的人的衣服。

希伯来文老师的到来和离开总是伴随着一个不变的仪式。他用力搓着那双通红的手，坐在桌旁后，会从衣袋里拖出一条脏手帕，然后大声地擤鼻涕。他会小心地从另一个衣袋拿出半个鸡蛋壳（那是他的烟灰缸）、烟纸，还有装烟叶的锡盒子。他把这些东西放在斯比利那太太从厨房里给他拿来的一杯酸橙花茶旁边。脱掉大衣，解下围巾，把烟丝卷上，这才算准备就绪，可以开始上课了。在一小时的希伯来文课结束前的5分钟，同样的动作以相反的顺序完成：重新围上围巾，烟纸、烟丝和半个蛋壳的烟灰缸消失在他的口袋里，擤鼻子，搓那仍是通红的手，然后拖着步子出门。有一天，他没有来。父亲告诉我，在一次突袭搜捕中，德国人抓了他送去普斯特库夫。

那以后很长一段时间里，我和托史卡为了曾取笑他而感到十分内疚。每个人对过去都会有悔疚，因为该做却没做而感到内疚，或因为做了又做得不对而感到内疚。然而，那个时候的愧疚是不同的，因为它总是关连到某个人的死亡、挣扎或遭遇。小孩们无辜的行为也被毫无理由地跟生与死扯上关系，连在一起。直到现在，我仍为当初嘲笑那个贫困、不幸的人而感到内疚。

1980年9月

司机史丹尼斯洛[①]一大早就来到克拉科夫的法兰苏斯奇酒店，接我去梅莱茨。我浑身上下紧绷绷的，就像学生时代每次测验前感到紧张。事实上，除了众多其他原因，梅莱茨之行也是某种测试，测试我的记忆。我记忆中的镇子有多真实呢？我记得的样子是不是只是我以为的样子？万一我全记错了，那怎么办？

几个小时以后我们到了梅莱茨。进镇的时候，我受到第一次震惊：方形的集市广场，尽管很容易认出就是原来的大广场，但它不再是一个单调的、由卵石铺出来的地方，改造成了类似公园的地方：有树，有灌木丛，有小卖部，还有公车站。斜穿过广场的小路现在整齐、平展。战前广场周围的房子还在，但几条延伸到广场后的甬道现在已封闭。

我们驱车驶过广场公园，停在可里尤瓦街上——现已改名为密茨凯维奇街（Mickiewicza），以纪念那位著名的波兰诗人。我忽然有一种走进微缩景观世界的感觉。记忆中很大的房子现在都变小了，原来要走很长时间才到的地方现在就在附近。可里尤瓦街往桑多梅日斯卡街拐角处那座记忆中样子典雅的房子，现在看上去也很平常。过去每个星期五下午端“充仑”锅去煮的面包店，原来离祖母敏得乐的房子只有几步路。桑多梅日斯卡街15号就是祖母的店，现在也变成了挺小的房子，原来灰扑扑的墙漆让明快一些的枫叶红色取代。我们玩过跳房子游戏的小院子现在就显得更小了，院子另一边就是楚琵得家的商店。穿过院子走进祖母的商店，上面两层住宅公寓的楼梯还在，但新房主把原来的木梯换成

① 史丹尼斯洛：Stanislaw，波兰人名。

了石梯。梯口进地窖的地板门不见了。集市日祖母敏得乐买来那些不幸的鸡，绑住脚放在地窖里，然后陆续卖出。从院子去市场的甬道，从前因为男人和男孩们总在那些阴暗处小便而臭气冲天，现在已被封了。也许现在梅莱茨有公厕了。

我沿着桑多梅日斯卡街走向小市场。费里得曼家宽敞的房子不见了，拉比破烂不堪的住所以及旁边供犹太男童们学习犹太律典的“学堂”也不见了。一个大食品店占据了1902年建成的犹太会堂原址，那个会堂原来还有两座宏伟的塔楼。小市场里出售新鲜农作物，歌敏得家族的小哈依姆分支曾经住在那附近，小市场也变得比以前更小了。我直接去了歌敏得家族丽比卡姨婆的房子，那时她是一个患病的女人，有好几个还没有出嫁的女儿。托史卡和她家人住的两个房间就在姨婆家正对面的房子里。在这次旧地重游中，我注意到了从前到祖母家时没有注意到的东西：木门框柱顶上原来放护家经文的地方，现在只剩下放经文匣子[①]的凹痕。拆毁房子时，犹太人的鬼魂也将被驱逐，不再显现。我在这次旅程中发现：波兰到处都有鬼魂，隐身在墙缝里无声哭泣，从很多意想不到的地方和雕刻希伯来铭文的房子里出现。我仿佛听见鬼魂们的低语，看到门框柱顶放经文匣子的地方在裂开。司机史丹尼斯洛不明白我伫立在那里听什么，为什么呆呆地望着门框柱顶。

我们的希伯来文课持续时间很短，有学可上的时间也没延续多久。但是，在那仅有的上课时间里，我和托史卡的眼界都开阔了。我们不再呆钝，没有停滞不前。冬天的时候我们交了一个新朋友。他是一个年轻

① 经文匣子：mezuzah，犹太民族根据犹太《圣经》的指示，在门框上安内含经文、保出入平安的小盒子。这个传统至今依然十分重要。

人，也像我们的希伯来文老师一样，是从克拉科夫来的难民。他在我家的街对面租了一间房子。他很苍白，很瘦，手掌是最反常的粉红色。有一次我经过他的房子，他靠在窗台上问候我。他说他是做打火机的，因为现在已经不可能找到火柴了（直到现在，我还在寻思他做的打火机到底是什么样子）。从那以后，每次我看见他的窗户开着，就会停下来问他打火机做得怎样啦，并闲聊几分钟。他在梅莱茨没有家人也没有朋友，肯定很孤单。妈妈说，她并不反感他，但很不幸这个年轻人病得很重。他有肺痨，一种可怕的、传染性很强的病，所以让我保持一定距离，不要接触他。

一段时日过去了，我和托史卡了解到，这位年轻人虽然没带多少财物来到梅莱茨，但是他有一些书。他不但很乐意把这些书借给我们，还非常期待我们读完后和他进行讨论。就这样我第一次读到福尔摩斯[①]和汤姆·索亚[②]。忽然间，我们发现了一个全新的、不为我们所知的世界，那些从没听说过的陌生地方，还有新奇的讲故事方式。我们为汤姆用在可怜的菠莉姨妈身上的花招恶作剧而兴奋，也赞赏她对汤姆的顽皮虽然很生气却依然爱他。马克·吐温小说中的小镇，就像我们生活的小镇一样狭小；但是他那个小镇有通往外面世界的出口，而我们这里没有。随着汤姆划着筏子在密西西比河顺流而下到小岛这一路上的描述，我们具备了新的自由自在想象的能力，兴致勃勃地感受着陌生而辽阔的美国大自然给予的欢欣。汤姆的世界和我们的世界相差太远了，我们有好多问题要问：关于河上的大船和印第安人，对于审判与审讯的迷惑，关

① 福尔摩斯：Sherlock Holmes，是由19世纪末的英国侦探小说家阿瑟·柯南·道尔所塑造的侦探形象。

② 汤姆 · 索亚：Tom Sawyer，美国作者马克·吐温的《汤姆 · 索亚历险记》中的少年。

于恐惧与勇气。我们的新朋友还借我们看卡尔·梅[①]写的书。卡尔·梅写美洲印第安人故事，写美国西部神奇历险故事，甚至还写了中国的故事——一个如此遥远的国度，我和托史卡都没法充分搞清到底有多么远。我们只能请求我们的朋友来讲解由于时空差别让我们发蒙的故事。

都是从克拉科夫来的，有时候托史卡和我们的朋友聊起离家比较近的地方。他们总要津津有味地谈到波兰国王的瓦伟尔城堡奇观：数不清的房间，城堡里的油画，还有内部装饰——到处都挂满了精美的绣帷。据托史卡说，陪伴王后的少女们全年都在做刺绣。她们一边绣着美丽的草地、树木、男人、女人和孩子们，一边在等待她们深爱的骑士从远方归来。骑士们乘船从宽阔的韦斯土拉河出发的，向着绝少人去过的内地进发。他们两个描绘得细致入微，我努力用想象力描绘那壮美的画面。然而，我从没去过克拉科夫，我们镇上的维斯沃克河也不宽。很多年后，有一天我终于见到了瓦伟尔城堡。但那一刻我却因朋友已经离世而只有自己幸存，满心只有痛楚。我还依稀记得，镇上那些女人下午闲聊时说过很久以前梅莱茨也有一座城堡。很久以前，女人们每个下午还集中到祖母敏得乐的厨房里闲聊时，有个女人就说过，在维斯沃克河旁曾经有一座城堡。她信誓旦旦地说小时候她的哥哥曾指给她看城堡那值得炫耀的城墙、城门，还有坍塌的塔楼。她还记得一个奇怪的故事，说一个犹太女孩子爱上了一个波兰骑士。其他女人都嘲笑她——没有人记得在梅莱茨附近曾有个城堡，更何况，一个犹太女孩子怎么会得到一个波兰骑士的爱？她们都在问，都想知道。然而，托史卡和我们的新朋友都觉得那是很有可能的。

---

① 卡尔·梅：Karl May，德国作家，他有几部作品的故事背景均在美国偏僻的西部。

就像一个被打碎了的镜子里的映象，这些记忆都不完整。碎片有大有小，但每一块碎片都缺了点什么。一些显露气质、特征的东西，如一个人微笑时、移动时、说话时的样子，在碎片里都被放错地方了。我们没有时间去真正互相了解。在很短一段时间里，我和托史卡同行，我们的人生旅途又同那些老师们、街对面的朋友以及费拿尔太太和她女儿相遇，然后在死亡和毁灭的漩涡里被打散，每一个人都消失了。

我有过一个朋友。
她的名字叫托史卡。
她死在贝乌热茨。

第五章　施粥所与绣帷

回到我身边，我的汉科儿[1]
回到我身边，我的宝贝儿
难道不想回到我的身边吗，我的汉科儿
我独力无法面对。
特雷布林卡[2] 那儿
每个犹太人都会得到关照
温柔体贴的关照。
来了都得留下来
永远地留下来。
兄弟姐妹、爸爸妈妈
一个不拉，
立刻毒杀
那就是他们的结局。

---

① 汉科儿：Hankele，意第绪语男子名昵称。

② 特雷布林卡：Treblinka，“二战”中最令人齿寒的死亡集中营之一，1942年在波兰建成，截至1943年夏天，有大概80万犹太人在那里被杀害。一次营中起义后，集中营被关闭。

从火车上被赶下来
直奔死亡集中营，向命运报到
他们被通告：淋个浴吧，舒适点儿
呼救声传出营门外
在那个特雷布林卡……

——1945年的夏天，克拉科夫市很多犹太人唱的一首歌

我女儿十四五岁的时候，我们之间似乎失去了沟通，我不知道该怎样跟她交流了。说真的，我简直快认不出她来了。我那温柔甜美的女儿仿佛躲进了由脏兮兮的牛仔裤、不合身的超大外套、凌乱的头发和充满敌意的眼神构成的屏障后面的某个地方，我不知道怎样才能找到她。当时，我认为母女之间纽带的失落责任主要在她。我以为这是青少年叛逆期的特征，也不排除这是因为她的父亲——我与之结婚的男人令人愤慨的行为导致的结果。过了很久，等到这种失去心灵联系的伤害痊愈之后，我才开始明白，其实我在那个年龄的时候什么样，影响到我女儿15岁时表现出是一个什么样子。我当时没能明白的问题其实更加复杂。在她那个年纪，我是一个“藏起来的孩子”——现在人们时兴的说法。在那些年里，我既没有感情、社交阅历的提高，也没有在智力方面得到培养，我称那段时间是我生命过程中的“黑洞”。

我的孩子们：约拿芬·米高（右）与米莉安·阿莉萨，1966年。

这段时间里生活充满恐惧的黑暗，完全脱离了正常生活。对我来说十四五岁那一段从我成长过程中剔除了，因此没有经验可借鉴，我不知道如何引导我女儿去应对青春期的那些困难。奇怪的是，她好像对此也有所感觉。

到了1945年战争结束时，我不清楚我是谁。从1945年的一些文件可以看出这种迷惘。这都是些平淡无奇的日常文件，记录了我的健康状况、在学校上学、旅行许可，以及身份证明。然而每份文件上的记录都会有一点差异。比如出生年份，分别写成1927年，1929年，或1930年；出生地点也都不同；我的名字也是如此。这些不同究竟是办事人员官僚作风造成的错误，还是我自己提供了互相矛盾的资料呢？一些文件说我当时在特列钦[①]；另外一些文件这一栏就空着。所有文件都没有任何地方注明我是因躲藏而幸存的——在大屠杀中幸存下来的各种原因那时候还没有被分类。1945年，一个人出现在某处，必须有一个可以被辨认的名字。填表的人或仔细审阅档案的官僚们，都无法明白一个人所能说得出的仅仅是一个鸡笼子。所以，我15岁的时候，既没有一个确定的名字、年龄或出生地点，也没能解释清楚我是如何生存下来的。

1945年夏天，我在克拉科夫市。我的头脑一片混乱。我能清楚记得的只是德国战败、俄国人来了，而我，还活着。但是我的记忆没有时间顺序，记忆中那些事件和印象也无法整齐地归类入档。有时我记起某些事时，另一些相似或完全不同的事件也会一起出现在脑海里。唉，我真的做不到很有条理、逻辑性很强地把事件一一讲来，并让自己明白怎么会在一个鸡笼子里活下来，然后又出现在克拉科夫。

---

① 特列钦：Theresienstadt，也叫Terezin，位于捷克境内，1941年至1945年间的一个犹太人隔离区和集中营。

1998年6月

希伯来大学斯各帕斯山校园①里，一个装修典雅的教职员俱乐部，我、爱丽丝和史拉在那里喝咖啡。爱丽丝出生在波兰，史拉则是一位美国朋友。从买尔斯朵夫楼观赏耶路撒冷，景色叹为观止。眼皮底下就是围墙犹存的古城。那里面耸立着圆顶清真寺的金色圆顶，也有细长的教堂塔尖，还有成片建筑物或圆或平的房顶。古城之外视野尽头，就是耶路撒冷市的西区。城市的天际线随着新的高层建筑不断出现，总是在变。尽管如此，我们俱乐部的阳台有居高望远的优势，大卫王酒店和基督教青年社②塔楼的景色尽收眼底。视野更远之处，就是撒母耳墓塔，据说那就是为大卫王施涂油礼的伟大先知撒母耳的墓地。牧羊人赶着一群羊在校园后面的山坡上吃草，系在驴脖子上的小铃铛发出轻微的丁零声，悠然传到我们耳中。

我告诉我的朋友们，我是被一家好心的波兰人藏在他家的鸡笼子里，从而在战争中幸存下来。爱丽丝深受震撼，她用钦佩的目光望着我，好像我完成了一件不同寻常的丰功伟绩。我虽不习惯只因躲在鸡笼子里幸存下来获得爱戴，但对享受这一刻的意外荣耀也不排斥。毕竟我不是出身祖祖辈辈皆有杰出拉比的家庭，拿不出这样值得骄傲的谱系。曾祖母比莉美的头巾上的确有一串串的珍珠，她还有过三任丈夫。除此

---

① 斯各帕斯山校园：Mt. Scopus Campus，耶路撒冷希伯来大学校园之一。斯各帕斯，意为侦探。犹太历史中，每个新月或节日到来的时间必须以耶路撒冷的犹太律法领袖公布之时为准。然后，耶路撒冷的山头点上篝火，斯各帕斯山头看到篝火后自己为下一站点起篝火，然后到死海山头，一路往南，让有犹太人居住的地方都得到节日到来的通知，并开始进行庆祝。

② 基督教青年社：YMCA。

之外，我的家族史着实没有什么可显摆的。话说回来了，我的鸡笼子幸存故事却没有让史拉感触很深。她更想知道，我在鸡笼子里几乎有两年时间，都干了些什么？这个问题实在古怪，我真不知道该如何作答。一个人在鸡笼子里能干些什么呢？

我想告诉她，我一个人在那个地方。日复一日，夜复一夜，独自一人。夜总是漫长得没有尽头；白天呢，短暂而昏暗。冬季里，日夜更是难分：不是黑色的就是灰色的。多少天多少夜了？多少个星期了？多少个月了？我想问史拉，你以为我会去数吗？就算我数了，又会有什么区别吗？我只知道季节——那些漫长寒冷黑夜的季节，短暂暖和有日光的季节。我独自一人，充满恐惧。有什么形容词能描述那漫长黑暗的夜里说不出的恐惧吗？没有，也没有词能形容那种孤独。在那种孤独中不存在“做什么”。这种孤独已失去时间感，无尽无休。

可是这些话我一个字都没对史拉说。爱丽丝的神情显示她能理解：理解其他人不理解或者说不可能明白的那种状况。我意识到，也许很多人就像史拉一样，根本不知道波兰鸡笼子是什么样子的。他们印象中的鸡笼子也许只从电视上看到过：可怜的鸡关在高高吊起的鸡笼里，根本没有藏身之处。我意识到，需要尽力向史拉讲清我住的那个波兰鸡笼子是什么样子。

在院子里有四五个单薄的木板棚，每个棚子门都带扣锁，是公寓里各家房客用来圈养下蛋母鸡的。俄勒伍斯基家的棚子面积大概有8平方米，用来养鸡和兔子。兔子是安静的动物，吃东西，耸动鼻子，在笼子里窸窸窣窣地翻动任何可以发出窸窣响声的东西。鸡群却不一样，十分警觉。受到干扰它们会变得很紧张，咯咯地喧闹起来。母鸡从初春就开始下蛋，一直到深秋，即使天气变凉了也继续下。在下蛋的季节里，人们相信应该让母鸡们在外面脏土里抓挠，啄食石子或杂草作为它食物的一部分，但是又必须把快要下蛋的母鸡关起来，要不然母鸡把蛋下在院子里，邻居们可能会把鸡蛋偷走。我问史拉以前见没见过母鸡下蛋？她当然没见过。我告诉她，它们下蛋时，紧张胆怯，竭尽全力憋住气，直到蛋下出来。我知道听上去很可笑，但我确实觉得母鸡下完蛋后显然松了口气。

史拉对这些离题的鸡群习惯显得越来越没有耐心。因此，我必须向她解释，我说这些是为了说明下蛋季节鸡棚总有人进进出出。母鸡一下完蛋，就必须有人进鸡棚把母鸡放出去。这个时候正好是传递消息的好机会。但我们必须非常小心。我必须继续在鸡棚里藏好，以免邻居们在照料他们的鸡群时看见或听见我。

冬天里伺候鸡群的方式不同。下雪的时候，鸡群就不会被放出去，因为它们没有脏土可刨。寒冬季节里鸡棚的门不经常开。日照时间短而黑夜很长，昏暗的曙光或完全的黑暗相接，好像永无尽头。爱丽丝希望能听更详细些，但是史拉对这些细节没有兴趣。我在想，为什么她没有问我鸡棚里的气味？她认为兔子和鸡群生来是带着香味的吗？躲在鸡棚里就像躲在粪堆里。为什么她一点都不好奇我闻到的气味？不过，她为什么应该问呢？毕竟史拉从来都没有闻过发臭的鸡棚。于是，我们喝着咖啡，掉过头去欣赏让夕阳披上灿烂金晖的耶路撒冷。

对我来说，克拉科夫市在1945年夏天里所有事都对不上号，我经历的片段没有一块能与另一块连起来，那是一个很多事情都被说起、也有很多事情没有被提到的夏天。两个月时间仿佛弹指一挥间，每时每刻都有大量新的印象涌入我的头脑。尽管没有人与我分享，为我解释、帮助我明白发生了什么，我还是把这一切囫囵吞下。没有费力去了解其中的奥妙，也没有理清它们的脉络，只是把它们贮藏在自己的记忆里。

那个夏天，我总是避开人群，希望能一个人待着。然而，独自一人也恰恰是我不快乐的原因。我避开挤在小公寓里大声说话的那些女人们，却又羡慕她们的欢快。我每天的差使是去施粥所领汤，这使我有很多机会独自游荡。每次我都会试着走不同的路线去施粥所。有时候我会从圣玛丽教堂后面的小市场穿过。市场里非常拥挤喧闹，用衣服换食物的交易很活跃。一排女人靠边站着，她们伸出的手臂上挂着外套、衬衣和连衣裙，每个女人脚前都放着一个篮子，她们用衣服换到的食物就放进篮子里。目光犀利的农妇则手挽装满农产品的篮子慢悠悠地在通道里来回走动，用手指捻捻这件连衣裙，再翻检一下那双鞋。那一排女人就像挂衣架一样，一动不动地站在那里，面无表情目视前方。

有时我不穿过小市场，而是穿过玛里亚兹基广场，直到中央集市广场"布厅"[①]苏可尼扎。布厅有优雅的拱廊，我喜欢在那儿坐着。它的对面就是高度和规模都令人叹为观止的圣玛丽教堂，教堂的门前还有两座高低不一的塔楼。教堂总是非常繁忙。光脚的农妇们穿着长裙、围着色彩缤纷的披肩，成群结队地在壮观的教堂进进出出。修女和修士们来来往往，一队队的孩子像被宏伟的建筑吞进，走进去后就消失了踪影。俄国士兵也会在广场中间停下来，仰望教堂。有的士兵还走到门边往里面偷看。坐在布厅这个有利位置，我对圣玛丽教堂的壮美不由生出敬畏之心，看着眼前川流不息的人群，则带给我快乐。战争爆发之前，有人曾告诉过我，教堂高一点的那个塔楼里每个小时都要吹军号。但那个夏天，我没听到过军号声。

我经常混在农妇群中走进教堂，在门口点圣水、在胸前划十字，然

---

① 布厅：Cloth Hall，又称 Sukiennica（苏可尼扎），或 Drapers' Hall，即纺织会馆，克拉科夫市最著名的标志性建筑之一，中世纪经营布匹生意的地方。

后边跪下边诵祷文“我们的天父”[①]。我喜欢宏伟的圣玛丽教堂，那里面富丽的雕像、绘画，五颜六色的彩画玻璃窗，都让我目不暇拾。那些画里不但有关于耶稣和圣徒们的生活，还有“创世记”里的故事。在我生命的另一段，也曾对犹太《圣经》第一卷“创世纪”中的那些故事非常熟悉。我喜欢呆在虔诚的基督徒当中，我觉得那才是真正属于我的地方。我把自己看成是这些波兰人中的一员，这些信徒中的一分子，而这个美丽教堂，既属于他们，也属于我。

那年夏天，克拉科夫很少下雨。白天令人难以置信的晴朗，洒满我在鸡棚里避难的岁月里极为渴望的金色阳光。教堂里光线则显得柔和，阳光散射在我身上、脸上、头发上，无法形容的舒坦。走出圣玛丽教堂的时候我总是心满意足。从那儿我会再回到布厅那儿看市场上的人群，再欣赏市场周围宏伟的建筑物。大多数的建筑——即使我毫无经验——也能看出它们失修的状况。我不由得想起了托史卡。她对我说过克拉科夫的壮观，市内建筑物的美丽，还有中心广场的雄伟。可是，当我亲眼见到这些时，显然并不具备欣赏力。很多年以后，我才知道那个中央集市广场是迄今为止保存最好的文艺复兴式广场的典范之一，它周围的建筑物都是文艺复兴时期的风格，很多房子都有雅致的高窗和华丽的柱栏装饰。每天，我都坐在那里，呆呆地盯着它们，让温暖的阳光晒我套在不合脚的超大凉鞋里的脚，还有被冻伤变色了的脚趾。等到时间差不多了，我身上波兰天主教徒这一半就会找回犹太人那一半，合为一体，往施粥所走去。

① 我们的天父：Our Father，是虔诚天主教徒们每天在不同祈祷时都会说的一句话。

对大部分犹太人来说，那是伟大的一天。那一天，我们被告知从此可以重新生活；那一天，集中营的大门被猛然撞开；那一天，德国人消失得无影无踪；那一天，我们中一些人从躲藏的地方爬出来。我没有想过、也不敢想象有这么一天。说真的，那段日子里我有意识地不让自己心存任何希望。那时我只在想，如果藏身之处被发现了，我必须怎样做。有一点很肯定，我不能让救了我的好心人承担危险。而最重要的是：我不能跪地求生。到那一刻，我希望自己有力气和勇气不乞求怜悯，让他们开枪把我打死好了。

1944年7月，在喂鸡、捡鸡蛋的时候，房主悄悄地告诉我：俄国军队在前进，德国军队在后退。然后又有消息，说俄国人在后退而德国人在前进。之后又说美国飞机正在梅莱茨上空，还说德国人正带着飞机厂的机器离开。人们还认为德国人会在夜晚挨家搜查。我听说，德国人越来越紧张，很担心游击队。我告诉自己，一有危险的迹象，就跳出鸡笼子拼命跑。

幸运的是，俄军很快就开始了进攻。曾经听起来很远的枪炮声现在变得近了。这使我的内心产生了一种陌生的、奇特的感觉。我不记得曾经有过这种感觉，不，是一种下意识的想法，希望自己最终能活下来。也许我真的能活着看到每一个、直到最后一个德国人——包括鲁迪·齐默尔曼——都死掉。而我，还活着，能自由走动并且不再畏惧。我并不知道梅莱茨是怎样被解放的。那天我还是呆在鸡笼子里的，因为，尽管德国人已经离开了、俄国人已经在路上了，前者有可能回来，而后者有可能不像我们希望的那么快来到。另外，没有人知道被打败的德国人临逃跑之前会做出什么事来，对于德国人的残忍，谁也不会存在任何幻想。

我不记得1944年8月6日是怎样的一天。多云？下雨？还是阳光普照？凉快，还是热？那天我所记得的，是在确认战线已越过了梅莱茨后，我在傍晚的暮色中走出了鸡棚，劲风掠过的天空云霞灿烂。我独自一人躲藏的时间为1年10个月。不过，这个时间是很久以后我重新学习计算时间之后才意识到的。那个晚上我所记得的，是那些坐在俄勒伍斯基家厨房里满脸疲惫的俄国士兵。他们喝着伏特加，争取在继续开进之前休息放松。我很高兴见到他们吗？也许我的感情已经麻木了，几乎忘掉了高兴是什么了。这些战士中，我觉得有些是鞑靼人[①]。但后来有人告诉我，他们其实是卡尔梅克人[②]。这是我第一次与非欧洲人接触。

接下来的日子里，来了更多的俄国士兵，其中还有女兵。她们可不是无所事事，而是笔直地站在十字路口，手中旋转飞舞两支小旗：右，左，右，往前直走……指挥着繁忙的货车西进。其他女兵属于洗衣特遣队。有个女兵把一个大缸和洗衣板都搬进了俄勒伍斯基家的空房间，并在院子里搭起了临时炉灶用来烧水。晚上，士兵们为梅莱茨的民众举行音乐演出。我从来没有听过比“卡琳卡”[③]更美妙的歌曲，也没有看过比“科扎科”[④]更精彩的舞蹈。我肯定那些精神饱满的女歌手们就是那些白天在居民家客房中洗熨军服的女兵。不知道为什么，她们看上去都差不多：个子矮矮的，身体结实，金头发、蓝眼睛。制服的上衣被皮带勒得那么紧，我觉得她们似乎都要窒息了。而我，坐在观众席上，感觉好像甩掉了令人作呕的包袱，那种不再忧心忡忡，不再害怕任何人、任何事情的感觉太美妙了。我感觉自己像一个波兰人，（可能）也像观众席里每个人一样自由。

---

① 鞑靼人：Tatar，来自中亚。

② 卡尔梅克人：Kalmuk，或 Kalmyk，来自中亚。

③ 卡琳卡：Kalinka，俄罗斯著名民间歌曲，以其合唱形式最为著名。

④ 科扎科：Kozak，一种特别的俄罗斯民族舞。

尽管梅莱茨已经解放，战争还是过了很长一段时间才结束。战斗在周围地区继续着，直到5个月后，在1945年1月中旬，残忍的德控波兰总政府总督汉斯·法兰克以及其他德国人才离开了克拉科夫。波兰人在德国占领期间也受苦了。然而，在对待他们的犹太邻居一事上，有些波兰人是应该受到良知谴责的。为了不惹麻烦，俄勒伍斯基家和我约定，不对别人说我是犹太人，我成了他们某个亲戚的遗孤，也姓俄勒伍斯基，是他们一家仁慈地把我收留的。我也不担心五、六年前认识我的波兰人会认出我来。在1944年我14岁，留着长辫子，说着一口流利、没有口音的波兰话。那个时候也许我还没有完全适应新身份，但是随着一个一个月过去，当一个波兰天主教徒孤儿的感觉越来越自然，就像一双被穿惯了的鞋子，慢慢地与脚合适了。即便在俄勒伍斯基一家离开梅莱茨、带着我一起回到战前他们住的波兹南市时，我都是一个波兰女孩。

我几乎是顺理成章地成为了一个波兰天主教徒孤儿，部分原因是虽然日复一日、周复一周地等，却没有人来找我。我既没有收到家人的任何口信，也没有接到任何关于他们的消息。当然，我们能收到的很少的消息也都是关于战争形势的，哪个区还被德国人占领、哪个区被解放了，要不就是在过去的两年里，犹太人到底被怎样了。市场上在出售能浮在水面的肥皂，但是没有人买它们，因为人们相信那都是用人体脂肪做的。当然，我们也听说了马伊达内克灭绝集中营的事。1944年俄国军队解放了那里。

我越来越确信，当时希望能拯救自己而离开登比察，实际上是把家人留在那儿等死。慢慢地连我也相信自己是一个孤儿，每个家人——父母、姐姐、叔父、姑妈、表姐们——都已经被杀害了。我以为我是全家唯一生存下来的人。我甚至以为我是唯一生存下来的犹太人。在梅莱茨、后来在波兹南，我都没有听说过、也没有看到过另外一个犹太人

（到了最近才有人告诉我，那时候梅莱茨还有几个犹太人也像我一样被藏起来了）。我说服自己，既然我是世上最后一个犹太人、一个孤儿，那么，是犹太人孤儿还是天主教徒孤儿，又有什么区别呢？既然我现在不能证明自己是一个犹太人，何必还要把假扮非犹太人当成暂时措施呢？我怎能确信以后做犹太人会比战前安全些呢？解放后几个月到一年的时间里，我总对自己说，我可以成为一个新的人。我可以成为一个有贡献精神、全心投入帮助别人的人。我可以为别人而活，成为一个活着就是为了结束战争、杀戮和流血的人。我不会成为从死亡边缘上拯救了我的好心人的负担，我要当修女，和其他志同道合的女人们一起住进女修道院。无论是什么原因使我选择做修女——我估计是因抛弃家人产生的内疚——这个决定让我找到了人生目标，感到安慰，甚至对于我作为最后一个活着的犹太人一事赋予了意义。那个时候对我来说，到底怎样才能成为修女并不重要，重要的是有一个目标了。

但是，夏初的一天，姐姐来到了波兹南的俄勒伍斯基家。在过去将近一年里我拼命想塑造一个新我的计划一瞬间就被打乱了。我不再是孤儿，因为妈妈也还活着。在那段仍然动荡纷乱的时间里，姐姐到底是怎样找到我的，也许她当时告诉过我，或晚些时候也提到过，但是现在我和她都不记得了。没时间多想，也顾不上为离别救过我命的好人而伤心，我带上匆匆打包的衣服便和姐姐一起离开，直奔火车站。

火车整夜向着克拉科夫奔驰，波兹南已经离我们很远了。我一会儿看看机车奔驰擦出的火花，一会儿听听忧郁的口哨声。火车里很拥挤，跟在1945年春夏任何一列波兰火车一样。每个人好像都有地方要去：离开德国人把他们拖进的集中营和其他魔窟，踏上回家的路；找寻家人亲戚，希望他们还活着；或者，仅仅为了离开这个被鲜血浸透的地方，离开已住了陌生人的家。

我和姐姐紧紧挤在两个村妇中间，但至少我们不用坐运牲畜的货车。看见火车仍然让我想起不愿记起的场面。就是到了今天，火车还使我恐惧。姐姐像从前一样美丽。我爱她，因为她是我的姐姐，但对我来说，她已成了一个陌生人。很可能，对她来说，我也是一个陌生人。仅仅几个小时以前，我还是一个波兰天主教徒，准备某天成为修女。仅仅几个小时以前，我还以为我是最后一个活着的犹太人，一个“秘密犹太人”①。现在有我们两个，两个犹太人。姐姐说妈妈也还活着，在克拉科夫。那我们就是三个犹太人了。妈妈怎样了呢？会不会也像姐姐一样，成了一个陌生人？火车在黑夜中飞奔。远离了俄勒伍斯基一家，远离了我已熟悉的房子、街道，还有我就读的学校。今天早上，我和同学们还跟着老师听写：

听写

一个富有的磨坊主为他自己建了一幢漂亮的房子。泥瓦匠为他砌了砖墙，锡匠为屋顶铺上了一层白铁皮……

1945年6月8日

清晨太阳刚刚升起，我站在一套公寓单元里，姐姐把我带到这里。我穿着一条根本谈不上剪裁的淡紫色裙子。我的头发被风吹得乱糟糟的，辫子也由于长途坐车而凌乱。母亲和我对望着。我们没有像电影里常见的场景那样久别重逢扑到对方怀抱中喜极而泣。我们站在早晨的阳光中，看着对方：是两个陌生人，还是母亲与女儿？仍是那么熟悉，却

① 秘密犹太人：Secret Jew，指在“二战”中靠假身份证明而幸存的犹太人，在这里也指战后为了避免引来“反犹太主义”的针对而继续隐藏犹太身份的犹太人，如作者一般。

又变化那么大。我们都以为、也害怕对方已经死掉了。两年多来，母亲依靠她的运气和机智活了下来，而我，也得到好心人的怜悯活了下来，并且学会了怎样让自己假装对一切苦难视而不见。我孤独一身，自己抛弃了自己，其实是为自己求生抛弃了所有家人。我们俩都不知道该向对方说些什么。这不能怪罪母亲，也不能怪罪我。狭小的厨房却仿佛有一道深渊，横亘在我和母亲之间，一道我们谁也无法逾越的深渊。很多年以后，我自己也成了母亲，我的女儿也到了我那时的年龄，15岁。我跟我的女儿也不知道怎样彼此交流，尽管我们惧怕开口的原因不再是生与死。不过，就像我和母亲最终能找到抚平悲痛的办法，我和女儿最终也能学会如何处理我完全无心地传给她的悲伤。

克拉科夫是一个不出名的地方，既美丽又奇怪。那里没有一样东西是协调的、符合逻辑的，所有东西都互相矛盾。我在那儿好像同时用三种身份生活，每一种我既有相同之处又有不一样的地方。我可以从在圣玛丽教堂祈祷的波兰天主教徒女孩很轻松地过渡到在施粥所等候开门的犹太女孩，然后，有点吃力地过渡到女儿和妹妹的角色。

位于长街①上的犹太施粥所，离中央市场有一段距离，不过我不在意走长路：先绕上斯瓦夫可斯卡街，再经过古圣马克教堂，然后到普兰迪花园（Planty Garden）。我每次到施粥所，总是看到门前熙熙攘攘的，粥所开门之前人们聚在那儿聊天。这些人看上去来自四面八方：从波兰全国各地，从匈牙利，从捷克斯洛伐克，从乌克兰，甚至还有一些

① 长街：Long Street，克拉科夫市内街道名。

多年前被苏联政府驱赶到乌拉尔山脉[①]以东不毛之地现在跑回来的人。每天在施粥所出现的面孔都不一样，有的人走了，又有新的人来了。只有少数人像我这样，日复一日地在施粥所外排队。我们像老相识一样互相打招呼。

女人总是比男人少。其实那些男人还是男孩[②]，瘦小、发育不良，没有达到青春期正常发育的身材。所有人穿的衣服都不合身，太长或太短，到处都是补丁而且不是很干净，都是从不同地方顺手牵羊得到的（我们称之为“供给制制服”）。有的男孩子大声吵嚷，有的却神情冷漠，似乎躲在自己的世界里，恍惚的眼神好像在看某个用言语说不出来的场面。虽然没有手表、我们也说不出具体时间，但施粥所肯定开得不准时，总是晚。不过即使不耐烦，也不断发牢骚，等待的人群还是喜气洋洋的。人们讲笑话，讲冗长的故事，甚至还唱歌。其中“特雷布林卡”是我最喜欢的歌，我还把它的歌词写在了一张纸片上。

如果我要重现一段施粥所门前的典型对话，我会像下面那样写：

“等等等，总是在等。”某个人会这样埋怨，“浪费我们宝贵的时间。”

另外一个人就会说：“朋友，干嘛抱怨？多么美好的一天！阳光灿烂，我们是自由的，德国人死掉了。你还想要什么呢？”

有的人说话尖刻。“为等一勺子粥像乞丐一样。这算哪门子生活呀？我们憧憬战争结束。看看我们现在这个样子，又排队来领一丁点儿吃的。”

---

① 乌拉尔山脉：Ural Mountains，分隔欧洲和亚洲的山脉。

② 战期年纪大一点的男人都被杀了。

有时候，排在队伍后面的人会唱起歌来：

回到我身边，我的汉科儿
回到我身边，我的宝贝儿
难道不想回到我的身边吗，我的汉科儿
我独力无法应对。
特雷布林卡那儿
每个犹太人都会得到关照
温柔体贴的关照。

有时候，成群穿着干净制服的俄国士兵路过，他们的脸庞丰满红润。带着刚刚饱餐一顿的满足表情，他们好奇地看着吵闹的排队领粥的人，边笑（我总觉得有讥笑的味道）边溜达过去。粥汤终于到了，或者说终于煮好了，粥所的门会打开一半，我们就会把大大小小的瓢盆堆到发粥的女人们面前，让她们盛上说不出来褐色还是绿色的汁液。那些女人们每天都会抱怨我的锅大，但也总是把它盛满，然后警告我明天只会拿到够一个人吃的分量。

尽管早上我是在中央市场教堂里稳重安静的波兰基督徒中间度过的，但是身处这个叽叽喳喳说意第绪语的人群里也没觉得不舒服。有些人一个劲儿抱怨，但也有些人却充满富有感染力的幽默感，从后者那里可以感悟到另一种生命力。似乎正是受这种幽默感的感召，我写下了一首诗（起码我认为那是我的诗）。撰写于1945年7月，波兰语的大致翻译如下：

长街上的委员会
数不清的部门

他们，在那儿寻找
来自各地失踪者的地方。
他们，慈悲地一份一份分发
半升的豆汤、甜菜和果酱
有时甚至有片面包。
就在这个时候，
在厨房里正在油煎
为上百个秘书供应的肉
他们，忙到汗珠挂在眉梢，
但从不觉得消沉
有肉肠做早餐啊——
难怪，
他们，每个星期长10公斤肉。

我相信，无论用波兰语还是英语朗诵，这肯定不是伟大的诗歌。不过我感到不解的是，为什么我会选择用诗歌而不是散文来表达对于腐化堕落的人性的沮丧呢？也许，我是在思念托史卡，只有她才知道怎样写美丽的诗句。

我会端着满满那锅粥回到住的地方。妈妈会等我回来后再加工。跟我们住在一起的两个女人想方设法在小市场买到的胡萝卜或马铃薯，妈妈会加进粥里，增加粥汤量。无论如何，我那锅汤是不够七个人吃的。每个人都要忙不同的杂活，只有我是唯一适合排队领粥的人。那个夏季，克拉科夫没有什么食物，除了从施粥所得到的食物，其他可口的东西，如奶酪、或偶尔一个鸡蛋，都是用以物易物的方式得到的。当然这还得看你是否有农妇想要的东西。这可是要花很长时间进行的大买卖。

住在公寓单元里的女人们（我不知道这个单元是瑟丽娜还是莉珍娜的），尽管有着各式各样奇怪的身世，却有被关押在一起的经历，我不包括在内。母亲、姐姐、莉珍娜和玛妮娅很亲近，因为她们一起在普拉绍夫（Płaszów）的集中营待过，然后想方设法列进了著名的奥斯卡·辛得乐尔[1]名单里。她们最后辗转到了辛得乐尔在布尼利兹的工厂，然后从那儿回到了莉珍娜在克拉科夫的家。瑟丽娜和她的母亲则是莉珍娜的朋友，利用假文件活了下来。她们穿着虽然很破旧但还算合身的裙子，显得比其他人更镇定，做事也更有条理。也许是因为尽管长期生活在随时可能被发现的危险中，她们还是比其他人颠沛流离得少一些。我记得瑟丽娜的母亲是一个啁啾不休的老人，而瑟丽娜令人眩目的棕褐色皮肤和像被漂白了的金黄色头发使她看上去好像来自另一个世界。玛妮娅和我的岁数差不多，是我们当中最快活、最有亲和力的。莉珍娜以她亮晶晶的黑眼睛和充满活力的动作，成了无可争辩的领导者和管理者。至于她管理了什么，我却记不起来了。

每天莉珍娜都会给我们带来消息，确切说是一些我们迫切期待的只言片语。她在这帮从死亡边缘回来的人们当中完全是一个指挥者。她有很多朋友，有战前的老朋友，也有现在日常事务中结识的新朋友。人们来来往往，把整个小公寓挤得满满的。他们说个不停，总是在说这个或那个人有可能还活着，因为在一次驱逐途中，或在一个火车站等候被解押去集中营时，某人最后一次看到过他们，或者甚至还出现在委员会每天公布的战争幸存者名单上。莉珍娜的朋友们还在聊离开波兰，怎样才

---

① 奥斯卡·辛得乐尔：Oskar Schindler，1908年4月28日—1974年10月9日。德国工业家，利用自己的财富在“二战”中向纳粹“购买”犹太人，因而从死亡集中营的焚化炉边拯救了约1200名犹太人。（即《辛德勒的名单》中的男主角，本书中的中文译名是根据作者要求——编者注）

能离开俄国占领了的波兰，怎样才能到达德国境内的美国区[1]，怎样才能去巴勒斯坦[2]。他们不停地盘算，其实是在享受坐在朋友堆里的安全舒适。

在这些爱说话的男人女人当中，母亲只是沉默地走动。她是他们的一员，却又很奇怪地显得疏离。她是那么瘦，几乎只剩骨头架子了。她穿着一条褪了色的、过大的裙子站在炉灶前煮着东西，因眼睛近视（她急需一副眼镜）凑到面前大大小小的锅上，往里面加进能拿到手的东西。她瘦削的面孔很忧郁，没有光泽的干枯的头发在脑后梳成松散的发髻。我们离开克拉科夫之后不久照的一张相片里，她憔悴的脸充满了痛苦和哀伤，一双眼睛依然充满恐惧。我记得当我和姐姐从波兹南回去之后第一次与母亲再见时，她的面容就是那样。

无论是在克拉科夫，还是再晚些时候，母亲从不谈及父亲。即便在后来有了新的丈夫，在一个新的国家开始新的生活，时常详细地谈到过去，母亲也没有再提到父亲。在克拉科夫，是姐姐告诉我，我的父亲，一位能唱别人都不会的歌曲的温柔歌手，是怎样惨死的。

1942年10月，登比察遣送完所有犹太人后，隔离区成了一个苦役集中营，有两百个人——大部分是男人——被允许留在那儿。如我前面说的，留下来的人名单上只有母亲和吕文姑父的名字，费格姑妈、娥丝特表姐、我的父亲和姐姐，还有吕文姑父的妹妹汉卡[3]都不在名单上。

---

① 美国区：American Zone。“二战”后盟军根据各国军队胜利占领的区域，德国被分割为美国区、俄国区和英国区。

② 巴勒斯坦，Palestine。本书中的“巴勒斯坦”指的是在1920至1948年在英国委任统治下的“巴勒斯坦”。

③ 汉卡：Hanka，犹太女子名。

对于德国屠杀机器来说，这些人都已经装上去奥斯威辛的火车，不复存在。吕文姑父没能拯救名单之外任何一个人。父亲和其他人那时终于意识到——像我早些时候已经意识到的——他们不可能永远藏下去。德国兵每天都来搜房子、查地库，找寻犹太人仓促建起躲藏的隔墙。虽然在那个夏季的早些时候躲过了大拉多梅希尔遣送，但是他们现在唯一的选择只有逃离。即使不同时走，但必须全部离开。他们想方设法偷偷进入离梅莱茨不远的森林里的里德斯兰卡—贝尔得荷苦役集中营，那是初夏大拉多梅希尔遣送后建立的，玛尔卡表姐已经在那里了。也许这是吕文姑父的计划。他可能还有一些关系或方法，能联系上在犹太团体中的重要人物或在德国人中有影响力的人。姐姐和吕文姑父的妹妹汉卡首先离开。她们黑夜赶路、白天躲藏，计划在天刚亮的时候到达集中营，那个时刻正好可以混进出营劳动的队伍。要么是那些卫兵没有注意到，要么——更有可能的是，吕文姑父已经通过玛尔卡贿赂了卫兵，两个姑娘跟着筑路队干了一整天的活，晚上和其他人一起回到集中营。

接下来，父亲、费格姑妈和娥丝特表姐几天后也离开了登比察。他们三个人中有两人已不再年轻，很可能是在雪雨交加的冷天走了30多公里路去集中营而精疲力竭，也许没有足够的食物了，也许用了比原计划更长的时间，不管因为什么原因，全部犹太人都在外面干活的时候，他们才到达集中营，想办法溜了进去，然后决定在一间营房里休息一会儿。就在那当儿，德国卫兵发现了他们，把他们三人全部赶到外面枪杀了。

自那以后，每次想起父亲，我唯一想到的就是他生命的最后一刻。我想象他又累又冷又饿，挖着自己的坟坑。穿着德国兵制服的守卫狞笑着用枪指着他。每一铲挖出的泥土让他更接近死亡。他挖着，心里明白等那个坑够大够深，就到了他生命结束的时刻。他用了多长时间挖好自己的坟坑

姐姐罗乐·歌敏得在德国，1946年。

呢？坟坑挖好后，当子弹飞出、人摔进坟坑之前，他又活了多久？

但是，真实情况并非如此。直到最近我才了解到，在那个集中营里有叫卡普兰[①]的犹太三兄弟（或只有一个？），他们是纳粹盖世太保的告密者。他们可以随意进出集中营，不但肆无忌惮地出卖梅莱茨附近被波兰人保护起来的犹太人，还把任何“非法”进入集中营的人报告给德国兵。我不知道他们这样做是为了取悦德国人，以求保命，还是因为他们对认识的梅莱茨人心怀怨恨？不管什么原因，是一个叫卡普兰的报告德国人，说有三个疲惫的逃难者到了集中营。父亲、费格姑妈和娥丝特表姐应该是在营里被杀的，他们也没有被逼迫挖自己的坟坑。他们的尸体就留在被杀的地点，让所有在外干一天苦工的营民回到营中看到。之后，他们被埋在集中营旁森林里某处。直到今天，梅莱茨附近森林里某处一个没有标记的坟里，还埋着他们的遗骸，与其他许许多多死在卡普兰和德国人手上的受害者的遗骸一起。

在克拉科夫时，每天吃过午饭以后，母亲就会换上虽然不合身却很干净的裙子，去委员会看那份不断更新公布、越来越长的生存者名单。每天晚上回来的时候，她脸上的皱纹会更深，表情更伤心，眼神也更绝

① 卡普兰：Kaplan，犹太人姓。

望。在几个星期里，她没有看见一个熟悉的亲朋好友的名字。

玛妮娅和姐姐每天都去小市场尽力做点儿买卖，瑟丽娜去忙她的事务，瑟丽娜的妈妈留下看家。我想象，她会坐在舒适的椅子里打盹，梦见她昔日的富裕生活，她的波斯地毯和波斯羊羔皮大衣，她丈夫还在的日子，还有下午茶时的社交。也许她以前的生活跟梅莱茨的费德曼太太以前的生活没什么两样，日复一日地周旋于下午的来访者中间。我呢，就用下午的时光去探索克拉科夫。

去了解这个美丽的城市就像在读一本书的许多章节。这既是出自我渴望品尝新自由的欲望，也是因为（我那时候以为是那样）我决意要过一个波兰人的生活。在美丽的花园里，在小广场上，在旧教堂里，在亚哥沃年大学[①]令人肃然起敬的建筑群里某个庭院的角落，我都有一种不可思议的在家乡的感觉。但在那时，我还没有什么人生经验，也没有导师的点拨，并不知道这种情感其实是对这个城市保存的历史和传统的真实反应。克拉科夫是我第一次接触到历史、艺术和美丽事物的地方。在克拉科夫，我感觉到一种生活，它超越了波兰、超越了做“犹太人”还是“活下去”这种两难选择，完全是另一个世界。也许就是从那时起，一颗小小的种子被种下了，多年休眠，然后终于指引我走向尚古（中国人说的“好古”）、珍惜历史。

在克拉科夫，我还第一次领略了电影的震撼力。当时我肯定没有钱，但在城里漫游中，我发现了一家免费电影院。我在那儿看了两部电影。一部是俄国电影，讲伤心的爱情故事。尽管还清楚地记得故事情节和一些镜头，可我记不起电影的名字了。或者，我从来就没知道过电影

---

① 亚哥沃年大学：Jagiełłonian University，以波兰国王西吉斯蒙德 · 奥古斯特 · 亚格沃（Sigismund Augustus Jagiełło）命名的大学。

名字（那时我还不会俄语）。故事是这样的：一个休假的士兵在回家的路上，他要回家为他母亲的房顶铺茅草。当火车穿过广阔的白桦林时，他爱上了同车的一个姑娘。但是，他们注定要分开，因为她要继续前行，而他就要下车去搭茅草屋顶了。看这部电影的时候，我禁不住想起托史卡和我对纯真爱情的悲伤那些无尽的想象。另外一部电影叫《敢嘎定①》。我后来得知那是根据鲁得亚得·吉普林②的诗改编的。这部著名的电影讲的是一次印度起义，那些勇敢的英国士兵，还有关于衣着单薄的送水者敢嘎定。他为了拯救英国士兵最终牺牲了自己的生命。因为那时我既不懂英文也不了解印度，大部分内容肯定没留下印象。不过，能不能看懂这部电影并不重要，重要的是，尽管我知道那不是真的，只是一个影像世界，但在银幕上却显得那么真实。我在那洒满阳光的树林、群山和干热的沙漠的影像里迷失了，忘记眼中的世界只是影像。直到电影结束迷迷糊糊地走到外面，我还在使劲把自己带回现实世界来。

然而很快，这些电影就被宏伟壮观的瓦伟尔（Wawel）城堡比下去了。这座波兰皇家的城堡再次唤回了我对托史卡的回忆。一个下午，我去长街施粥所的路上探索完了广场和教堂，决定走相反方向的各洛兹卡街（Grodzka）。那是很长一段路，左转再右转两次以后，我发现自己到了卡诺尼持那街（Kanoniczna）。瓦伟尔城堡蓦然出现在我眼前，就像魔毯带来的绝妙设计：有城堡、大教堂、城门，还有很多其他建筑。它美得像一个幻觉。我真担心一旦转过头去，它就会消失掉。

我的双腿像被一块磁铁吸引着，向瓦伟尔迈进，终于站在了瓦伟尔巨大的庭院里，虽然我也说不清是怎样到了那儿的。大庭院里长满杂

---

① 敢嘎定：小说《敢嘎定》（*Gunga Din*）中的主人公，一个印度名字。

② 鲁得亚得·吉普林：Rudyard Kipling，《敢嘎定》的作者。

草，到处是一堆堆垃圾。可是在那个下午，我的眼里看不见这些瑕疵。我的视线被那些宏伟的建筑吸住：城堡、拱廊、圆柱，还有那些窗户、女儿墙。我的脑海中闪现出一幅图景：那些国王和王后们，站在窗内看着马车进进出出。御前侍女们躲在沉重的窗帘后面，往下望着她们深爱的骑士们为出发完成重任做着准备。我还能看见马夫和佣人们跑前跑后的，准备接待贵宾。我想象远道而来的使节带着国书，他们的座骑因为长途跋涉而汗珠飞溅。我想我甚至还可以听到马蹄敲打着石头路，车轮滚动的辘辘声，还有发令的吆喝声、佣人们急促的脚步声。"过去"在被遗忘的院落里回响，一个不是我的、但我非常希望是属于我的"过去"，一个我和托史卡在另一个时间、另一个地点读亨利克·显克维支[1]小说时窥见的世界一角。

离开瓦伟尔城堡，顺着坡下到河畔，我在绿草地上躺了下来。那是多云的一天。灰蒙蒙的天空下，连蓝色的河水都显得灰扑扑的。放眼望去，河对岸的村庄荒凉空旷。从河畔仰望瓦伟尔，那高耸的炮台、塔楼和圆屋顶，构成了一座带翼的要塞，居高临下地护卫着大河和周遭的村落。瓦伟尔临维斯瓦河（Vistula）的一排窗户后面，好像有很多眼睛朝下看着我。我感觉到威胁，好像有人站在那些窗子后面盯着我的一举一动；也许还不是活人，而是鬼魂——一个屈死而现在要复仇的鬼魂。我使劲望进一扇扇窗子，其实，里面空空如也。除了维斯瓦河的潺潺流水声，没有其他声音。

接下来的几周我几乎每天都去瓦伟尔古堡。我还会到河畔去坐坐，晴天里仰望蓝天上悠然飘浮的白云，或是俯视波光粼粼的河水里闪亮的卵石。我仿佛看到船队顺流而下，驶向国王的宫殿。船上载着远征归来的英

① 亨利克·显克维支：Henryk Sienkiewicz（1846—1916），著名波兰作家。

勇骑士，或是翘首以待的外国使节。贵妇们蜂拥到古堡的窗前，看着船只在河湾落锚。然后，一队贵族带着仆人沿着蜿蜒的城道上了城堡。

我又一次走进大庭院里，聆听过往日子的声音，这次听到的也许是一场宫廷婚宴。国王最小的女儿要嫁给一位外国王子了。贵宾们络绎前来，满载厚礼的马车缓缓驶进院子。一群群闻讯而至的农民们，张大嘴巴观望着这场盛事。很快，大教堂的钟声就会响起，宣告皇室起驾，前往大教堂。皇室城堡底层的御厨里飘散出烤鹅和烘面包的香味。

时间在这种幻想中过得飞快，太阳的移动提醒我在夜幕降临前须赶紧回家。有一个下午，我在瓦伟尔大庭院里看到比平日更多的到访者。农妇和城里人成群结队地站在一起，仰望古堡和它神秘的窗门。有些人匆匆走进一个低矮的门道。我跟着他们进去，就看到了那些绣帷，在一个地下室里，绣帷由天花板至地板垂挂着，完全遮住了墙壁。我一下子目瞪口呆了。我从没有见过这样的东西，也从没想象过会有绣帷这样的东西存在。刚开始，我以为那是壁画，巨大、壮丽、美妙的田园风光壁画。但是，等我靠近点再看的时候，发现它们是编织而成的。等一下，它们是编织的吗？没错，它们是刺绣而成的：年复一年，数以千计的少女们用最细的纱线和绣针绣上千百万针而成。托史卡不是给我讲过类似的事吗？

然而，最让我震撼的不是绣帷怎样织成，也不是它画面所说的故事或展现的景色，而是绣帏的尺寸、它们的磅礴气势。绣帷上，有草地，花园，或者是在公园，草木青翠，满树花朵。一条潺潺流淌的小溪打破了宁静，远方地平线上有一座寂静的小村庄。树上栖着小鸟，地上跑动着小动物，嬉戏的小狗，有耐力的驴子，一匹鬃毛飘逸的马。华丽的孔雀在鲜嫩的草丛中悠闲踱步，藤蔓攀援在树上，远处是平缓起伏的山丘。在画里，是永恒的春天，没有冬天冰雪霜冻与令人委顿的寒冷。在画里，只有宁静，安宁。绣帷的边饰是另一番景色：手舞足蹈的猴子和神话中的鸟儿，还有各种各样的水果：葡萄与柠檬，桃子与李子。花丛中稀奇古怪的生灵演奏着乐器，或低着头进入了梦乡。

从前我从没见过这种艺术，能让美变得那么立体、生动。圣玛丽教堂很棒，它高耸入云的宏伟建筑令人振奋，斑斑污迹的玻璃窗总是在透露一些从不为人所知的东西。但是，这些绣帷不一样。它的画面上，有无穷想象力的人们用真实世界里的花卉、植物、动物和人物，编织出一个没有饥饿、没有恐惧的完美理想世界。

从那时候起，我对瓦伟尔的绣帷难以忘怀。有时瑟丽娜妈妈责备的声音传进我的耳朵，但我不知她在说些什么；晚餐桌上的聊天，也好像是来自远方。我的眼前只有那躲过了战火的美丽景象。对我来说，绣帷成了一座花园，一个大得无边无际的花园，我是在花园里玩耍的孩子，而这座花园转瞬即消失得无影无踪，我的幻想也随之消失。每天，我照样还得去施粥所，在越来越长的队伍中等待轮到我，也继续听到抱怨声和哀伤的特雷布林卡小曲[①]。然而，这些声音现在好像也是来自远方，当有人和我说话的时候，我经常只是呆头呆脑地瞪着眼答不上话，因为我根本没在听。

我再度失去了时间概念，比以前有过之而无不及。我走遍了瓦伟尔城堡。有时候向大教堂里面张望，但更多时候，我要么在外面庭院里做白日梦，要么就站在绣帷前，仔细观看每一个细部。做了好几个星期古堡生活的梦，直到我看见那些绣帷之前，我从来都没有进入过古堡。现在我开始猜测，里面还可能有什么呢？我跟随一些低声交谈的人们，爬上了通往古堡第二层的盘旋大楼梯。我不知道还会有什么奇异发现。会有更多的绣帷吗？或是别的让我想象不出的宝藏？我对于能看到什么心里没数。

---

① 特雷布林卡小曲：指本章开篇的歌曲。

楼上的房间空荡荡的。遍地垃圾，墙壁很脏，上面有很多丑陋的破洞，大块大块灰泥剥落，就像血已干涸的伤口。我从河边仰望看到的那些在午后阳光下闪耀的古堡窗户，里面却是如此满布污垢。夏天的尘土和雨水在玻璃上印下丑陋的斑纹。我走过一个又一个房间，每个房间里都是破损的地板、斑驳的墙壁，或是一张翻倒的椅子、布满刮痕的桌子。每个房间都是空荡荡的，丝毫没有昔日辉煌的痕迹。我过去几周来的兴奋被悲哀取代了。战争和掠夺没有放过这些皇家宫室。除了绚丽的绣帷幸存下来，任何东西都没能逃过。楼上光秃秃的丑陋与楼下的美丽绣帷形成了强烈的对比。

1980年9月

多年后第一次重返波兰，我的故地寻访旅程从梅莱茨开始，再一次走进克拉科夫，当然，还有瓦伟尔。虽然岁月如梭，但是我没有忘记那些绣帷——那是我第一次与历史接触。我完全按照第一次去瓦伟尔的路线：从各洛兹卡街上的中心市场，走上坡度很陡的卡诺尼持那街，然后到达瓦伟尔。各洛兹卡曾是匈牙利通往西欧商贸要道上的一部分，现在是一条令人愉快的大道，布满商店和餐厅，但这些都引不起我的兴趣。我一心只想着去看那些绣帷。自1945年起到今天，我仍然相信那些绣帷是由几百个古堡少女年复一年、一针一线地细细刺绣出来的。现在，绣帷挂在修复得很好的“参议员大厅”里。大厅的天花板颜色明亮，我在1945年时看到的那种破败已成过去。晶莹明亮的吊灯和落地灯照亮了大厅、当然还有挂在那里的绣帷。它们还像我第一次见到时那样令我惊叹不已。多年后的这个瞬间，我又一次被悬挂在眼前富丽堂皇、美轮美奂的绣帷迷住了。我又变回了当年那个不知所措的少年。当我走近前去仔细端详时，我的心一下子沉了下去，我发现它们不是刺绣的，而是编织成的。旁边的注解告诉我，一共有140多幅绣帷，是荷兰佛兰芒的（Flemish）手艺人在16世纪时制做的，那个年代他们的手艺和用料的品质名噪一时。这些绣帷是波兰国王西吉斯蒙德·奥古斯特·亚格沃[①]订制的——这位国王以其艺术鉴赏家的身份而闻名。原来，这些绣帷的来历是这样的。但是，我还没准备好接受这个故事版本。我不愿把绣帷想成只是一桩付钱的买卖。我希望美丽图案由几百个古堡绣女织出来的想象能够延续。尽管我尽力辨认，但还是不能确定眼前这些绣帷就是之前见到过的。古堡地下层房间里曾经有多少幅绣帷呢？像现在在大厅里一样多吗？在“参议员大厅”里的绣帷都是与《圣经》有关的情节：亚当与夏娃，诺亚方舟，巴比尔塔[②]。如果这些画面跟以前的一样，为什么我会认不出来呢？

是不是过去的那段时间就像海市蜃楼，记忆总是飘忽不定的？绣帷都是我想象出来而并非亲眼所见？后来我才了解到，1939年9月德国入侵波兰时，绣帷和其他一些瓦伟尔的珍宝被装到一条驳船上，从维斯瓦河顺流而下，然后转放进运干草的四轮马车里，再转装进几辆汽车，运到罗马尼亚。从罗马尼亚被运到法国的欧比松市（Aubusson）。法国的艺术品修复专家对一路颠簸又受损的绣帷进行了修补。修补工作一直持续到德国入侵法国，所有瓦伟尔宝藏马上又送往英国。但在那几年，整个英国也都在德国飞机的猛烈轰炸之下。幸运的是，波兰海轮“巴托里号”[③]把这些无价之宝及时抢运到加拿大去了。然后绣帷就一直在加拿大，直到1961年才重归波兰的怀抱。

---

① 西吉斯蒙德·奥古斯特·亚格沃：Sigismund Augustus Jagiełło。

② 巴比尔塔：Babel Tower，源自《圣经》。

③ 巴托里号：Batory。

第六章 抉择

就这样，她在大战中幸存下来，完成她的学业，结了婚。

她收集东西，新的、旧的都收集：文件、照片、考试成绩单、明信片、账单、收据、祈祷文、剪报……所有东西对她来说都成了过去。她的机体以惊人的速度生产着过去。

她渴望接近人们。人们与她一起的时候，她用嘲讽拒人于千里之外，然后她又用夸张的方式乞求宽恕，寻求接近他人…… 她害怕孤独、疾病、寒冷，害怕邻居、狗，害怕人们用陌生的目光看着她，害怕别人的看法、自己内心的恐惧……

——汉娜·卡尔乐，《再没有一条河流》①

很奇怪，影响命运的那个7月的早晨至今依然留给我清晰的记忆。那个黎明是凉快的阴天，空中飘着丝丝细雨。我、妈妈和姐姐穿过克拉科夫空荡荡的街道。破晓时分，两旁房子关着的窗户给街道披上一层神

① 汉娜·卡尔乐，《再没有一条河流》：Hanna Krall, *There Is No Longer a River*。

秘的色彩，甚至有几分不祥的样子。然而，到了火车站附近，一群群人带着行李来去匆匆。有的人带着皮箱，用细绳捆扎结实，可以说“收拾停当”。（就像姐姐以前说的，沿途顺手牵羊搞到的），其他人，把大包袱扛在背上，包袱皮从肩膀和腋下斜拉到胸前打个结。人们或形单影只，或成群结队，都急匆匆地赶火车。每个人都来自某个地方，每个人都要去某个地方：波兰劳工从德国回家，匈牙利人和罗马尼亚人离开波兰，刚从集中营里解放出来的年轻男女，寻找也许还活着的家人。还有些人早就知道自己已经没有家，也不再有任何幸存的家人，他们只有靠不断走来走去平复心情。这些情景与我和姐姐去克拉科夫途中见到的都不一样。

昏暗的车站里人声鼎沸，月台上的人非常不耐烦地等待火车的到来。没有人询问火车将开往哪里，只要它开走，去任何地方都行。火车终于到达，有封闭式的运畜车厢，也有敞开式的平板货车。人们拼命挤上火车，也不管它去哪儿，似乎再也不会有其他火车来把他们带走似的。他们连搡带挤，很快就占满了每一寸地方，连煤车、火车头、车厢连接处都挤满了人。我们夹在人群里，在身后不断地推搡下终于被同伴们拉上了火车。站台上的人少了一些，但源源不断的后来者还在往火车上挤。

我们三个人站在月台上，拎着为旅途准备的小食物包，害怕会被拥挤的人群冲散。我们想上的那趟车——它是往布拉格方向的，至少我们这么认为——即便能挤上去，也很有可能会被分开。正当我们站在那里不知该怎么办的时候，几个穿着整洁制服的俄国士兵从容不迫地向火车上唯一的客车车厢走去。人群恭敬地为他们让出一条路来。然后，不曾预料的事情发生了。看到我们三个人站在那里手足无措、孤立无援，其中一位士兵像是久别重逢的老朋友一样拉住我们，连推带拉，把我们也推进了他们的小隔厢。母亲还没有完全明白发生了什么事情，还在迟疑，我和姐姐却已十分惬意地坐在舒服的椅子上了。一个虽然是举手之劳却意味深长的人性化姿态，一次援手，似乎预示着一个新的开端。

我们的旅程虽然很长，但是，母亲和她的朋友们在克拉科夫周密计划过。我们的旅游证件允许我们最远到布拉格。计划是，到了布拉格之后，我们再去申请前往俄占区内奥地利林茨市（Linz）的通行证。那个时候不会有人怀疑我们其实要去美占区。到底如何从俄占区到美占区，我们还没有想好。我们计划等到了布拉格的时候再想办法。我们的最终目的地是法兰克福，妈妈希望能在那儿找到她最小的妹妹费尔得乐[①]。费尔得乐的非犹太人丈夫阿尔诺[②]是共产主义者，虽然在纳粹德国也不受欢迎，但际遇还是比犹太人好一些。她自己的运气也不错，没有被驱逐或杀害。夫妻俩都还活着。

车轮滚滚向前，穿过草木茂盛的波兰郊野，沿途翠绿的牧场、正在成熟的麦田，点缀着虞美人花。一路上，我有没有想起过去？更主要的，有没有想起托史卡？我一直希望能向她描述美妙的虞美人花，但不可能有机会了。一路上，我心里有希望吗？期待什么了吗？我有没有后悔正在离开波兰？也许，整个旅程像一场冒险，我完全被吸引住了，对熟知的过去和未知的将来都没放在心上。这趟列车不久就停了下来。俄国士兵们消失了，那些早先拼命在列车上争夺一小块立足之地的人们，现在都到了月台上，等待下一班列车，希望它会把我们带得离目的地更近一点。就这样，在阳光普照的白天也好，在满天星辰的夜里也好，我

① 费尔得乐：Friedel，德语女子名。

② 阿尔诺：Arno，德语男子名。

们在一个个无名小镇的火车站上候车，列车一到就用手肘推挤着往前，争取上车。最后，我们终于进入了捷克的边界。

捷克境内看上去没啥特别——连绵的山丘，小果园，田里种着谷物和马铃薯。小村庄里的房子都由木栅围起来，熟透了的向日葵面朝太阳。过境后不同的，是那些好心的村民和镇民们。他们用大罐子盛着奶，大锅盛着汤，还带来了飘着香味、又厚又大的黑面包片。他们把我们带到他们院子里的抽水机井边，让我们把脸上的烟尘洗干净。口渴解决了，饥火也平息了。在友好的笑容与美好的祝愿里，我们继续等待下一班列车。

1945年7月6日，一个飘雨的晚上，我们到达了布拉格。像在克拉科夫一样，火车站里充满人潮：到达的、离开的人流把月台挤得满满的，无论往哪个方向走，人们似乎都目标明确地来去匆匆。我们又一次站在火车站里，不知道下一步该做什么：去哪里过夜？该问谁去拿继续旅行的文件？或者说，如何办那个文件？我懂一些捷克语，它跟波兰话有点相像，但是要在一个陌生城市里打听明白路，却是不够用的。然后，就像在克拉科夫一样，帮忙的人从天而降。一个男人出现在我们面前，手里还拿着一块樱桃蛋糕。显然他注意到了我们这几个无助的外来客。他是不是在正要吃蛋糕的时候发现了我们，然后改变了主意呢？或者，他每天都拿着一块樱桃蛋糕到火车站来？不管什么原因吧，总之他把蛋糕给了我（我希望和妈妈、姐姐一起分享）。我小口慢慢地吃着蛋糕，细细品尝这块最美味蛋糕的每一口香浓甜味。然后，这个男人带着我们穿过阴暗的街道，来到了一幢大楼前面（可能是一所学校），把我们交给了一些人。那些人急速挥动手中的滴滴涕喷枪，杀灭我们头发里的虱子和衣服里的寄生虫。这个男人答应第二天会再来。这是我们第一次接触滴滴涕粉。接待我们的主人肯定认为，那时所有从波兰来的人都是备受跳蚤滋扰的。自那以后，在不同地方，我们都反反复复地被喷滴滴涕。终于，我们也习以为常，不再为这个西方世界的做法感到奇怪，也把喷杀虱子当成日常生活的一部分了。

那个男人第二天真的回来了。他把我们带到捷克斯洛伐克“遣送回国办公室”。已经有一大堆人在那里排队等候办理旅行证件了。后来才发现，这些旅游证件很容易办。母亲出示她从辛得乐尔的普利兹劳工集中营拿到的“释放文件”[①]，日期为1945年5月15日。上面写着母亲曾是一个政治集中营的囚犯。看了这些文件之后，他们为母亲开具一份证书。证书上母亲的年龄不但小了五岁，她还变成了一个返家途中的德国犹太人。费了那么多周折，其实我们不需要假装目的地就是林茨。根据我们手上的新文件，我们是在返回法兰克福的途中。这份证书与出具文件的官员一样也很友好：上面清楚地写着“请随身携带该证书，以助您安全返家”的字样。现在，另外四个人将与我们同行，前往皮尔森[②]：一对夫妇和他们的成年女儿，还有一个非常年轻的单身男人。我们可从皮尔森进入美占区里面的一个已经开办的“流离失所者营”[③]。在那里，我们就会有东西吃、有地方睡了。捷克人把一切安排得井井有条！也可以说，“比力哈”[④]的工作已经颇有成效了——比力哈是一个安排大批无家可归、一无所有的犹太人越过边界的组织。

我们又一次乘上火车。这趟车完全没有运畜车厢。我们坐到皮尔

① 释放文件：release paper，集中营囚犯没有护照或身份证。释放文件就是他们的身份证明文件。

② 皮尔森：Pilsen，在德国与捷克的交界处。

③ 流离失所者营：Displaced Person Camp（DP Camp）。流离失所者与难民不一样，因为难民能希望有一天重返家园，流离失所者却是没有家的人。

④ 比力哈：Brichah，一个重要的犹太人组织，在1945年晚些时候开始运作。

森，然后步行到边界，先向俄国士兵出示我们的文件，然后再向美国士兵出示我们的文件（与查看文件相比，美国大兵更重视向我们喷滴滴涕），然后我们就入境了。

也许我们待在这个边界难民营的时间不超过两、三周时间（也许这就是卡尔洛营[1]），然而对我来说，那些不必急匆匆赶路的安静日子却是一个旅途中静养的驿站。这个难民营其实是一个废弃的女修道院，老树遮盖着大片空地和绿茵草坪。炫目的白色建筑——我猜是修女们的宿舍，都上了锁。营里每天人口都在增加，都被安排住在临时的营房里。我们无所事事，甚至不用担心食物。一天三次，强壮的德国女人会从厨房里推着一大锅清汤或马铃薯泥来到营房前。我们蔑视德国人，坚信她们曾是纳粹党卫军女兵，以前当过纳粹集中营的守卫。因为，即使是在最炎热的天气，她们也穿着长袖衬衫，来遮盖她们手臂上的纹身（我们肯定她们刻着党卫军的纹身）。尽管她们知道我们是谁，但她们还是非常傲慢，而我们就在暗地里诅咒她们。那时候面包还很短缺，同时也为了改变一下一成不变的餐食，我偶尔也会从围栏洞里偷偷出去，探访附近的村庄。农民们很大方。我总能拿到一罐当地知名的奶酪回到营地里。我还记得，有一次姐姐神奇地从某处弄到了一卷旧胶片，而我就用它跟美国大兵换来了一块巧克力。不过，这些“外出”并不是必要的：我们既没有饿着，也不需要花多少时间去弄其他吃的。

营地周围没什么有趣的东西。我经常在阳光、树荫下的草地上梦想我的未来。我想象听到了教堂呼唤修女们集中祈祷的钟声，想象看到了她们在白色走廊的阴影下缓步行走，手指拨弄着念珠。我想象她们忙着不同的工作：扫地、洗蔬菜、煮饭，或是坐着静静地沉思。我不知道修

---

① 卡尔洛营：the Karlov camp。

女们现在在哪里，也不知道是谁让她们离开了平静的修道院。也许她们也被驱赶，处境像我们一样——四处漂泊，没有一个家。当然，总有一天，她们会回到这里来的。而我呢，再也不可能回家了。我无家可归。波兰在记忆里也日渐模糊，只是一个我曾生活过的暗淡过去。梅莱茨也成了另一个时代的一部分。波兹南、学校、俄勒伍斯基一家，甚至克拉科夫的教堂和瓦伟尔古堡，都好像属于另一个世界。但是，我不愿去想过去，不愿去想托史卡，不愿去想我知道已经死了的娥丝特表姐，也不愿去想父亲的歌。我只想现在，想明天会发生什么。

我独自做白日梦的时间并不长。因为营房的房间里总有一股浓烈的奶酪酸味，为了躲开这味道，总有这个或那个同屋的人会在修道院四处闲逛，然后总会在某处高高的草丛里找到我。直到下一顿马铃薯泥餐之前，我们就闲聊那个深受痛恨的德国女人捱过时光。我们说，现在是我们在跟她们作对，而不是她们欺负我们的时候。很快她们就会知道，我们是强大的那一边。我们不再需要害怕他们。这不是很美妙吗？

我慢慢学着和陌生人相处，努力从他们看我的角度来看待自己：一个青春期少年，既不是成年人，也不再是一个孩童。我喜欢那些漫无目的的轻松聊天。我们只是这段简短旅途中的旅伴而已，很快就会各奔前程，永远不再相遇。然而，大家一起困在旅途中，却让我和妈妈、姐姐试探着建立起一种新的关系。我是在很久以后才意识到这一点的。我们三个人，是一家人……又似乎不是一家人。因为缺了父亲，怎能说是一家人呢？我们从没提起他，也从不谈到他，可是，他的缺位却每时每刻都会让我们意识到。我们三个人也是一家子的意识是很久之后到了美国才慢慢形成的。我们觉得也许我们也能像其他人那样，或者说像其他人希望我们的那样生活下去。

我们终于要离开营地，前往德国了。干净利索的美国士兵驾驶并护送的许多辆货车排成长长一列来接运我们。我们乘车跑了一整天，只在一片树林边上停过一次。我们在那里摘甜美的野草莓吃。而那些美国士兵呢，兴致勃勃地把一个小球抛来抛去。以后我也会学这个游戏，而且终于知道那其实是在练习打垒球。

夜幕降临时分，我们到了雷根斯堡（Regensburg）。我们当中有些人留在了一个修道院里。不像上一个城市的修道院，这里的修女没有离开。她们接待很周到，给我们食物，然后把我们带到了修道院里一间很大的病房。在一长排床铺上，躺着我见到过的最老的男人和女人：干瘪、苍白的脸孔藏在干净的被单下面，眼睛盯着我们看。老人的张开没有牙的嘴微笑着，伸出皱巴巴皮肤的手表示欢迎。修女们自豪地告诉我们，是她们营救出这些犹太男人和女人（也许是从特列钦那里救出来的），并悉心照顾他们的。我们一张张床挨着走过，握住这只手、又握住那只手，拥抱和亲吻老人们。我们非常清楚，这些虚弱的人是难得活下来的幸存者，别的地方恐怕已经都没有了。我们想象不出他们是怎样生存下来的，因为战时在集中营里很老的和很小的犹太人一律被杀掉。今天我想起那次旅程结束之前与老人们的相会，感觉这是一个不可思议的象征：尽管当时对于新的未来我们还只有一点憧憬，而苦难的过去到此为止。

我们上街去时，看到盟军轰炸造成的惊人的毁灭。修道院好像是唯一一座没有被炸毁的建筑物。其他地方建筑物只残留着框架，有的前面墙壁完全倒塌，可以看到里面的房间危险地悬在半空中。街道也都被倒塌的瓦砾掩埋。各处都能看到老人在搬开石头或砖头，在废墟里寻找残存的家用物品。他们衣衫褴褛邋遢，但是我没有产生怜悯。又一次，就像在接下来的几个月里那样，我这样想：你们再也不能伤害我了，我走在你们当中也不害怕了。我也不再需要伪装成另外一个人了。

一对穿着洁净的白裤子和白衬衣的青年男女朝我们走来。他们跟那些在瓦砾里翻寻旧物的德国人形成了鲜明的对比。这对年轻人对我们说“Amkha”[①]，这是我第一次听到这句打招呼的话，但我立刻就知道了它的意思：“你是我们的一员？”我们来自同一个民族，尽管我们可能不属于任何地方，但我们属于对方。日后，每逢陌生犹太人见面时，我经常都听到这个词（你是我们一员吗？）；如果回答也是同一个词，热烈的寒暄就会应声而起，就像人们意外地他乡遇故知一样。我解释不了，为什么我的记忆会把再也不用成天提心吊胆，与老人们相遇以后第一次听到问候语Amkha融在一块。库巴[②]——那位让我第一次听到那个词的年轻人，和我在不到一年的时间里就成了密友。然后他就消失了，就像我所有其他的朋友一样。

1945年7月23日：我从波兰来到了德国。一个新世界展现在眼前。这个迄今不为我所知和让我鄙视的国度。听上去有点傻，但是我的脑子面对这一切真的不够用了。

1945年7月24日：如果有人能听我谈这所有的一切，该多好呀。我会感觉轻松一点。作为波兰人，我感觉孤单。

1945年8月1日：生活中没什么有意思的事，让我厌倦。她们脑子里只有漂亮衣服，我是那么的孤独……

——摘自我的日记

要讲清楚初到德国时的生活并不容易。在克拉科夫，我有好几个星

① Amkha：希伯来文，意为“你是我们的一员？”即“你是犹太人吗？”

② 库巴：Kuba，《圣经》里对“雅各”的昵称。

期一人独处，每天除了完成到施粥所领汤的任务，其余时间都由我自己掌握。在皮尔森修道院难民营时，我也有过一段安宁的日子。可是到了法兰克福以后，身边总有我并不熟悉的小姨费尔得乐和她丈夫阿尔诺，还有他们满屋子的朋友和客人，我只能适应这种新氛围了。

费尔得乐是名副其实的战争幸存者。德国地下组织[1]掩护了她。阿尔诺，一位著名的记者，在战争快结束之前被关进了苦役集中营。根据费尔得乐讲述故事的一个版本，美国军队一进入法兰克福，她立刻就让他们去寻找她丈夫。她告诉他们，她的丈夫能立刻着手出版一份报纸，有利于稳定局面。她对美国人保证：他们可以信任他，他从来都不是一个纳粹。

费尔得乐是一位非常有说服力的女士。她还告诉美国人，她和她的丈夫需要一个落脚的地方。估计美国人对她说，所有房子你可以随便挑，挑中搬进去就是了。她也正是这样做的。她选中的是一座典雅的三层楼的房子，带一个镶有木板墙的门厅，一、二层之间还有螺旋形楼梯。第三层被烧毁了，姐姐和她的朋友们就把它叫做阳台。门厅和楼梯上都铺有红地毯。二层一个完整的房间里有衣柜，还有镜子，浴室里还有一个凹陷式大理石浴缸。连伊娃在内，我们共有六个人住在这栋房子里。伊娃不是家庭成员，大概和姐姐年龄相仿。她是在某个地方遇到费尔得乐或是阿尔诺的，反正也无处可去，就和他们住在一起了。

今天那房子的位置在城里可谓黄金地段，但在1945年，它跟法兰克福其他地方没什么两样，都是一片废墟。几乎是彻底的毁灭。像在雷根斯堡一样，厚厚的瓦砾把整条街道都堆满了。有些房子只塌了一部分，

① 德国地下组织：German underground，当时保护政治反对派的德国组织。作者的阿姨及姨丈因为是德国共产主义者而得到这个组织的保护。

没有倒掉的房间和翻倒的家具很怪诞地悬在半空。这个陌生的新世界令人感觉很不舒服。不像在克拉科夫时那样，我不是每天都有事干。我既没有融入新生活，也不能继续以前的嗜好。以往的生活规律得以延续，而且又很快加入了新的生活习惯。母亲又开始站在炉灶前烹饪汤和蔬菜。像在克拉科夫一样，她眯着近视的双眼凑近汤锅，脸上还是布满愁苦和悲伤。至少过了几个月她才配上眼镜。每天早上，费尔得乐就骑上她的自行车外出寻找食物。有好几个星期，我们总是吃黄瓜。母亲把它们做成汤或是味道怪怪的素食。在书房里，阿尔诺与美国新闻咨询官一起工作。下午的时候，费尔得乐就为他打字。伊娃的朋友们常来串门，一来就都待在阳台上。

我很快就在螺旋形楼梯上找了一个合适的位子。坐在那里我既可以听到楼上女孩们的谈话，也可以看到楼下的情况。伊娃爱上了拉里[①]，那个和阿尔诺一起工作的英俊美国人。他戴着宽边眼镜，长着一张神情严肃的脸。拉里能说德语，因为他的父母在战前才离开德国的，这也是分配他来协助阿尔诺的原因。伊娃断定拉里爱她的程度与她爱他一样，也确信他会想办法把她带到美国去。可能拉里答应过她，但更大的可能是她一厢情愿。她的朋友汉娜，大部分时间也都在这屋子里，就爱上了一位意大利裔美国士兵。事实上，后来我们才发现，她还因为他怀孕了。像伊娃一样，汉娜也坚信她那位不是犹太人、我们也没有见过的男朋友会带她一起去美国。

阳台上的谈话都是以爱情、婚姻、在美国会有多么美好的生活为主题。女孩子们很少谈到过去，偶尔才有人提起在她们呆过的这个或那个集中营里的某件事。绝大多数时候她们谈的都是现在和充满未知的将

① 拉里：Larry，英文男子名。

来，还有那些她们爱着的高大英俊的士兵，好像他们就是童话中的白马王子，总有一天会把她们带到一个充满魔力的国度。在那个夏天里，嫁给“阿米”——也就是美国士兵，似乎成了到德国之外生活的唯一选择。

楼下则都在谈业务。阿尔诺正在筹备的报纸《法兰克福评论》，如何必须成为一个传达民主价值的媒介，如何排版时把社论与新闻报道分开，如何拿到纸张、如何安排印刷，如何赶上第一期的截止时间，等等。军装洗熨整洁、皮靴擦得发亮的美国人，提着鼓鼓囊囊的公文包进进出出。在我眼里，他们好像是从另一个星球来的超人：运动员般的高大，营养充足。有时一两个到访者也会“屈尊”跟我们说话。一个从英占区来的英国人说他觉得躲藏起来太匪夷所思、太有趣了，难得听到。他的话让我完全崩溃了。怎么，人们已经谈论集中营太多了吗？他已经听腻了吗？

中午我们在厨房围着桌子吃饭的时候，话题会转到政治：德国的将来、盟军的占领，11月份对战争罪犯开审的纽伦堡大审判[1]将会怎样开庭。尽管阿尔诺不再属于共产党，他依然是一个马克思主义者。经常是在吃着妈妈最新创造的黄瓜菜时，阿尔诺给我们上课，告诉我们无产阶级如何受到剥削，资本主义如何必然灭亡。然而，他也毫不掩饰对美国民主政体的倾慕。他高大、清瘦，语调柔和，当他颇具说服力地论证马克思主义应该与民主体制相结合时，黑眼睛在眼镜片后闪烁。费尔得乐就不一样了。与他相比，她是一个更教条的马克思主义者。她热烈地主张无产阶级的权利，毫不含糊地表达她对资产阶级的藐视，并指明那也是我们母女三人所在的阶层。她一边把短头发用力地从圆脸边上往后

① 纽伦堡大审判：Nuremberg Trials，第二次世界大战结束之后在德国纽伦堡举行的国际战争犯罪审判。

撩，一边指责我们对劳苦大众和下层社会的困境漠不关心。

也许是费尔得乐毫不掩饰对基督教和宗教的愤怒及敌意让我不安，因为在我的8月7日日记里写着："共产党怎么可能不是基督徒呢？他们的目的就是去帮助周围需要帮助的人，那不也是一个基督徒的目标吗？"在8月13日我又写道："共产主义不是反对教会，而是反对神父。"这些话当然是一个15岁少年天真的看法，要知道，在波兰刚被俄国军队解放后的那些年里很流行一种信仰，那就是：教会与共产主义思想之间是有可能调和的。然而，现在费尔得乐却把宗教当作"人民的精神鸦片"[①]来谈。难怪在我的日记里写着，希望有这么一个人，能够让我敞开心扉，问他怎样才能解决这些关于宗教的疑问。

到了下午，厨房和里面的桌子就被女孩子们和她们的"女装制衣厂"占据了。姐姐在战前就学女装裁缝，当领导。拆了旧衣服，再用它们做成新衣服。这时谈话内容集中到款式、剪裁、缝织法和颜色，还有就是如何搭配。例如，皮肤白皙或是皮肤黝黑的人各自穿什么最合适。伊娃是黑头发、蜜糖色的皮肤和活泼的灰色眼睛，喜欢穿紧身裙显示苗条的身段。她漂亮、充满活力，而且坚定地赶时髦。汉娜呢，比较矮，比伊娃显得斯文。不过她已经开始发福，对新衣服的需求最强烈。伊娃又强硬又固执（尽管她以前可能不是这样的），而有着一双大眼睛和短卷发的汉娜则显得温柔、随和。"女装制衣厂"得到了费尔得乐的热情支持：她想看到我们回归"文明"生活。我却觉得这种想法十分糊涂。德国的生活并没有给我特别"文明"的感觉，一条漂亮连衣裙掩盖不了不文明的行为。但是，最终连我也赶时髦穿上了一条裙子和一件艾森豪威尔夹克——这是受到美国军服启发的款式，当时风靡一时。费尔得乐

① 人民的精神鸦片：Opium of the People，卡尔·马克思说过的一个著名词汇。

还把我们母女三人带到了理发师那儿，得意地让他把我的辫子剪掉。她从一见面就不喜欢我的辫子。费了好长时间，理发师把我们清汤挂面、傻乎乎的发式改造成了卷曲的烫发。看上去母亲和姐姐很喜欢她们的新发型。我却不敢肯定：那辫子是“波兰我”的一部分。现在卷曲发型的我是什么人呢？在刚到德国那段日子，我们在头发和牙齿上花了大量精力。过去几年里因为营养不良和忽视，它们糟透了。

有时候我会去厨房加入女孩子堆，听她们没完没了地谈论时尚与服装。母亲忙完她的活后，也会和我们坐在一起，把旧毛衣拆散，准备再织成浴衣。但是很不幸，她没有考虑到旧的羊毛线会很脆弱，在水里稍微一泡，针脚就会散开。不过我们谁也没有提醒她，连平常说话不顾后果常常刺痛姐姐的费尔得乐也没有说。现在回头想想，我们家的四个女人性格迥异，能在那几个月里相安无事，实在是令我惊叹。

费尔得乐和姐姐之间慢慢地成了盟友。姐姐越来越依赖那个坚强的女人。也许是因为病愈来愈重，最后诊断为肺结核，姐姐变得需要依靠别人（费尔得乐很愿意让姐姐有这样的需求）。与此同时，费尔得乐对我的不满有增无减。出于某些原因，她总认为我的表现怎么也不够好。母亲就在我们之间来回摆荡，像梦游一样，人在这儿，但她的一部分似乎在另一个地方，脸上总带着一种惊惶的神情。母亲的恍惚，加上我青春期的困惑和莫名其妙发火，肯定激怒了费尔得乐，因为我们两人既躲避她试图控制的努力、也没有满足她被我们两人需要的强烈愿望。今天看来，我当时的日记里经常写道“我觉得伤心，希望我能离开，走得远远的，再也不见德国和德国人”是不无原因的。我对德国人强烈的反感，与我应该跟现在不一样这一日渐增长的信念融合。然而天性的执拗使我没有去取悦于费尔得乐，对她的意愿多顺从些。我的行为恰恰背道而驰。有一段时间，倒是阿尔诺好像比她更明白我：一个曾经把自己从必死境地救出来的人，基本上不可能指望她有顺从依赖的行为。阿尔诺有一颗善解人意的心。

我们不谈波兰。只有那么一次，是在到达法兰克福后不久。晚饭后，阿尔诺、费尔得乐，还有我们三个坐在厨房的饭桌旁。在厨房柔和的灯光下，阿尔诺逐个询问了我们的经历，我们就都说了。一个晚上，只用了几个小时，我们就总结了过去六年里的生与死，那失去的六年。几个月以后，阿尔诺在新发行的《法兰克福评论》的社论里写到我们，重述我们的遭遇，并以之批驳那些德国年轻人的说法。今天重读这篇社论，我看到，即使是在那时——战争刚刚结束了4个月，在阿尔诺写的文章里，事件及其发生的顺序已经有很细微的误差了。即便在那时，只是简单地复述一个故事已经不够准确了。不过，会不会我知道的才是不正确的，而阿尔诺的版本才是正确的？也许在半个世纪过后，我的记忆已不准确？但是反过来看，阿尔诺写那篇社论的目的，并不是想报道一个迫害与受苦的故事，而是要证明整整一代德国青少年人曾经如何毫不质疑地盲从纳粹主义。对阿尔诺来说，这个使命比记忆更重要。

夏天快要结束的时候，很多情况都变了。母亲不时到犹太人组织寻找亲戚的努力得到了回报。首先，一个“表亲”（只要他们是姓歌敏得，我们就叫他们表亲），哈依姆·歌敏得[①]，出现了。他自称属于歌敏得家族另一分支，曾住在小市场那边。其实，在梅莱茨的时候我们并不知道他。他是个小个子，不知为什么，总是穿着一件深蓝色的制服。他拥有一台大“机器”——那时人们就这样称呼摩托车。他做黑市交易。

---

① 哈依姆·歌敏得：Hayim Geminder。

他的商品包括从腕到肘戴满两只手臂的手表（就像俄国士兵一样）。他成了我们的常客，有的时候还带来他非法交易的成果。尽管遵循道德准则我们应该拒绝这些非法得来的礼品，然而，甚至最崇高的人也会觉得拒绝一包茶叶、或是更珍贵的咖啡是多么的困难。第二位出现的人跟我们更亲，是父亲的姐姐莎音乐的丈夫——妈妈也叫他姐夫。他出现在德国巴伐利亚州。他是柏达伟[①]家唯一幸存下来的（后来，母亲与他结婚了）。终于配上了眼镜的母亲，眼睛眯缝着的时间少了，看上去比以前多了几分生气。除了她在巴伐利亚州的两个姐姐和在阿根廷的两个哥哥，哈依姆·柏达伟[②]是我们家唯一很近的姻亲，也是父亲那一系唯一生存下来的人。但在1945年（甚至之后），我们都还心存希望，总盼望还有一个侄女或外甥，或是妈妈的另外一些姐妹依然活着，某一天会出现在我们家门口。

夏末之际，我也克服了对行走在法兰克福市里的反感，这个丑陋的、被摧毁了的、到处是倒塌建筑的城市。我不愿意被认为是德国人，在裙子上别了一条蓝白相间的带子。我看到其他犹太人就是这样做的，而德国人轻蔑地看着我时，我却很高兴。我就要他们知道我是犹太人，他们没有成功地杀死我。在街上与“我们自己”人第一次相见时，总是喜悦地用“Amkha”打招呼，彼此立刻成为最亲密的朋友。

当一个流离失所者营——其实就是在一片地上盖上许多营房——在附近的再海姆镇[③]建立起来的时候，我开始在那儿度过每周的大部分时

① 柏达伟：Padawer，犹太姓。

② 哈依姆·柏达伟：Hayim Padawer，作者的母亲在战后再婚的丈夫。

③ 再海姆镇：Zeilsheim，在法兰克福以西20公里。该流离失所者营在1945年成立，在1948年关闭。主要收容来自欧洲多方的犹太难民。

间。8月29日，我在日记里写道，“再海姆的食物很好”。我没有提到难看的营房和下雨时地上的泥泞。在再海姆营里注册使我得到了食物配给。费尔得乐欢迎新增的食物，而我从她眼神看出，我终于算是做对了一件事。我也交到了新朋友，在我深藏心底的与托史卡的友谊之后交的第一批朋友。

在再海姆镇寒冷刺骨的营房里，坐在临时搭起的硬板床上，我们谈共产主义，谈全人类的平等。尤其是谈要不要去以色列。那里不是我们的国土、唯一能让我们当成家的地方吗？在8月19日的日记里，我写道：“巴勒斯坦[①]一定要属于犹太人。”在9月3日，我写道：“也许我会去那儿（巴勒斯坦）。”也许，有的时候我还是想做修女，追求一种安宁的无私奉献的崇高事业。但也许这只是因为我孤独，因为人们的喧闹让我苦恼，因为我苦觅不得的独处。不过，我也喜欢和新朋友们在一起，喜欢讨论新的主义和思想，更喜欢的是，我们说波兰话，而不是德语。我有时也想念波兰，尤其想念和俄勒伍斯基家一起住在波兹南的那段短暂有序的生活。做一个犹太人，和其他犹太人、那么多各式各样的犹太人在一起，越来越使我感到舒畅。今天，我对自己当时那么毫不费力就能变成这样或那样一个人，那么轻易地从一个虔诚的信犹太教女孩变成一个同样虔诚的天主教女孩，然后变成一个不信教的犹太女孩，感到惊讶。然而，那个时候不是进行自省的日子，最重要的是活着。

住流离失所者营毕竟是再次住在营房里，还要受到营内规矩和制度的约束，因此并不是每个人都能忍受的。负责运作这个营地的美国人却认为这些规章对营房正常秩序很重要。秋初，当天气慢慢变冷的时候，

① 如前所释，书中所有提到的“巴勒斯坦”，指的是在英国委任统治下的“巴勒斯坦”。

我在市中心一个邋遢的小酒店里发现了一小伙年轻人，他们大多数来自克拉科夫或华沙。他们很像我在再海姆镇的朋友，也是20来岁，比我大几岁，但他们比在海姆镇的朋友更老于世故，有的还曾是大学生。看起来他们简直是占领了这个不起眼的小地方——也许在空袭后这个小酒店就被遗弃了。房间都很昏暗、凌乱，走廊黑洞洞的，一股发霉的味道。脏盘子堆得到处都是，有的还和脏衣服混在一起。但是我那些朋友们就像一群偶尔栖在一棵不太整洁的树上的鸟儿，依然兴高采烈。对他们而言，任何一个地方都比营房好。

他们讨论的内容与再海姆镇朋友们的不一样。他们相信，巴勒斯坦的确是一个选择，但是眼下还有更紧迫的问题。他们问道，我们在这里，逃过一死，还活着，这是怎样发生的（当然不是我们让这种事情发生的）？是我们更强壮些、更聪明些、更好些（谈到这些时我平生第一次听到人们提到达尔文），还是事实上我们比死去的人心地更不好、更

1946年5月，一些流离失所者在他们住的卡姆酒店前。

无情、更自私？我们为什么逃过一死？又或者，我们现在在这儿是没有办法讲得通的，就像我们可怕的遭遇一样，难以有合乎逻辑的解释？他们谈论、质疑。我就聆听、提问。只有在饿得太难受时，我们才到浓雾弥漫、潮湿的街上找吃的。我现在还记得，那五、六位年轻人当时对一个问题十分投入："为什么是我？""为什么不是我的姐妹、我的兄弟、我的朋友？"他们努力试图找出一个可以解释得通的原因。我不记得我们谈到过上帝。我不记得我们像很多当今的神学家或教育家那样关心"上帝的计划"，也没有关心为什么上帝没有从灾难中拯救"上帝的选民"[①]？也许，我们完全专注于思考：自己幸存下来这一事实对我们的将来的意义。也许，知道灾难最终没法避免已经足够，为什么还要费脑筋思索灾难没能避免的神学解释呢？

这么多年过去了，我眼前还能出现我们这一小伙人在冰冷的酒店房间里的画面。我们坐在压变形了的床上，屁股下是皱巴巴的灰色床单，穿着大衣和围巾，不停地聊啊，聊啊，好像我们的生命全靠它了。既然我们在这儿，还活着，是不是应该知道我们必须做什么呢？我们就像得到了重生，这与初生婴儿不同，因为我们具备所有感官意识。我们可以选择，不是选择做什么事，如何追求成功、财富和满足感，而是选择做一个什么样的人。我们可以有意识地选择做谁、做一个什么样的人，绝不允许不费脑筋地得过且过。作为活着的人，我们要代替那些遇害的人，不仅自己要担负责任，还必须代表那些死去了的人说话。我们将要承担的责任是什么？我逐渐开始了解自由和选择，认识到活着就意味着承担责任，我还意识到，我们这些死里逃生的人，绝不可能像那些没经

---

① 上帝的选民：the Chosen People，源自犹太《圣经》，讲犹太民族被上帝选中追随《圣经》里的律法，从而使上帝的存在显示于世。

历过我们的遭遇的人那样生活。

那年秋天，我写了一首今天看来很粗陋、但仍不乏趣味的诗，想要说的是逃避，却又指出它的不可能：

湿漉漉的轮廓，湿漉漉的灯；
拥满我的眼前。
大自然巨大的力量，
勾勒出这一幅图景。
我看见，
一片树叶，像一只小艇；
漂浮在路边小水坑，
依旧闪烁着绚丽的秋色
那一抹红。
多少次，
梦见我们在一个童话世界——
春意盎然的大暖房里，
飞翔和漂移。

在那个雨雾绵绵的秋天，我很少去再海姆镇了。一来因为我大部分时间都和酒店的朋友们在一起，二来由于每天新涌入美占区的大量难民，营地里拥挤得令人难以置信。食物不如以前好吃，分量也不再充足。夏天的时候已很难看的营房，现在黑暗潮湿，整个地方成了一个巨大的泥塘。营内黑市交易红火，美国人因此毫不掩饰他们对流离失所者的不满。夏末还在那里的大多数朋友们都去了别的地方，逃避营地里那绝望的气氛。口齿伶俐的使者们忙碌地招揽年轻人到巴勒斯坦去，但他们的强力招徕也并非总是奏效。我偶尔也会去营里组织的舞会。但在一个男孩（我很清楚地记得他有一头浓密的红发）说我的舞姿像一台柴油机之后，我不再去了。

法兰克福的房子变得越来越冷，费尔得乐在楼下阿尔诺的书房里新装了一个烧木柴的炉灶。市上没有煤卖，费尔得乐就四处搜寻木头。法兰克福的街道已经可以通行，阿尔诺找来一辆车和一个司机——汉斯。汉斯是一个快活的家伙，对于他加入到我们寻找木头的行列，我们觉得非常有意义。然而，无论他俩找来多少圆木，好像还是不够用。我们只好要么坐在厨房里缩成一团——母亲煮饭的时候厨房还是挺暖和的；要么就挤到书房的角落，当然，尽量不让人注意我们的存在，避免打扰他们的工作。

夏天，当阿尔诺给了我一本叫《资本论》[①]的书时，我的阅读生活又重新开始了（在我和姐姐离开波兹南的时候我就停止看书了）。那并不算是一本引人入胜的书，只给了我一些贫乏的19世纪书面德语的知识，我又突击阅读了罗莎·卢森堡[②]的革命生涯，然后开始在拉里那温暖的炉火旁研读史蒂芬·茨威格[③]的短篇小说集。拉里，一位美国新闻咨询官，对在室内捱冻非常不习惯。每次他来的时候，都会在炉灶和盛木柴的柜子旁边划出一块属于他的范围。看到他大手大脚地往炉灶里塞木柴，眼看着宝贵的圆木一根根地消失，费尔得乐心疼得都快流泪了。她

---

① 《资本论》：*Das Kapital*，卡尔·马克思（1818－1883）的著作。

② 罗莎·卢森堡：Rosa Luxemburg，1871－1919，波兰犹太人，坚定的马克思主义理论家。在德国被害。

③ 史蒂芬·茨威格：Stefan Zweig，1881－1942，著名犹太奥地利作家。1938年为避免纳粹迫害逃离奥地利，最后在巴西落脚。由于对欧洲前途的失望，在1942年自杀身亡。

并不知道，我也没有告诉她，我（还有我母亲和姐姐）是多么期待拉里来和阿尔诺一起工作的日子里带给我们舒坦的暖和啊！

那些日子我第一次体会到了文学的力量：我读到茨威格的著名故事《马来亚的狂人》[①]，一个关于感情——不合情理的激情的故事，一个毫无理性地痴迷的故事。我清楚地记得读这个奇怪的故事时激动的心情。它讲述了一次航海期间漆黑的夜里，内心在义务与欲望之间挣扎。激动是不是因为我，包括母亲，还有姐姐，已经忘记如何表达情感了？或者是畏惧、不知该说什么？半个世纪以后，我又读到了这个故事的中文译本，就好像找到了一个几乎已忘掉的、能提醒我想起很久以前那些日子的老朋友。

在这个寒冷的城市里，爱情也无法开花。有一天，拉里得了麻疹，也可能是腮腺炎，住进了医院隔离病房。当拉里告诉或写信告诉伊娃他已经结婚了的时候，伊娃的美国梦就像纸牌搭的房子一样倒塌了。拉里还没有完全康复，军队就把他送回美国了。心碎的伊娃消失了一段时间，只回来过一次，告诉我们她将取道意大利去以色列。失去了情人，也失去了美国梦，她相信不会再有更好的选择。美国不再对流离失所者开放，除非他们有美国亲戚，向政府提供一纸令人艳羡的担保书，保证流离失所者到了美国后不会成为社会负担。伊娃，像很多其他人一样，不想继续留在德国。汉娜消失得更早一些。她的意大利裔美国男朋友、她还没出生的孩子的父亲，原来也是已经结了婚的。他的驻扎期一满，就走人了。她从此再没有收到过他的来信，只是后来才从他的一个朋友那里了解到他已婚，并且不会再回德国。汉娜没有告诉我们她会怎么办，也没有告诉我们她有什么选择。她不再出现。毕竟，对一个多年来

① 《马来亚的狂人》：*Amok*。

都无法做选择的人来说，好不容易做了一个决定却又可能是致命错误，让她再相信人生是可以选择的，非常困难。连我们刚找到的表亲哈依姆·歌敏得有一天也离开了，当然他离开的原因不是因为失恋，似乎是他的黑市事业把他带去意大利了。不过他一到那里就被投进了监狱。人们一个个地消失了，到我离开这个昏暗寒冷的城市的时候了。我不想让环境压力来决定我做什么选择。

2000年4月

中国诗词中有相当多是描写友谊的，不一定是吟诵友谊的意义，而是关于别离、重逢，思念远离的朋友，为不知他们的踪迹感到苦恼。我特别喜欢以下这些关于友谊的诗，也许是因为诗中那熟悉的意味让我想起很多曾经很亲近的朋友们，很久以前他们各奔东西。

8世纪诗人韦应物[①]的《初发扬子寄元大校书》写的这些词句是多么的动人：

凄凄去亲爱，泛泛入烟雾。
……
今朝此为别，何处还相遇。
世事波上舟，沿洄安得住？

韦应物知道他无力与朋友重逢，与朋友重逢再见要靠机缘而不能强求。

8世纪的王维，不相信他的朋友一年后能回来，所以他写的分离如同永别一般。自然界景色变换周而复始、恒久不变，而人类的事就不好

---

① 韦应物，唐朝诗人。

说了，与朋友的相聚和离别的约定也许成空：

山中相送罢，日暮掩柴扉。

春草年年绿，王孙归不归？[①]

杜甫也是8世纪的诗人。他在描写多年不见的朋友们欣喜重聚时，也表达了对世事难料的感叹：

人生不相见，

动如参与商。[②]

每次读这些诗词的时候，我都会感慨万千，因为我的朋友们教了我许多（尽管我未得其精髓），后来各奔东西。头两三年我们都在德国，偶尔还能相见，每次见面都要庆祝一番。然后，我们就各奔前程了，就是为了离开德国，离开流离失所者营，离开施舍者般的美国或犹太官员。我们互赠照片，写上留言："赠我亲爱的朋友"，或是"永远的记忆"，或是"永不忘记"，或是"为更好的明天而奋斗"，但是，我们再也没有重逢。

直到今天我还保存着那些照片：如芙·佩格[③]，还有穿着白色裤子的库巴，流离失所者营里英俊的警察罗麦克[④]、利昂·可哈斯基[⑤]，成天快活的

① 王维《送别》。

② 杜甫《赠卫八处士》。

③ 如芙·佩格：Ruth Prager。

④ 罗麦克：Romek。

⑤ 利昂·可哈斯基：Leon Kochalski。

约瑟夫·史泰贺夫①，一头浅色美发的霭紫别塔②……如果我们能重逢，会不会也像中国诗人写的那样充满欢乐而又甜中有苦？也许不会。那段日子里，我们每个人都是其他人的全部，尽管我比较幸运，还有母亲和姐姐。在那短短的两年里，我们每个人就是其他人的家人和朋友，那些在塔尔努夫（Tarnów）、克拉科夫、大拉多梅希尔、贝乌热茨、斯图特霍夫（Stutthof）、马伊达内克失去的家人和朋友。那时奥斯威辛还没有成为一个隐喻，我们还没有被贴上姓名不详、千人一面的"幸存者"标签。直到今天，我都在渴望哪一天能与那时的一两位朋友重逢，天真地盼望他们能够唤回那时的我，我的一部分已经无可奈何地失落在再海姆和耶路撒冷之间了。

1945年10月4日，我的朋友库巴在德国维尔茨堡（Würzburg）。照片的背面写着："为了永恒的回忆，库巴。"

卡姆（Cham）是一座很小的流离失所者营房，只住了几百人。实际上，它几乎不算一个营地，因为流离失所者们要么住在昏昏欲睡的巴伐利亚镇上仅存的酒店里，要么就住在还有空房的德国人家里。母亲在跟她姑子的鳏夫哈依姆·柏达伟结婚后（一件我和姐姐都感到高兴的事情），就搬到卡姆营去住了。姐姐继续留在法兰克福。我虽然有时也住

① 约瑟夫·史泰贺夫：Joseph Steinhoff。

② 霭紫别塔：Elzbieta。

在卡姆营，但也像我的大部分朋友一样，在1946年春夏之间，不断在各个流离失所者营之间进进出出。就像在寻找什么，但其实根本都不知道要找什么。我离开法兰克福，费尔得乐也许松了一口气，但她对我的散漫和生活不安定一直颇有微词。

在一张俯视卡姆营的角度拍的照片里，能看见一座让连绵起伏的平缓山丘环抱着的美丽小镇：斜屋顶的两层小楼，茂密的树，还有两座教堂的尖塔。它比附近拥挤的兰茨贝格（Landsberg）流离失所者营漂亮多了，甚至比大部分战后流离失所的犹太人聚居的慕尼黑都好得多。美国兵没在镇上驻扎，而重要来访者如本·古里安①，也是去兰茨贝格而没有到访卡姆。就算德国人厌恶卡姆营，我也感觉不到。除了与女房东打交道，我们与德国人没什么接触。更何况，好像大部分德国人就是那些阴沉的、衣衫褴褛的老年人。卡姆是一座安静的小镇，宁静偶尔被营里男孩们的嘻闹、超大马力摩托车或者美国吉普车打破。卡姆景色如画，但我经常寻思，那些丑恶的纳粹分子，当年肯定是躲在五颜六色的花盆和绣花窗帘装饰遮挡的窗户里。我在想，那些曾经住在这些房间里的、后来参与了杀戮和犯罪的纳粹党卫军成员和士兵，现在都在哪儿呢？

卡姆流离失所者营是自己管理的，很少受到外界干预。它的管理部门由尊贵的内比尔②博士统辖，在镇中心几座大建筑之一的楼里办公；霭紫别塔穿着她那优雅的艾森豪威尔夹克套装，在那里做秘书的工作或诸如此类的事；容易兴奋的阿比③，无论去哪里，他那浓烈的体味总是

① 本·古里安：Ben Gurion，1886－1973，现代以色列国的第一位总理。

② 内比尔：Nebel，犹太姓。

③ 阿比：Abie，男子名Abraham的昵称。源自《圣经》。

1945年12月3日，在德国卡姆镇的"流离失所者营"中庆祝"点灯节"。阿比坐在前排中，他是我们流离失所者与营所管理当局的联系调停人。

令人未见其人先闻其味，成了卡姆与UNRRA（联合国救济与复兴署）之间的联络人，复兴署提供（有时也不提供）我们全部所需。

到了4月，漫长的冬天消逝了。在严寒里冻红肿的手指慢慢恢复了原貌。再过几周就是逾越节了。营里洋溢着兴奋的情绪，UNRRA的官员们早些天来卡姆营巡视时，再三保证我们将会有大量由美国运来的马扎饼，因为这是我们被解放、成为自由人后的第一个逾越节。阿比被派到慕尼黑，对任何有兴趣听的人解释这个节日的重要性，更重要的，是催促运送马扎饼，那种给从死亡边缘被拽回来的解放奴隶们吃的不发酵的马扎饼。

这第一个逾越节我记得清楚极了：我们兴高采烈地筹划第一个赛得尔宴，阅读《出埃及记》——关于几千年前在古埃及被奴役的希伯来人在他们的领袖摩西带领下出走埃及的故事。今年这个节日里，这也成了我们的故事——几百个陌生人一起过逾越节。我们彼此陌生，却又不陌生。每个人的故事也是其他人的故事的改编。

这个逾越节是空前绝后的。大自然好像也成了节日预告的一部分。鹳回到了秋天抛弃的搭在高大烟囱上的巢里，树上冒出了娇嫩的花蕾，忽然间又能听到鸟儿们的歌声了，又能看到山坡上露出的娇嫩的白色花儿了。只是马扎饼一直没有出现，让我们极为紧张。

有一天，来了一辆大卡车，里面不是一箱箱整齐的包装好的美国马扎饼，而是装满一捆捆旧衣服：裙子，毛衣，西装，衬衫，鞋子……全都快穿破了，也不太干净。这些东西卸在了营里的办公室。美国送来的逾越节礼物里，竟然连一双给女人们的新袜子都没有。我们内心没有感激。我们有钱的美国表亲们拿他们淘汰的衣服作为礼物，这羞辱了我们。

那是一个痛苦的教训，却也是我们在这个逾越节里需要学的一课。我们并不像祖先那样在沙漠里流浪，但却像他们刚离开埃及一样无家可归。我们这些一贫如洗的暂住者，在叫做德国的沙漠上徘徊，像我们的祖先一样，遭人白眼，跟古时候逃亡的奴隶没有什么两样。但是，那时上帝创造了奇迹，用瘟疫和蛤蟆淹没了埃及人。反观如今，却没有这样的灾祸及时落到德国人头上。上帝那时甚至还把红海海水分开，让以色列人得以逃生。当然，就像我们在希伯来文里面说的，我们只是“社阿立得-哈辟里它”；意为“是一个曾经的民族的残余”。我对这些历史的教训沉思良多，思考它们的相似与不同之处。但是，对于我们能否像曾经被奴役的祖先一样最终到达“允诺之地”[①]，我心里一点把握都没有。

显然，我们已经被遗忘在卡姆营了，这个逾越节不会有马扎饼送到我

① 允诺之地：Promised Land，《圣经》中上帝允诺与亚伯拉罕、以撒、雅各的土地，“创世纪”15:18中说到的地区包括现代以色列国。

们这个小营地了。4月中旬，我们决定自己做马扎饼。我们征用了一个德国人的面包房，一个只有两个房间的小地方，把其中的一个烤炉按照犹太律法清洗停当。经过阿比多次热切游说与恳求之后，UNRRA帮忙在附近地区买来了几包面粉，而整个营地里的人被分配成不同班次，轮流不停地和面、揉擀马扎饼。我们很幸运，在营里有一位经验丰富的面包师——他刚刚骄傲地当上了一对孪生儿子的父亲。双胞胎的出生本身也可算奇迹一桩。这位面包师教男人们如何揉面团，教女人们如何把面团擀成饼。

做马扎饼，速度最为关键。和面必须迅速，以防面团放久了开始发酵。面团擀成一个个手掌大小，面包师尽快把它们铲进烤炉里，不能翻个儿，在烤焦前取出来。面包房很小，擀面团的人群庞大。我们手里从德国家庭主妇那里借来的擀面棒七长八短的（但都按犹太律法清洁过），总是与身旁的另一个人手里的相碰。工作很辛苦，但也充满喜悦。男人们和面团，女人们擀面饼。每个人都在叫“快一点儿”！手艺高低不同，我们做出来的马扎饼有方形的，圆形的，椭圆形的，三角形的，还有叫不出名堂的形状。

没有什么比“自由之饼”更香甜，这个节日的头一晚，按犹太律法规定吃的赛得尔宴意义非比寻常。当朗读《出埃及记》的人吟诵到“我们曾是奴隶”时，营房餐厅内在座的每一个人都知道这一词句意味着什么。我们永远都不要再成为奴隶。然而，此时很难不想起发生过的一切。自那以后，我总是难以遏制地想起在索斯诺维茨时我们全家人一起过的最后一个逾越节：父亲还活着，没有赛得尔宴。

尽管当时并未意识到，那个逾越节是我和朋友们的转折点，对其他人来说可能也是。我们开始了自己的“出埃及记”。离开流离失所者营、离开德国、离开这种没有意义的漂浮生活，成了我们的主要目标。我们要付出极大的努力开始生活。这并不像美国人后来说的所谓重建我们的生活，因为我们大部分人年纪那么小，还从来没有开始生活过呢。我们必须从零开始，一点点地建立生活。对一些人来说，那就是指结婚。与谁结婚并不重要，重要的是不要再独自一人。有些人为了能结婚，开始“约会”。事实上，我们好像每周都有婚礼。没有人抱怨，整个营地都庆祝婚姻，总有大餐吃。我好像也被结婚热潮感染，因为在我1946年5月10日的日记里写道：“我肯定不想结婚，我不想失去我的自由……”我那时所说的自由肯定是指上学、学习的自由，选择一个专业的自由，因为两天后我在日记上表露了不知选择哪个专业的困惑。

之所以会有这些关于婚姻、学习、职业的困惑，可能是因为那年春天我疯狂地爱上了伽比[①]，柏达伟家那边的一位远房亲戚。他们一家在战争爆发之前就移民去了美国。偶然一次，驻在慕尼黑的伽比开着吉普车到了卡姆营地。对于过着单调乏味生活的我们来说，一位美国士兵、更何况还是一位亲戚来访，甭管他是多远的亲戚，这都是一件非常了不起的事。伽比并不英俊，但他和营里的男孩比起来完全不同。他非常整洁，用餐修养无懈可击。他读的书很多，谈话有深度，也能很耐心地聆听。他非常关心我和“表舅”——母亲的新丈夫。可惜的是，尽管我想让他严肃地对待我的感情，但他只把我当成年纪很小、有点迟钝的妹妹。伽比是给我拍了很多照片，但别的人也为我们拍过很多照片，我们的浪漫之芽根本就没冒出过地面。最后我终于了解到，伽比已经订婚了，很快就要结婚的。后来有一天，他走了。这件事在我的日记里只有简单的一句：“和伽比的一切都结束了。”

为了补偿卡姆营地的平淡无聊，我和朋友们经常去慕尼黑游逛。我们在那里看美国电影，吃冰激凌，它对我们来说绝对是美味。我和姐姐在

① 伽比：Gaby，男子名Gabriel的昵称，源自《圣经》，一位天使的名字。

那里结识了一小群新朋旧友，他们大部分是没有固定工作的年轻人，闲待着。我们谈论现在与将来，很少谈到过去，除非现在的话题提醒我们想到过去。对我们来说，那些留在巴伐利亚省的费尔达芬市（Feldafing）和兰茨贝格市流离失所者营里驯顺的年轻人是十足荒谬的。我们嘲笑说，学一门手艺，整天坐在缝纫机前，或是学怎样把钉子打进木头里，就是我们幸存者活着的理由吗？还有那些在营地里发行的报纸！谁在乎这个或那个美国名人来访？他们四处看看，什么也没有改变就离开了。我们也不在乎那个受到多方称赞、很快就被忘掉的1946年1月的解放犹太人大会：一大堆响亮、崇高思想的演讲，但是与我们的日常生活、与我们表达的希望没有多大关系。从巴勒斯坦来的能说会道的使者，保证"基布兹"①的生活无忧无虑，在那里人人为大家，大家为人人，基布兹人将围着火堆跳欢快的"和拉舞"②。我们却不太相信。听上去太完美了，而且，很奇怪地，没有一个基布兹代表谈到上学，学习，把失去的岁月补回来。那可是占据我头脑的重要内容呀，对我一些朋友而言也是一样。怎样才能补上我们失去的学习机会呢？对我来说以色列越听越像是由基布兹厨房组成的，而我会在那里削马铃薯皮一直削到死。所以，我们这些很年轻的人觉得很好笑，对那些想来教我们该如何过新生活的自以为是的大人物一通嘲讽，然后，再去吃一轮冰激凌。

像前一年在法兰克福的那些朋友一样，卡姆的路得伟克·卓那③让我

---

① 基布兹：Kibbutz，以色列式共产主义农庄，始于20世纪的第一个十年，也是现代以色列国1948年建国后犹太以色列人的一种主要生活方式。以农业及平均主义为核心。至今仍然存在。

② 和拉舞：Hora Dance，一群人围着圆圈跳的犹太民族舞。据说是每个犹太人都会跳的舞。

③ 路得伟克·卓那：Ludwik Drattner，犹太名。

看到了新的可能。他在集中营的时候被毒打过，骨折一直没有矫正好，所以弯腰拱背的，一条腿跛着，几只手指甲也脱落了。他是匈牙利人，27岁。营地里的秘书霭紫别塔担心路得伟克对我来说太老了。这有点多余，因为我不是和路得伟克"约会"，我只是把他当作一个很好的、可以严肃对话的伙伴。路得伟克拖着他那条瘸腿，和我在卡姆周围的山坡散步，欣赏着品种丰富的野花与树木，观察五彩缤纷的蝴蝶，聆听鸟儿们的唱答。毛茸茸大尾巴的松鼠从面前的小径掠过，转眼间消失在高大树木的繁茂枝叶中。沐浴在温暖的阳光里，坐在板凳上，看着山下宁静的卡姆以及它那整齐的房屋、花园，我不禁会想，我们到这里来做什么？本来我们是要来干什么来着？如果路得伟克不是伛着身子，或者腿不是那么瘸，我兴许会因为能在这么一个浪漫的氛围里受到一位年长男子的关注而高兴。不过，罗曼谛克没有降临我的心上，而且似乎也没有降临路得伟克的心上。那个时候，诗词与文学完全占据了我的头脑——文字那唤起神秘的情感的力量。这要归功于路得伟克，用带有优雅的幽默感的语调为我介绍那些讽刺诗。有两首诗我至今记得，一是由伟大的德国犹太诗人海涅写的《两个骑士》[①]，嘲笑波兰人把爱国主义与民族主义的概念混在一起。另一首诗，是由波兰诗人卡罗·史帕斯基[②]写的《致纽伦堡的法官们》，对当时正在那里审讯纳粹的工作进行严厉谴责：

温和而从容的法官大人们
结束了，完成了，现在已是战后。
一切结束得那么突兀。

---

① 《两个骑士》：*Two Knights*，作者是德国著名诗人海涅（1797—1856）。

② 卡罗·史帕斯基：Karol Szpalski（1908—1963）。

让别人着急去吧，
除了那些审判者，还有那些罪囚。
曾几何时，
孩子们被攥住脚踝拎起，
在树干上撞碎头颅，
这又算得了什么？
曾几何时，
人，只不过是幽灵，
甚至渴求一死，
这只是记忆中的一幕？
曾几何时，
有人被抓捕，
有人被绞死，折断颈骨，
那都已经过去，很久，很久。
葬尸坑的甄别，繁琐的调察，
甚至加上女人的头发，
还要多少吹毛求疵的搜索？
曾几何时，
伤寒和蚊子，虱子和黑暗，
马伊达内克和奥斯威辛，
帕威亚克[1]和囚徒……
到了把它们从记忆中抹去的时候 。
够了，我的大人们，省省吧，
你们尽可从容地公道审判。
结束了，完成了，现在已是战后。

① 柏威亚克：Pawiak，在波兰华沙臭名昭著的监狱。

在绿色的山坡上下散步（对路得韦克来说肯定很困难，但是他从没抱怨过）的过程中，我开始稍稍有点明白，为什么会觉得那些来探访我们的美国人和犹太人装腔作势的样子那么愚蠢，跟海涅《两个骑士》里面那两个波兰骑士一样。我还渐渐意识到，我不准备为一种思想而牺牲自己。前些年对我颇有吸引力的共产主义，或是那些犹太复国主义之类的教导，都不足以让我献出千难万险才保住的性命。很多年以后，当我在波莫纳学院[①]向我的老师陈守义提到这一点时，他说这让他想起了5世纪时中国信道教的学者们。那些道教徒认为活着的造反者比死去的烈士更有用。俯瞰着曾被纳粹统治的一派田园风光的卡姆，路得韦克和我一起读波兰语、意第绪语，甚至是德语的诗篇，包括克里斯蒂安·莫根斯顿[②]那些精彩的无聊诗歌。这些诗歌各自的风格让我大开眼界。

有那么多东西要学，有那么多需要探索的东西。有一段时间我想学医，但是我对文学、诗词、历史，以及别人死掉而我却活下来了的原因，等等等等，有着太多的问题。于是，我明白，在基布兹的厨房里（指以色列）我不可能找到这些问题的答案。我认为自己还有责任和义务，有一份债要还，因为我还活着。有很多原因让我们还活着。我那些法兰克福的朋友们曾经争论不休，尽管可能永远讨论不出个结果。我曾想过，就算真的有原因，就算真的能找到或悟出这些原因，也只能是在父亲的歌里所唱的土地上："锡安，在绿油油的田野里，在那里放牧羊群。"不过，耶路撒冷的绿色田野跟基布兹的厨房是两码事。根据我的日记记载，在那反复寻思出路的几周里，巴勒斯坦是一个很重要的选择。在1946年10月31日我写道：

---

① 波莫纳学院：Pomona College，在美国。

② 克里斯蒂安·莫根斯顿：Christian Morgenstern，1871—1914，德国诗人。

> 我们必须拥有巴勒斯坦。无论如何，少量残留下来的犹太人不能再次让自己在世界上来四处流窜，让各国反犹太主义者主宰命运。犹太人应该团结得像一个人一样，运用他们掌握的一切手段去战斗，那么巴勒斯坦将属于我们。但是，我们都是自私的实利主义者。每个人都用各种借口不去巴勒斯坦。包括我在内。我感到惭愧。

就这样，尽管感到惭愧，甚至因逃避对母亲和姐姐这更亲近的人的义务而厌恶自己（因为我觉得不应该抛弃她们，我认为离开是对她们的又一次离弃），但我还是决定了，一有机会就去美国。我发誓这只是暂时的离开。读完书后，我会偿还欠的债。我不知道为什么那么确信能到美国读书，并没有什么人告诉我能去。我得到过母亲的同意吗？应该是没有。自私的、不顾一切代价的求生欲已经让我离开过家人一次了，这一次，同样是渴望支配着我。虽然这次不再像上次，是在生与死之间做决定，但也是一个重大决定。那些日子里我经常感到内疚，不是为幸免于难而内疚，而是为我无法、也没想控制自己得寸进尺的自私而感到内疚。我必须承认，母亲明白一切。像在登比察时帮我逃亡活下来一样，现在，她又帮忙安排我去美国。相当出乎意料，我不知道母亲是如何办到的，把我安排进了一个少年转送团。我真的希望父亲在世的话，这次会赞同我的。

去美国的所有犹太移民，无论年龄多大，第一站都是到慕尼黑的夫卡社尼（Funkkaserne），这个有几排两层楼的地方原来是德军兵营，现在当移民营。美国士兵管理这个营地。可能因为营地里运转不灵，也可能因为没人听得懂英语，我们总是听到士兵们对着这个那个人大吼大叫，好像那个人是聋子。这个地方肮脏荒芜到了难以想象的地步，在秋雨中一片泥泞。即使在11月份的严寒季节，营房里也没有取暖设备。每间营房里有九张或十张床，上面只有薄薄的干草袋作床垫，没有床单，只有一条散发着异味的薄毯。食物也是最低份额的：每天一顿微微有点热气的意大利面，总是煮过了头，也总是黏乎乎的，洒上一些看上去像番茄酱的东西。我印象里夫卡社尼总是灰色的——灰色的云，灰色的建筑，灰色的土地。有的时候，连番茄酱看上去都是灰色的。

少年转送团（里面的“少年”都比我岁数还大）只是那些等着被装上船的人里的很小一部分。大部分在夫卡社尼的移民都是成年犹太人。营地里也有非犹太人营员，大部分是乌克兰人，估计是由他们在美国的亲戚做担保。犹太人与乌克兰人相处得不融洽，前者怀疑后者曾当过战时集中营看守，而乌克兰人脑子里固有的反犹观念也没清除掉。营地里很多管理者是乌克兰人，作为营区领导，他们受到美国人的信任。他们的职责之一就是把美国援外合作署的食品包分给营员，于是他们利用职务之便把黑市上最抢手的香烟、巧克力和咖啡这三种物品从包裹里全部拿走。这让我对美国人有了新看法：他们掌权的时候并不像超人，倒更像任性轻信的无知之徒。我们私下议论，为什么他们不去学学怎么分清犹太人和非犹太人、诚实的人和小偷呢？

我在夫卡社尼只待了六个星期，但是由于这里的各种状况，感觉待了很久。两周后发生的一件事让感觉更糟。七个女孩，加上我，没有办法使用男女不分、只有冷水的洗澡房，也没有办法让营房暖和一点——我们只有大块的湿木柴，但没有生火用的纸张或其他东西。一个晚上，我们决定把一张空床变成木柴，于是很快就有了燃烧的火堆。我们洗了到达营地之后的第一个澡，还洗了脏衣服。没多久，一个乌克兰营地管理员突然冲了进来（他可能从烟囱里看到有烟冒出），对着我们大声吼叫，我们觉得是些脏话，尽管我们谁都听不懂乌克兰语。第二天，我们被拉到了美国人的办公室，就像对待小偷，尽管我们手脚十分干净。不出我们所料，一个红脸的士兵对着我们大吼。因为我们不懂英语，只能猜测他很生气。可我们也很生气。乌克兰人偷了我们的巧克力不管，干嘛我们找可以生火的木头不行？我们用意第绪语、波兰语还有其他各种语言对那个美国人解释。现在轮到那个美国人听不懂了。最后，一个翻译正告我们，由于我们破坏了美国财产，我们去美国的签证可能会被取消。然后，处罚又减轻至不许我们走出营地。对我来说，这个处罚倒无所谓，因为我熟悉营地栅栏上所有的洞，既可以从上面翻过去，也可以从下面挖沟爬出去。

日后的岁月里，我经常想起这件微不足道的小事件，琢磨为什么它在我心里留下那么深的烙印。是因为它显露了管理者挑唆人们互斗的权利游戏？就像在隔离区和集中营里人们熟谙的靠告密取宠的现象。或者，这是为了提醒我们这些被解救的受害者要明白自己的身份？我意识到，不管因为什么原因乌克兰人告发、美国人惩罚，只要我不想，就可以选择不认为自己是可怜巴巴的受害者。这也是一个选择的问题：选择这样认为，还是选择不这样认为。

我们的少年转送团被从夫卡社尼转到另一个在不来梅市（Bremen）的移民营。与慕尼黑那儿相比，这里的食宿堪称豪华。以前这里可能是一个学校的宿舍。这些移民营是专门为容纳等待空位立即登船离开的人而建，让我联想到那些专门为了存放排队待屠宰牲畜的畜栏。毫无疑问，尽管相当缺少人道方面的考虑，这无疑是一种很有效率的方法。我们八个从夫卡社尼来的女孩被发配到了不来梅市，成了这儿的营区的成员。我在那里度过了我沮丧而又孤单的17岁生日。

从我的日记可以看出，尽管我总是努力说服自己，踏上这个旅程是因为我要读书，但是也开始对离开一事产生疑虑。我认识的人一个个登船离开了，在1947年1月19日，只剩下我一个人在空荡荡的宿舍里。又过了一个星期，我登上“玛丽莲·坡持号”[1]轮船后在日记里写道：“独自一人踏上走向世界的旅程是多么愚蠢呀！”1月28日的日记是在船上写的最后一篇，它显露出了我很悲哀，多么想念母亲。

摘自一封在船上没有写完的信，显然也没有发出：

> 我从来都没有见过海船，“玛丽莲·坡持号”是我对海船的第一印象。它不是很大，但是一个人很容易在里面迷路。我来回不停地跑了几个小时，才找到了我们的船舱和厕所……海洋大得惊人。你想象不出它有多美丽。船还没有驶出英吉利海峡，我便完全被征服了。你可以盯着海水看几小时都不感觉乏味，脑海里全是最美好的事情。
>
> 船上一共有三层甲板，像一栋三层的楼房。第二、第三层很漂亮，连上面的厕所、盥洗室都是如此。那里的客舱虽小，但通风很好。我所在的五等舱却很糟糕：厕所没有门，每个客舱都超过30人。没有窗户，只靠通风设备换气。里面非常热。
>
> 食物很精美。但是人们的行为却令人厌恶。我都为他们脸红。他们那不是在吃，而是狼吞虎咽。为了能多吃一点吃快一点，他们干脆下手抓。
>
> [五天以后。] 风暴天气持续很多天了。轮船像一枚坚果壳般在海上被抛来抛去。我不能去甲板上了，在那里5分钟后就会全身湿透。人们都在晕船，不再关心自己的仪表如何。男人们胡子拉碴，女人们不精心打扮也会到处走（如果还走得动的话）。我没有晕船，每天都到空荡荡的餐厅里吃饭，有三个侍

① 玛丽莲·坡持号：Marine Perch。

应生为我服务。无论是在我自己眼里，还是在别人眼里，我都算非常勇敢的。

船裂了一个洞，但是侍应生们都说不会有危险。

天气太可怕了。每天都是狂风暴雨。

船没有沉。暴风雨也停了。又过了一天，我就到了纽约。这是另一个中转站，我知道不会在这里呆太久。

不到两年我就迁到洛杉矶去了。又过了两年，到1950年，妈妈和她的丈夫也到了那里。她看上去气色很好，头发修剪得很好看，优雅地微微卷曲，原先惊恐不安的神情不见了。谁能想到，仅仅6年前，这位优雅的女士曾站在奥斯威辛融雪的泥泞里，憔悴得形同槁木，每日担忧着她和女儿能否活到第二天。姐姐在他们到达之后两年也来了。她看上去也很好，比我上次见到她的时候更美丽了。

在20世纪50年代，洛杉矶有很多人都是移民。他们把过去留在了他们离开了的地方，只活在当下。有段时间我们也是那样，像是土生土长的加利福尼亚人。尽管是一个新家庭，与老家不同，而且在一个新地方，但我们渐渐感觉是一家人了。姐姐和我都结婚了，并有小孩了。我开始了另一段旅程：学习中文，这是一个思想的旅程，一个把我的思绪远远带离梅莱茨和波兰的旅程。我们庆祝生日、节日，也有犹太人的朋友。我们只说英语。刚开始的时候，我们与外界的交流很受限制，这很正常。我们要成为美国人，只谈当下的话题，到费尔法克斯（Fairfax）大街上的坎忒尔[①]熟食店吃面包圈夹奶酪熏三文鱼。妈妈能做美味的晚餐，烘烤诱人垂涎的蛋糕。我想象童话故事里那样描写

① 坎忒尔：Canter，犹太姓。

1966年我在克莱蒙研究院获得博士学位。

的：从此我们幸福地生活着。但是，并非如此。

这不是说我们在美国过得特别艰苦，或遇上了不可克服的困难。不是的。我们住在不断扩展的洛杉矶郊区，过着正常宁静的生活，时不时也有一些小欣喜和不愉快。在我们自己还没意识到之前，就已经学会了在日常生活中、在人前，展现似乎并不是我们的自己。当人们说“你肯定是从英国来的，”或“也许从澳大利亚来”时，我会很高兴。我们会暗喜自己扮演的角色如此成功。除了密友，没有人知道我是“在别人的婚礼上起舞”（汉娜·卡尔乐写的同名短篇小说中的话）。对我们来说，要努力在别人面前隐藏起我们的焦虑、强迫症的行为、莫名其妙的恐惧、不安、做噩梦，还有我们肉体上承受的疾病，如各种肠胃失调，不明原因的疼痛和疲惫。但是，有时扭曲的情感反应是很难掩盖的：应该哭的时候我们却会笑起来，应该有强烈的情绪反应时，我们却好像石化了似的毫无反应。还有我们那些过度敏感和唐突的言论，常会招来别人惊诧的目光，以致接下来令人害怕的冷场。不过，所有这些都是在我们认为的“新生活”开始很久以后才出现的，而要真正意识到这到底是怎么回事，那要到更多年之后了。

焦虑有很多种症状。我的焦虑集中由疾病、医生和医院引起。每次孩子生病都让我惊恐，觉得很危险：孩子们堵塞的鼻子，胃疼，流血的手肘或膝盖……因为这些都可能导致意想不到的并发症。我从不相信医生，尤其是那些不愿详细解释的医生。谁知道他们瞒着我什么呢，也许他们不愿意让我知道孩子病症有什么可怕状况呢。我不止一次被医生轰出去，让我不要再带着生病的孩子找他们，而且尽量别上医院去。难道我还不知道，那些进去了的人永远都出不来？“失去”这个威胁一直悬在半空中，因为我“知道”现存的一切是多么的靠不住，我必须持续不断保持警惕，随时准备好保护和拯救我的家人。现金要在隐蔽的地方藏好，以备匆忙离开时用；紧急情况下手头一定要有食物；还要准备一些金首饰能随手带走（经验告诉我，到什么时候黄金都能换到必需品）。有一天，我终于意识到，这种恐惧和焦虑就像不受欢迎的旅伴，但无论我内心多么不喜欢它们，却注定了要和它们纠缠在一起，直到人生旅途的终点。

最终，我告别了洛杉矶这个旅途中的一站。完成中国历史的博士学业后，我又开始了另一段旅程。前往耶路撒冷的旅程也许是存留多年的一笔债，一笔我认为应当偿还的债。也许，我也说不清楚：父亲的锡安之歌到底还是把我带到了这里，但它可能只是旅途中的另一个车站？

第七章　当初[①]

山上的白天鹅，栖居在天空般纯净的山间湖里。有一天它们必须离开小湖，飞往四面八方，途经一个又一个泥潭。当白天鹅到达目的地后，它们却又踏上了归途，飞回蓝色的山间湖。

——一则佛教寓言

1938年的押遣行动，成为日后纳粹反犹行动的示范：这是第一次大规模的押遣行动，需要警方、德意志铁路当局、外交官以及财政部门的紧密合作。

——楚得·毛尔[②]，《"打砸抢之夜"[③]的背景：对波兰犹太人的驱逐》

我从梅莱茨犹太人的死亡开始讲述本书的故事。但是，梅莱茨犹太

① 当初：In the beginning，也是犹太《圣经》里的第一句话。

② 楚得·毛尔：Trude Maurer。

③ 打砸抢之夜：Kristallnacht，原意为"打碎玻璃之夜"，发生在1938年11月9至10日。在那两天里，在德国和奥地利的犹太祈祷会堂被德兵烧毁，犹太商店被抢掠，犹太人被殴打，并有几千犹太男人被投入集中营。有的人只在他们的亲戚出示将离开这两个国家的证据后才被释放。

人被杀并不是故事的开端。也许我应该从小镇的历史说起。例如，这个小镇的起源，它发展成一个相当重要的集镇的过程，以及它不断增长的犹太人口。但是，我写这本书的目的是什么呢？我在写梅莱茨的犹太人历史吗？或者，我只能写下一些能展示历史的故事，这些故事有可能（或不可能）在将来成为史料吧？即使我尽力去讲述梅莱茨的犹太人和他们的死亡，也只能是零星的片段，而且只是我的版本。还有其他的版本，包括由照片来讲述的版本：上面男人们、女人们和孩子们痛苦的脸，流露出他们对未知命运的恐惧。所以，在这里，让我从另一个片段开始讲述，这次说的是人，是我的家族。

我对我的外祖父、外祖母几乎一无所知。我出生的时候，他们已去世很久了。他们、或者连他们的父母，大概都是从俄国移居到莱比锡（Leipzig）的。莱比锡是德国萨克森（Saxony）的一个市镇，那里有富商，也有很多商品交易会。我不知道外祖母芬妮[1]和外祖父摩西斯·耕尔[2]的准确生日，只知道芬妮在1914年去世，而摩西斯紧随于一年之后离世。在1892年到1903年间，这对夫妇生了十一个孩子，三个男孩和八个女孩。

我的母亲有着惊人的记忆力，记得很多亲戚、甚至亲戚的亲戚的详情。她在1901年出生，她的母亲去世时她也13岁了，却很少提起她的父母或童年。是不是因为夹在五个大女孩和两个小女孩之间，她没有一个快乐的童年？我所知道的只是芬妮和摩西斯拥有一家食品店。母亲曾提过一次，说他们卖鲜奶酪，但这已足够让我想象：小店里摆满了一瓶瓶干豆子、食糖、糖果，还有一桶桶的腌黄瓜和酸菜。当然这种想象也许

① 芬妮：Fanny，女子名。

② 摩西斯·耕尔：Moses Ganger。耕尔是犹太姓氏。

不完全是错的。

我的外祖父母应该是相貌很好的一对：他们的女儿们身材均匀，有几个还相当漂亮。耕尔家姐妹们有一个外貌特征，那就是她们形状姣好的小鼻子。有一双小巧的脚并长那样一个鼻子是女孩子的一份资本。一张八姐妹在1917年照的合影，经历了多次灾难和战争后，奇迹般地保

耕尔姐妹。右三是我的母亲海伦妮。

存了下来。照片里姐妹们按年岁依次排列，她们衣着简单，要么是连衣裙，要么是衬衫，上面都没有泡泡皱边或花边装饰。除了倒数第二小的妹妹戴着耳环，其他姐妹都没戴首饰。我的大姨妈，长女露莎[①]，那时只有23岁，但她的无腿眼镜和双下巴让她看上去像一位年长的女士。母亲死后，大概是她承担起了照顾所有姐妹的责任。在照片上显出她像一位支配者，想来生活中也必是如此。1917年的时候，两个最小的妹妹分别只有15岁和14岁，她也没让自己跟她们特别亲近。照片里，这两个最小的女孩中大一岁的那位，挑战似地看着镜头，而幺女、我的姨妈费尔

① 露莎，Rosa，女子名。

得乐，则显得闷闷不乐，一点笑容都没有。难怪她早早就逃离了大姨妈露莎的严厉管束，加入了共产党，并认识了阿尔诺。照片里，我母亲海伦妮①的脸不知道为什么看上去有点扭曲和肿胀。有一次我问过她，她说是因为有个智齿化脓了。男孩子们没有拍这种合影。事实上，除了这张照片和外祖父摩西斯留下的纯金怀表，我的家族没有留下其他纪念品。那块表到现在还在正常走动，延续着外祖父的时间。

与莱比锡的亲戚相反，我父亲歌敏得家族，则是说意第绪语的居住在小镇村庄的犹太人。尽管梅莱茨是一个集镇，附近村庄的农民也都到那里去卖农产品并购买生活必需品，但那跟莱比锡的富商和大商店是无法相比的。我对那个无足轻重的加利西亚小镇能了解很多，对歌敏得家族也能了如指掌，应该是跟父亲乐此不疲地叨咕有关系。不过，也许我能记得，是因为很久以前女人们聚到祖母敏得乐的厨房里唠家常时，我和娥丝特听到过。

有关家族的故事要从曾祖母比莉美说起。一个亲戚曾告诉我，曾祖母先后嫁过三个丈夫。我们并不知道比莉美在嫁人、埋葬丈夫、再婚这些时刻都是多大岁数，因为唯一能确认的日子是她为第二任丈夫生的一个儿子，那是在1859年。她第二任丈夫死的时候，显然她还很年轻，因为她又结婚了，并生下了她的第二个儿子，那就是我的祖父，哈依姆。我的远房表妹伊娃告诉我，比莉美在第一次世界大战的时候还活着，直到99岁高龄才去世。

比莉美的第三任丈夫——我的曾祖父以色列·歌敏得②，是一个鳏夫。与比莉美结婚时，他带来了女儿丽比卡，后来她嫁到了小市场那边

---

① 海伦妮：Helene，女子名。

② 以色列·歌敏得：Israel Geminder，作者的曾祖父。

的歌敏得家族。以色列是一个小贩，在周围的村庄间走村串户，从波兰和犹太农民那里接货物订单，然后根据订单把东西送上门。平时每周好几天他都在外边，只有在备货或准备过犹太安息日的日子才回家。我不知道他是什么时候去世的——应该是在第一次世界大战前，比莉美比他多活了很多年。作为一个鳏夫，他可能要比妻子年长很多。戴着白头巾和三串珍珠的比莉美，赢得每个人的尊敬，也包括了她儿媳妇、我的祖母敏得乐在内。要知道，祖母敏得乐可不是以尊重别人出名的，但正是她为上了年纪的比莉美在商店旁安排了一个小房间。比莉美去世多年后，她的音容笑貌似乎还在那个房间里徘徊不去。

我的祖父哈依姆娶了来自登比察的敏得乐，这对夫妇的家开始繁荣起来。他们有了三个孩子：两个女孩费格和莎音乐，还有生于1891年的我父亲以迪迪亚[①]。不像他的父亲，祖父哈依姆不再徒步去周围的村庄。他购置了一匹马和一驾四轮马车，能走更远的路，去更多的村庄推销，而且能带上更多（包括更大、更重）的货物。大多数时候农民们买的都是小物品：扎辫子用的丝带啦，为新娘子准备的梳子和带柄的小镜子啦，针线啦，做裙子和上衣的布料啦，毛披肩啦，还有鞋匠做的新皮鞋啦……但是，恰好在祖父哈依姆有马和马车的时候，梅莱茨兴起并扩展了一种羽毛加工业，主要是由镇里的犹太人经营。祖父也许是不多的几个拥有马车者之一，专门到各村收集羽毛，然后卖给梅莱茨生产羽绒被的那些“实业家”。羽绒被业出现的时间不太确定，但可以肯定1891年时还没有。祖父哈依姆作为运货马车夫的生涯也许是从运送谷物开始的，因为在梅莱茨的犹太社团中就有六个谷物经销商。

不论他赚的钱是靠马车运输，还是靠一些暧昧的生意（一个亲戚这

---

① 以迪迪亚：Yedidia Geminder，以迪迪亚·歌敏得，作者的父亲。

么暗示过，但没有披露太多详情），当富裕起来的梅莱茨家开始建造石砌房子时，哈依姆也放弃了走村串户的生涯。他把那座气派的石砌两层楼盖在大市场后面新开辟的桑多梅日斯卡街，如我前面所说，商店在房子的一层，楼上那层有三个房间，而房间上面的那个阁楼就是鸡和鹅们在集市日受罪的地方。那应该是在20世纪第一个十年里，在1900年那场把梅莱茨大部分木建筑都烧掉了的大火发生以后。祖父母曾在一张1911年的广告明信片里宣传自己的店是巧克力和“南方水果”的专卖店。“南方水果”也许指的是香蕉、橙子，可能还有柠檬。但那都是在“一战”前美好的旧日子里。到了30年代，这些奢侈品都被鲱鱼、腌黄瓜、面粉等日常必需品取代了。如前面提到的，1980年我重回梅莱茨的时候，除了上楼的木楼梯被换成了石梯，房子没有其他变化，依然屹立在桑多梅日斯卡街15号（现在叫作密茨凯维奇街）。

在加利西亚西部的梅莱茨长大，跟在莱比锡长大是两回事。我的母亲上的是不属于教会的德国学校，而我的父亲上的是犹太村庄的哈得尔①学校，犹太男孩子们从三、四岁起就开始在哈得尔学习《圣经》、经注和祈祷文，他的姐妹们自然留在家里跟母亲敏得乐学习祈祷、希伯来文字母以及数学计算方法。敏得乐既能把店里的财务管理妥贴，也能在每个犹太安息日戴上时髦的灰色假发埋头祈祷。孩子们还学会了读意第绪语的书。意第绪语图书渐渐开始在波兰小镇出现，对难以管束的哈得尔男生们（我想象年少的以迪迪亚也在其中）来说是一件好事。

巡回书贩子的手推车上摆满可供阅读的东西，在加利西亚小镇上来回兜售。他们卖的那些书（人们告诉我绝大部分都是用德文写的）不

① 哈得尔：Heder，传统的犹太小学，犹太男孩们在学校里学习犹太教的基础知识与希伯来文。

是关于宗教的书，大部分是世俗题材。那些男孩见识到了他们生活的闭塞小镇之外的世界，抵挡不住诱惑，想方设法地去偷硬币来买。尽管父母和老师都已严加防范，他们还是能埋伏等候书贩，购得喜爱的书，然后找废弃空置的阁楼阅读“禁书”。为此他们自学拉丁文（如果会意第绪语，自学拉丁文也不见得没有可能）。这些“野孩子们”——人们都这样称呼他们——经常被抓到。受惩罚之后他们会规规矩矩地过上一阵子……直到书贩子下一次到来。尽管这样艰难，最终包括我父亲在内的很多男孩子都通过这些书学到了希伯来文以外的语言。

除了书贩，敏得乐和比莉美在“一战”期间的惊险经历也在家庭传奇故事中占有一定席位。当时，她们两位都已年过六十。梅莱茨和周围的村子坐落在维斯沃克河畔，是战略要地。1914年9月中旬，不断逼进的俄国军队和进行防御的奥地利军队把这片地区变成了战场。当时梅莱茨看来难逃一劫，镇上很多人——包括敏得乐和比莉美，都决定出逃。故事讲到这里有一个空白点：费格与莎音乐是留守了呢，还是也逃走了呢？我们知道祖母敏得乐为了避免我父亲被奥地利军队征集入伍，早些日子已把他送到荷兰去了。反正最后两个年过六十的女人去了维也纳，希望敏得乐在那里的巧克力供应商会提供庇护。她们是坐火车去的。这对小镇女人来说已经是一桩新奇事。一路上也还平安。

但是，她们一到达维也纳麻烦就开始了。她们之前都没有到过大城市，估计城市里的拥挤喧闹、宽窄不一的街道、高大的建筑让她们感到迷惑，或者是她们在长途跋涉后精疲力竭，分不清方向。不管因为什么吧，有一阵子敏得乐忽然发现把比莉美丢了，吓得够呛。事实上，也许是比莉美自己走丢了。她对街上衣着讲究的女士们极为好奇，只顾着看她们时髦的帽子和皮草，又忙于躲避来来去去众多的马车，昏了头，等醒过神时已经走丢了。当然，婆媳到后来还是重聚了，但是找寻的过程，敏得乐的慌张和冒失，被添油加醋地讲了一遍又一遍，每次都会加进新的细节。两位女人在维也纳住了肯定不下八个月（不管那位巧克力供应商提供没提供帮助），因为梅莱茨区的战役从冬天持续到了1915年的春天。但是，她们住在哪里，靠什么为生，从来都没有被提到过，故事的重点一直是她们是如何失散又团圆了。

战火一停，敏得乐和比莉美很快就回家了。但是我的父亲却没有回来。接下来的二十四年，他把家安在了其他地方，估计还想可以永远离开故乡小镇。这倒不是因为他痛恨或鄙视梅莱茨，事实正好相反。然而在那些年里，恐怕他也没有想到过，有一天会失去将近四分之一世纪辛勤努力挣到的一切，一头扎回梅莱茨。

我父母什么时候在哪里结的婚，没有留下记录，也不知道他们相识多久，有没有坠入爱河。有可能我的母亲因读过秘书学校，是所谓“职业女性”，两人相识后吸引了那位喜好音乐和戏剧的风趣的男人；也有可能是相亲的结果。有一种说法，说是那时住在荷兰的朵拉[①]姨妈做的媒。朵拉与那位波兰小伙子很亲近，那时他的外表已经完全摆脱了出自小镇的痕迹。一张在1917或1918年拍的照片里（现在已经丢失了），他那时大概二十六七岁，穿着一套裁剪得体的三件套西装，戴着时髦的巴拿马草帽，拄着手杖，快乐地对着镜头微笑。还有一种说法是妈妈的大姐露莎安排的相亲。露莎嫁给了父亲的亲戚，而她的丈夫认识这位来自波兰的、早就应该结婚的单身汉。

我的父母应该是在1922年结的婚。他们的婚礼有可能是在大多数姐妹居住的莱比锡举行。也可能是在荷兰结婚，由朵拉操办了一个合乎体统的婚礼。从他们的婚礼照片上看得很清楚（这张照片早就丢失了），

---

① 朵拉：Dora，女子名。

这是一个既优雅又体面的婚礼。就像那张父亲在荷兰拍的照片一样，这张婚礼照也是我孩童时代经常看的。照片里，我的母亲身穿白色的婚纱，头纱别在耳后，坐在那儿，我的父亲身穿优雅的礼服大衣，弯臂托着一顶高顶丝质礼帽，站在母亲侧后面。母亲的表情有点惴惴不安，几乎可以用惊恐形容；而父亲尽管娶的是一个孤女，算不上名门闺秀，但快乐地微笑着，甚至有点得意洋洋。按照祖母敏得乐的说法，母亲比父亲还稍微高一点，这一点对于做妻子的来说着实不够理想。

以迪迪亚和海伦妮结婚后，就去了德国萨勒河（Saale River）畔的哈雷（Halle）住了下来。我姐姐罗乐和我都是在那里出生的。对犹太人来说，哈雷没有莱比锡那样好客。不时地也发生迫害或驱赶犹太人的事件。那里的犹太人口在1920年时将近2000人，到1933年降到了1000人左右。然而，哈雷不是一个死气沉沉的地方，还有一些值得称道之处。这个城市有很多不容轻视的商业和制造业，还有一家充满活力的印刷出版企业。这里的大学始建于近十七世纪末的年代，1815年之后堪称研究新教的重要神学中心。有一点更说明问题，我父母两边的亲戚都迁到哈雷来了，包括我父亲的姐姐莎音乐和她的丈夫。

那时“一战”后德国战败，他们在哈雷开创新生活很不容易。我的父母花费了很多年。最初他们住在一个很简陋的小公寓里，继我姐姐和我出生后还在那里住了一段时间。但是，不知道是借的钱呢（如果是这样的话，钱很可能是从母亲的亲戚那里借来的），还是用他在荷兰时积攒下来的资金，1930年父亲在哈雷城一条重要街道盘下了一家商品充足的店铺。在这家宽敞的商店里，他卖各种不同的小商品：袜子啦，婴儿衣服啦，女人贴身内衣裤啦，各种各样的纱线和毛线啦，花边手帕啦，还有我母亲钩织的精致的花边。尽管战后的德国经济困难，父亲商店的生意肯定还不错。我有一张大概在1927或1928年间魏玛共和国[①]时期拍的照片。照片里姐妹们汉娜、露莎、我母亲和姨父李奥——汉娜的丈夫，围成半圈并排站立，我的姐姐罗乐，那时大概4到5岁，站在他们前面。三个女人都穿着当时流行的裙子和矮跟鞋（她们看来都跟她们丈夫一样高甚至比他们高）。照片肯定是在夏天时拍的，因为女人们和小女孩都穿着短袖裙子。我的父亲以酷爱照相出名，有可能他就是摄影师，因为汉娜还拿着他的手杖。也有可能是露莎的丈夫照的。

我大概是从3岁开始记事。我还能记得，一条整洁的街道，夹道种

我的母亲（右一）和几个家庭成员一起，我的姐姐罗乐站在前面。

---

① 魏玛共和国，Weimar Republic，1918－1933年间统治德国的共和政体。1933年希特勒上台后，魏玛共和国告终。

着栗子树，两旁的房子养护得很好，在那里有一套五居室的大公寓。尽管这套公寓是我的家，但很快我意识到别的地方也有家。我出生后的头六七年里，家仿佛是在翘翘板两端：哈雷和梅莱茨——我父亲的家。在哈雷，凡事都井井有条：整齐、洁净、一切都在计划之内，按时进餐、安排好一次次亲友拜访，生日、节日的庆祝，七大姑八大姨，甚至还有来自莱比锡的亲戚，聚到这家或那家。在梅莱茨呢，什么事都无法预知。一天里任何时候都可能有人串门。店里也好，楼上住的地方也好，没有哪个地方真的干净。水是用桶从街上提回来的，火是用木柴生着的。孩提时代，这些迥然不同的状态，连同它们的气味（并非都好闻）、声音，深深吸引着我。我能记得祖母煮鸡汤时屋子里的味道，星期五晚上街对面的拉比家传出的赞美诗和唱经的单调旋律没完没了，就像我们去梅莱茨时见到的那些黑皮肤、留着长长的黑胡子、穿着黑外套的高个儿男人们吟唱的一样。

即使住在哈雷，梅莱茨的家也总被提起。餐桌上那些不在场的人总是成为谈资；每年的点灯节①，祖母敏得乐会一成不变地寄来一个大包裹，装着只有她会做的深褐色粘乎乎的果仁蜜糖。在我长大的那几年，总是觉得梅莱茨既熟悉又陌生，既贴近又遥远。她属于我的父亲，因此在某种意义上也属于我，或者应该说，我属于她。

我快要打开记忆的大门了，就像文学家宇文所安②那样，尝试着去写那些已经忘了一半的、还有那些从未记住过的。没有人能验证我的记

① 点灯节：Hanukkah，连续八天每个晚上都点蜡烛并唱歌的犹太节日，一般在每年的12月。

② 宇文所安：Stephen Owen，1946年出生，美国著名汉学家。

忆。我的母亲、她所有的姐妹都不在世了，而很久以前我就已经和姨妈们的孩子断了联系。我的表亲们，要么在“二战”中被杀害了，要么散落在世界的各个角落。“记忆是过去的一块碎片。”宇文所安写道，而我的所有，就是几块碎片。用这些挖掘出来的记忆碎片，整体中的一鳞半爪，来写一个故事，实在是不容易。

在我最早拾掇的意识里，我站在我们家公寓的厨房里，注视着从半开的窗户射进来的一束阳光。细尘纷纷扬扬地在阳光里飞舞。我努力要握住它们：张开手，抓上去，然后紧紧攥起。但是每次再打开手掌，什么都没有。每次，我的手里都像抓之前一样空空如也。那是个谜——有些东西在那儿，却看不见；有时看上去没有东西，却可能有某些东西。

在那之后，我还遇到其他类似的谜：蚯蚓在地面上无声地出现，然后眨眼间就消失无踪，去哪儿了？蚂蚁虽没有眼睛，却能一个跟着一个排成长长的队列，从不偏离。苍蝇不去避开黏黏的捕蝇纸，自杀式地撞上去。没有生命的东西有所不同，但同样充满谜团。它们不会像从未存在过那样突然消失，也不会从有变无。没有生命的东西分裂或变形时是有动静的，不像安静的蚯蚓。没有生命的东西改变形状时都很吵，例如摔碎玻璃杯，而这些声音会马上引来大人责骂。

我的小小的世界就是那个宽敞的公寓和几扇高大的窗户，从那儿可以俯瞰房前的大街和后院里高大的紫丁香树。客厅不怎么舒适，里面摆着一张长长的餐桌，还有父亲的书桌和收音机，室内最显眼的要算那个深棕色的木制餐具柜，母亲珍贵的水晶花瓶和花碗衬着雅致的小布垫，摆放在餐具柜里面。我和姐姐都有自己的房间。有的时候我在自己的房间里玩，但我更喜欢家里的大浴室。那里有一个大浴缸和大衣柜，还有父亲的刮脸台。我的玩具都收在刮脸台旁边的一个篮子里，就是那种女人挎在背上的篮子。

在这个小天地里，费尔达[①]——我们家雇用的专职管家兼育婴女佣是最高统治者。我的世界还包括父亲的商店。费尔达有事要去店里时会把我带上。那地方由我的父亲统治。非常奇怪，不管是在小店还是在家里，母亲都只能坐第二把交椅，不过也许她乐意。这种情况一直持续到有一天费尔达悲痛地哭着离开了我们家。因为从那时起法律不再允许犹太家庭雇德国佣人。

费尔达是位满头白发的小个子女人，总是系着一条白色围裙。她的蓝眼睛总是从擦得发亮的无框眼镜镜片后面严厉地审视着她统治的领地。她的细长发辫在脑后盘成紧紧的发髻。下午的时候，她满身柠檬味道，因为她总爱在干完活后用柠檬皮擦手，说比润手膏要好得多。费尔达不是哈雷人，从没结过婚，好像也没有家人。我估计在母亲的这个或那个姐妹家里有小孩子的时候，费尔达都去那里干过，最后排到了我们家。

罗乐正在拍照，我在最后一刻爬上了长凳。

我的父母完全依赖费尔达。我喜欢她，但是我的姐姐罗乐恨她。费尔达教了我很多东西，包括怎样分辨月亮的圆缺。她是对我犯错误进行惩罚的人，是逼我吃我厌恶的麦片的人，也是那个强制孩子行为

① 费尔达，Freida，德国女子名。

举止合乎体统的人。因为没有别的地方可去，她总是呆在我们家里，每天如此。每逢节假日，是我和姐姐对父母撒娇、不守规矩的好机会。但是，费尔达每天都在家，谁也休想说服她放松约束。她通过严格计划好的日程表，替我的父母把家打理得井井有条。她坚信罗乐的行为必须受到监督，并为她定了各种规矩。无需否认，她是一个“暴君”，信奉孩子必须要用惩罚来管教，要学会服从。不过同样不能否认的是，当独立思考在德国还不普遍的时候，她却已有自己的独立思考。听说在1933年希特勒上台之际，她宣称自己不需要一个“领袖”，坦率表达了她对那时操着正步的纳粹冲锋队的蔑视，而那些家伙日后让我的父母惊恐不安。

当我父母白天在店里忙的时候，费尔达用堪称模范的方式操持家务。每当母亲在家的时候，费尔达就交出她对厨房的掌控权。我会在厨房几个小时地看着母亲烹饪，看她有条不紊地刮鱼鳞、切出最细的面条、搅拌面糊做蛋糕。值得一提的是，母亲从不把粘在碗里的面糊刮干净，总是留一些生面糊给我。每逢亲戚家人在节假日共聚一堂的时候，她会做出蒸好的发酵面团，配浓肉汁吃。很多年以后，当我第一次尝中国的蒸面包——馒头时，大吃一惊，立刻意识到这不正是我孩提时吃的那种美味吗？厨房里充满各种香味，母亲淡淡的香味——出自她用的一种面霜，与她烹饪时锅和烤盘发出的香味融合在一起。

有的时候，年纪大一点的外甥女、外甥们也会在厨房里帮忙。表哥何博[①]在少年时就显露出对烹饪的爱好，他后来在玻利维亚当了面包师。有人说他会对着炉子上面开锅冒泡的食物说话，甚至有人还说听到他对着果冻说：“别再颤抖了，反正早晚你都要被吃掉。”

① 何博：Herbert，男子名。

我不知道母亲和我在厨房里说的话算不算多。有的时候她会唱一首不大悦耳的歌，母亲唱歌没有父亲棒，总跑调。有这么一首歌，里面用很多乐句讲述一个女孩躲进长春花丛跟她的恋人相会，被她的母亲抓到，威胁要把她送去修道院。费尔达是绝对不认可这种歌的，而她也从来都不唱歌。

我生病的时候（那是经常的事），父亲和母亲都会围着我团团转。他们会拿着体温计和一大瓶碘酒（喉咙发炎就用碘酒搽）来到我的床边，接着给我灌下很多杯甘菊茶——我母亲用它来治百病。他们在我身上小题大做，而我对此很享受。他们会拿来我最喜欢的书，偶尔甚至是玻璃门书柜里珍藏的书。有一次，我患了百日咳，父亲制作了一种梅莱茨的简易偏方：焙甜菜加上热的棕色糖浆混合的汁液，说是包治我的咳嗽。我好像过了很长时间才不咳了，但父亲发誓说要不是甜菜糖浆，还会咳更长时间。他们对小病也会大惊小怪。膝盖流血了要小心地清洁伤口，涂上碘酒，然后用长长的绷带把受伤了的膝盖包扎起来。包扎就必须父母亲一起动手：一个人处理伤口，另一个人为了安抚尖叫的孩子，许一大堆他俩压根儿没打算兑现的愿。我非常憎恨引起灼痛的碘酒，但它又总会唤起我对父母疼爱、照顾的回忆。我经常想，我的孩子小时候皮肤碰破了，是涂不会感觉灼痛的柔和的抗菌软药膏，这种药能唤起他们与我相同的回忆吗？

我的父母会跟我共度悠闲时光。我们会沿着河畔散步，有时候还让我陪着母亲到“热”咖啡馆去。母亲会与她的姐妹、嫂子、弟媳在那儿碰面喝茶，于是我就会得到一大块巧克力蛋糕，一边吃一边听女人们闲聊。我清楚记得一次到梅莱茨的拜访。我们受到了贵宾式的接待，更重要的是，那是我出生以来第一次在街上玩。据后来大人们的回忆，说我当时非常淘气，把娥丝特表姐关进了一个箱子，然后我坐在箱子上面。

我生病的时候，祖母敏得乐就会拼命喂我吃闻起来恶心无比、吃起来更难下咽的稀粥。

最美妙的时光莫过于有人过生日，不管是我的生日还是其他人的生日。父亲那边和母亲那边的所有亲戚都被召来，举办大型庆祝活动。从莱比锡来的姨妈姨父、表兄弟姐妹们，带来大大小小的礼物；一个大型生日晚宴准备停当；父亲毫不厌倦地在电唱机上一遍又一遍地放维也纳华尔兹舞曲。有一个生日最特殊（好像是我的4岁生日吧？），他为我做了一个商店的模型，上面每一个小抽屉都盛满了彩色的水果和蔬菜形状的糖块，还用意第绪语文字写着“比莉美之店”，我是自豪的店主。在那同一个生日里，我收到了作为礼物的平生第一把雨伞。可惜，我用它把老远从法兰克福专程赶来庆祝的费尔得乐小姨赶出了我的房间。她一直没有忘记这件事。

那真是令人陶醉的童年。怪不得很多年后罗乐告诉我，那时她经常觉得被冷落和忽略，因为所有人的注意力都放在了我的身上。事实确实如此。作为两边家族年龄最小的一员，大人们总是围着我转，呵护和娇惯我。我从来都不需要、也不希望有一个年龄相仿的玩伴，有年纪比我大的表哥表姐们陪伴，我也感到十分满足。尽管我的父母肯定认识很多犹太家族，但那些家族却不是我们日常生活的一部分，因为那时候的生活是以近亲家族圈子为中心的。“二战”之后，费尔得乐对共产主义的狂热超过战前，指责我们缺乏社会意识与政治意识。我认为她的指责过于刻薄。她一向对德国犹太人持批评态度，认为他们蒙受的灾难是自己招致的。这样说就把受害者的不幸怪罪到了他们自己头上。

我父母想必对于魏玛共和时期政治上的不稳定，以及它结束后德国与日俱增的反犹太主义不会漠视。我第一次感觉到伤感与悲哀，就是当费尔达尽可能平和地告诉我，曾把我举起放在肩膀上、让我觉得可以摸到天的高个子姨父麦斯[1]死了。尽管那时我还不懂什么叫死亡，但也意识到再也见不到他了。很久以后我才得知，虽然他很早就信奉国家社会主义，但他看出纳粹煽动的憎恨和希特勒的反犹太主义不会带来什么好结果，所以他在1933年自杀了。

时间过得飞快。转眼间我到了5岁，然后6岁，也开始看到更多、听到更多。有一天，费尔达一边痛哭流涕一边收拾大行李箱，然后就不见了。我的姐姐罗乐肯定暗地里十分高兴，她可以不再受费尔达的管束了，但对我和我父母来说，一份分离的空虚油然而生。琵琵（她的真名字是费尔得乐）——姨妈克拉拉[2]收养的最大的孤女搬来与我们同住。然后，母亲的另一个姐姐贝卡[3]——姨父麦斯的寡妇也住了进来。她占了费尔达以前住的房间，屋里仍存一股柠檬香味。琵琵和我相处得不好。她比罗乐只大一岁，两人结成了统一阵线，联合与我对抗。除了这些，其他没什么改变，或者说，至少看上去没什么变化。我的父母依然天天早上到店里去，中午回家吃正餐。罗乐每天依然去学校。我呢，在其他人的帮助下，开始自学阅读。

然而，在看似平静的日常生活里，有着一股不祥的感觉在涌动。晚餐桌上出现了一些新的字眼。母亲经常会提到一个词“Rishes”，用意第绪语加重语气意为“反犹太主义”。巴勒斯坦也经常被提到。父亲的表哥

---

① 麦斯：Max。

② 克拉拉：Clara，女子名。

③ 贝卡：Bekka，女子名Rebecca的昵称，源自《圣经》。

撒里·坎尼尔[1]还亲自去了一趟巴勒斯坦，看看是否能把家安在那里。罗乐会谈到“Hakhsharah”——这个希伯来文意为“为去巴勒斯坦培训”。她现在属于一个“锡安主义”少年团，在那里交了不少新朋友。家里的收音机上面挂着一个蓝色的盒子，盒上有现代锡安主义创始人西奥多·赫茨尔[2]的肖像。我每个星期五都会把零钱放进去，觉得这样就可以跟一个真实存在的地方发生真实的联系。盒子里攒的钱是为巴勒斯坦、为锡安、为了父亲歌里绿油油的田野准备的。大人们告诫我，千万千万不要跟住在地下室的女孩或她的父母说话，她的父亲身穿棕色纳粹冲锋队制服。我本来也没有打算跟她说话或一起玩，她那线条分明、紧绷的脸总是充满敌意。

我记得光顾父亲商店的客人日益减少，后来“犹太”字样印在了商店橱窗，更是一件令人烦心的事情。那可能就是在1938年，当时纳粹成员开始采取集体抵制行动，而歌敏得店也在黑名单上。这段时间，客厅的收音机里传出来的吼声越来越响，越来越刺耳，充满凶巴巴的威胁。父亲曾给我读报纸上西班牙内战的报道，让我知道了战争与炸弹的存在。当时他坐在书桌旁，我就坐在他的腿上。我觉得西班牙是一个遥远、偏僻的地方，只要我紧挨着父亲，炸弹或战争都无法伤害我。

我开始上学后，觉得自己已经长大了。但是已到青春期的罗乐跟我不再像姐妹，越来越疏远。她大部分时间都和少年团员们在一起，他们总在下午聚会，还经常搞户外活动，我在她的新生活里一点位置都没有，他们都说我太小了。我还清楚记得那种被排斥在外的感觉，而排斥的理由我实在想不通。我也想属于某一团体，一些家庭以外的团体。写

① 撒里·坎尼尔：Sally Kanner。

② 西奥多·赫茨尔：Theodor Herzl，1860－1904。

下这些文字时，我面前就放着一张罗乐她们少年团的老照片：两个男孩和七个女孩坐在小土堆上，全都愉快地笑着。那时肯定是秋天了，因为背景里的树枝都是光秃秃的，而且少年们都穿着毛衣。我能认出表姐依婷[①]（她就是琵琵表姐的妹妹，有时也被叫做森塔[②]）和表姐海妮，她们都在科洛梅亚市（Kołomyja）被杀害了。照片里的人，战后只剩下了五个。有的去了英国，有的去了巴勒斯坦。60多年前拍照片时这群少年们满怀的青春梦想，都没有实现。

我去上学与其说是我受伤害，不如说是父母受伤害。我既不渴望去上学，也没有对这人生新的一步感到兴奋。班里几十个女孩，只有我和表姐如芙[③]是犹太人。如芙似乎没有成为班上敌视和奚落的对象，我却

1937年当地锡安主义少年团外出活动照。前排左起是罗乐。

---

① 依婷：Ette，女子名。

② 森塔：Senta，女子名。

③ 如芙：Ruth，女子名，源自《圣经》。

成了班里同学言语与行动的攻击对象，几乎每天如此。他们会尖叫“犹太猪”，在游戏场把我远远地轰开。我对在学校里挨骂没有心理准备，于是还嘴痛骂、推搡反击那些冒犯我的人。我们的老师，一个叫布克尼尔[1]的先生，每次都会有人向他告状，而他也总会当着全班的面打我耳光以作惩罚。我并不畏惧，借回家路上的机会报复那些给我带来痛苦的人。打完这些架，我回到店里时会衣冠不整：外套纽扣掉了，头发上沾满泥土和枯叶。相比之下，我的表姐如芙，回家时像离家时一样整洁。几年前我曾向她问起这些事，她一点都不记得了。实际上是因为如芙有一个基督教家庭的朋友，每天都和她一起上学、放学。我怀疑是这个女孩的保护，使她免受我遭受的凌辱。这两个女孩都不愿意被人看见和我在一起，而且我跟如芙的这个朋友也打过很多架。今天想来，多悲哀呀！那些孩子无疑绝大部分都是文静的女孩子，却在那么小的年纪就染上了她们父母那可怕的反犹狂热症。

我的父母显然吓坏了，担心这些儿童之间的小冲突会殃及全家人。母亲努力劝说我不要报复，但她看来不明白我的心里是怎么想的：没错，我是一个犹太人，但我不是一只猪。在我这个儿童看来，这两样东西根本沾不上边。不过，这些麻烦也没持续多久，因为我只上了一年多一点的学，很快就到了1938年10月。

1999年8月

我的儿子约拿芬·米高[2]在波士顿市郊外有一座大房子，房子还带有一个大院子。他还有一只大狗。他在一家大银行工作，有一份成功

---

① 布克尼尔，Bruckner。

② 约拿芬·米高：Jonathan Michael。

的事业，已经长成一个心地善良、关心他人的男人。但是在我眼里他还是那个总也坐不住、跑来跑去的小男孩，而我在他后面紧追不放，随时准备在他受伤害时解救，帮他避免隐藏在某处的可怕危险，包括从滑梯、栏杆或是树上摔下来啦，生病啦，疼痛啦，或者是别人伤害他。他自由自在的快乐童年，对我来说却充满能说得出和说不出的恐惧与威胁。当他和他妹妹米莉安·阿莉萨[①]长到了10岁和9岁——就是“第二次世界大战”爆发那年我的岁数时，我变得更警惕，密切注视他们是否有求生能力。我要确认他们能承受我所承受过的，确认一旦需要他们坚强时他们能挺住。他们能成为幸存者吗？为安全起见，给他们取名字的时候，我没有为了纪念哪位没有幸存下来的亲人而用牺牲者的名字。尽管当时我并非有意为之，但作为儿女的母亲，不管遇到多大的危险，也要保护和拯救他们。就像当年我母亲救我的命一样。

1990年，我和我的孩子约拿芬、米莉安在剑桥。

这一年，我们一家相聚在我儿子的大房子里。一共有八个人：罗乐和她的丈夫，她的两个女儿和一个外孙子，我的儿子，我的女儿，还有我。这时我仍然心

① 米莉安·阿莉萨：Miriam Alisa，作者的女儿。

怀恐惧（不过已经学会了遮掩），但现在换成年轻一代总要保护我了，并非有什么危险，其实根本不可能有什么危险，他们只是处处呵护我免受小小不便，例如夜晚的寒凉，突然的降雨，或是火热的太阳。这些晚辈做起来习以为常，很自然，却让我不由得暗忖：孩子们小的时候一定会觉得我的言行与其他母亲相比很古怪。

我和罗乐坐在我儿子家后院一棵茂密的大树下。午后的阳光穿过枝叶，洒在我们身上。一只小鸟隐在叶丛中呼唤着同伴；狗趴在我们脚下，时醒时睡，鼻子不停地抽动，也许梦见在追逐奔跑，或是找到了食物。这个马萨诸塞州城郊中产阶级住宅区里，房子维护良好，房前的草地修剪工整，一派安宁。这种情景与摆在我和罗乐面前的任务格格不入。我们要填好一大摞表格的每一页，回答里面的种种问题。这些资料是专门为设立档案用的，能让我们以后成为“可以接受补偿”的幸存者。最近，由于幸存者快要“灭绝”（“他们快要死光了”——有人这样写道，让我联想到不幸的恐龙），瑞士银行终于承认掌握战前犹太人存款资料，保险公司也承认没有支付犹太人应得的保险金。那些拥有数十亿财产的财团十分不情愿地记起了半个世纪之前让他们富起来的这些苦役劳工。我和罗乐一一回答表格里那些奇怪的问题，无奈地苦笑，因为我们清楚，充其量我们也就是某人博士论文中的一个注脚。

我们要填保险赔偿金的表格、多年前受奴役劳工应获报酬的表格。我们非常肯定父亲一定买了保险。他是一个有责任心的商人，也是一个挂念万一他发生意外的话家人如何生活的人。但是，我们怎会知道他买了多少保险、向哪家保险公司买的呢？这种资料一般是不会向子女披露的，不管孩子是年幼还是已到青少年。做父母的不习惯告诉子女自己的死值多少钱。我们看到过未获保险赔偿金的名单：一份名单上有16万个名字，另一份名单上有14.7万个名字，也有人说应该有30万个名字，后来却莫名其妙地减到了10万人。有的文章说保险公司不允许公布这些名单，也有的文章说只会公布几千个名字。有的文章说在耶路撒冷的二战大屠杀纪念馆“亚瓦深”里有名单，或者将会有，但纪念馆承诺过不公布。我多次打电话去查询这个名单，被告知与这个或那个组织联系，而那些组织接电话的人不是粗鲁地冲我嚷嚷，就是拒绝回答任何有关名单和姓名的情况。我跟罗乐说，这些钱名正言顺属于我们，尽管父亲买了人寿保险，却阻止我们去弄明白能否要求得到赔偿，简直莫名其妙。说话时我端详着她手臂上的纹身。

她和其他199个“辛得乐尔犹太女人”在奥斯威辛死亡集中营时没有被刺上号码，这让她们以为自己不久、很快就会进毒气室。罗乐有一个“KL”字样的纹身，意为集中营。在梅莱茨集中营做过苦役的人都有这种标记。我联想到最近拍摄“手臂号码纹身”题材并准备办展览的德国女摄影师，不知她是否知道“KL”手臂纹身。她对“KL”像对数字一样感兴趣吗？很可能不。她追踪的是奥斯威辛及其号码，不是苦役集中营和刺“KL”的人们。有时人们看到罗乐的“KL”纹身会问她那是什么意思。我认为，数字只是数字，不需要解释，但“KL”不同，需要解释。罗乐手臂上没有数字只有“KL”字样，从来没有人考虑给它拍照和展览，因为没人知道它的意思。我认为忽视像罗乐一样2000名之多的“KL”们不太公平；他们被迫为保额么尔&乐施公司①筑路，或是像罗乐一样在海因克尔飞机制造厂②做工。他们当中只有很少的人幸存下来，我的姐姐是其中之一。母亲在1944年把罗乐的名字加进了辛得乐尔的名单，救了她一命。

---

① 保额么尔&乐施公司：Baeumer and Loesch Company。

② 海因克尔飞机制造厂：Heinkel aircraft factory。

当俄军1944年夏季进攻时，苦役营一个接一个地被清除了。首先是母亲所在的集中营，她先是在登比察，后来被送到了普拉绍夫，在那里她被派到集中营司令官阿蒙·戈得[①]的办公室工作。如果没有斯蒂芬·斯匹尔伯格在电影《辛得乐尔的名单》中对那个邪恶的坏蛋的刻画，没人会想起他。不知什么原因，后来罗乐也从斯兰卡-贝尔得荷集中营被送到了普拉绍夫营。母亲也许在新到人员名单里看到了自己女儿的名字，德国人总喜欢反反复复地清点囚犯，这让母亲看到了罗乐。然后，托那份著名的名单之福，我的母亲把罗乐从一大堆新到人员中营救出来。她们两人先被运去奥斯威辛，最后在捷克斯洛伐克落脚。

罗乐哪个日期都不记得了。她什么时候到普拉绍夫的？在那里待了多久？或者什么时候跟其他女人们一起被运到奥斯威辛？她一点都不记得了。对她来说，那些日日夜夜，多少星期，多少个月，和其他几千个女人一起捱过的严寒酷暑、日晒雨淋、在泥泞中跋涉，融成了一片模糊的苦难。后来我查明了那些日期，告诉了罗乐：1944年2月2日，大批囚犯从被清除的苦役集中营送到普拉绍夫，她跟母亲很可能也是在那时跟着大批囚犯一起到的。1944年7月，4000个女囚被用船运去斯图特霍夫，她们要么途中被淹死，要么被枪杀。莎音乐姑妈和她的两个女儿就是在那段日子死掉的。1944年8月13日，第一批转送奥斯威辛。1944年9月17日，当克拉科夫音乐会演出季以一曲钢琴独奏拉开帷幕时，大批男人被用船转运到毛特豪森[②]和奥斯威辛。1944年10月15日，剩下两批转送要完成：一批去格罗斯-罗森[③]，另一批去奥斯威辛。姑父吕文就在前一批里，后来

① 阿蒙·戈得：Amon Goeth。

② 毛特豪森：Mauthausen，奥地利境内一个集中营。

③ 格罗斯-罗森：Gross-Rosen，德国境内一个集中营。

在福洛森堡[①]死去。1944年10月18日，在普拉绍夫[②]约摸有1万名被杀囚犯的尸体从坑里掘出焚毁。最后，1944年10月21日，1800个女人和16个男人被送到了奥斯威辛。我的母亲、姐姐就在那些女人当中。

我和罗乐在洒满阳光的后院里填着那堆表格。我们边念问题边笑，就像往常那样，明明应该哭泣，但已经哭不出来了。我那纤弱美丽、被纹身的筑路队里的劳工姐姐，大概要成为资料库里的一条了。不过也许是我多疑了。据我所知，一个由严肃的绅士们组成的调查小组，已经开始研究如何补偿苦役劳工、以什么为标准了。然而，无法言传的苦难，无法弥补的失去了的岁月，岂是那些绅士用美元能够折算出来的？

我对学校的记忆让1938年10月事件搞得黯然无光。如果那时我的年纪再小或再大一点，在哈雷发生的事件也许不会给我留下如此强烈的印象。尽管这一事件与四年后发生的恐怖相比平淡多了，但有些情景和细节至今栩栩如生，就像刚发生过一样。这就是第一次押遣的开始。

多年前的那个10月里，父亲旧疾复发——秋冬季节他的喉咙经常严重感染发炎。那天刚到傍晚，天色已经很黑，户外寒冷刺骨，天上飘着细雨。我们都在家里，包括贝卡姨妈，每个人手上做着不同的事。父亲在床上边看书边打盹，我在客厅桌子上看书、做作业。忽然间，门铃急速响起，而且响个不停。然后，走廊里传来一个男人刺耳的声音，以及母亲赔着小心问问题的声音。然后，两个，也许三个穿着亮面皮衣的高个子男人走进客厅。我很喜欢厅里的顶灯，柔和而温暖的光线给房间里每个角落罩上一层神秘的阴影。但是，照射在那些穿皮衣的德国人身

① 福洛森堡：Flossenbürg，德国境内一个集中营。

② 普拉绍夫：Płaszów，波兰境内一个集中营。

上，效果完全不一样。当这些人站在阴影里大声命令我们所有人——除了贝卡姨妈，包括我生病的父亲，立刻到警察局去办手续时，他们不是显得神秘，而是充满威胁。他们告诉父亲，不必穿外出的鞋子，赶紧赶紧，父亲只好穿着拖鞋出门。估计只用了几分钟时间。那个时候我们还不知道，德国警察在赶时间。那个晚上，他们必须把在德国的所有波兰籍犹太人及其家人搜出并遣送回波兰。

我们十分顺从地披上外套，贝卡姨妈站在门边，两手相绞，泪如雨下。仿佛有什么预感似的，我最后深深看了客厅一眼：这里举办过所有家庭盛事，那些闪亮的水晶花瓶、碗碟，收音机和挂在它上方的有赫茨尔肖像的蓝色盒子，父亲总坐在那儿看报纸的书桌，还有黑色木桌上摊开来的我的书和作业本。然后，我们就出门了。

外面又黑又湿。街灯在寒冷的细雨中显得十分昏暗。我们好像是走到警察分局，父亲脚上只穿着拖鞋。警察局里灯火通明，连同它的监狱，那种像笼子一样带铁栏杆的单人拘留间也很亮。我们被不算太粗暴地关进了拘留间。里面已经有很多人，有的还跟我父母相识。既没有椅子也没有凳子，关在里面的人最后只能都坐到了地板上。尽管拘留间锁上了，外面还是站着一个警察盯着我们，我们也盯着他。每隔一段时间就有新的一家人或单个儿人被带到，拘留间变得越来越拥挤。每个人说话时都压低声音，也许是因为我们讲礼貌，但也许是因为谁都不想让笼子外的警察听到。有时，我回想起那个晚上觉得很奇怪，没犯什么罪就被投入牢房，却没有一个人叫喊、哭泣，或在绝望中呻吟。没有人站起来拼命摇晃栏杆，大声要求解释或投诉（像电影里的囚犯那样）。毕竟我们是文明的犹太人、甚至波兰人嘛。牢房里，我们每个被关起来的人似乎都已经接受了这个事实，那就是全家老小都会在漆黑的夜里被抓起来关进灯火通明的牢房，即便现在不发生，将来也会发生。

那一夜十分漫长。我们挤在没有窗户的牢房里，天亮了也不知道。我不记得有没有给我们吃的或喝的东西。这种情况下，人是没什么胃口的。最后，我们被押到了火车站。在警察们虎视眈眈监视下，一大群人在月台上乱转。站上停着一列火车，不是运牲畜的货车，而是文明的客车。没有人为我们送行，也没有依依不舍的告别，更没有从列车窗口递进来的行李，只有身着长皮大衣、面容冷酷的警察站在那里监视，以确保没有一个犹太人能逃掉。我怀疑是否有人想过逃跑，而我，一个还不到9岁的孩子，只知道发生了什么事，却不知道原因。

终于，火车头按规矩鸣笛一次，又一次，很快哈雷就被抛在了后面。火车不停往前开，一路上不做任何停留，父亲不久就发现火车是朝东开，开往波兰边界。夜幕降临后，父亲又发现火车没有驶向往常的过境站，就是那个平时我们去梅莱茨访亲时要经过的、边界线两边都有边检人员查看护照的关口。当火车第一次停下来的时候，外面没有任何车站的标志，看不出我们是在什么地方。父亲明白我们被带到了一个非法越境点。“绿界”，父亲说。他用的就是这个词。我那个时候并不知道“绿界”是指没有官方护照检验的非法越境地点。事实上，用“绿”称呼这么一个地方让我十分奇怪，因为目光所及没有一点绿色的东西。我们下了火车，站在一大片旷野里，旷野伸向漆黑一片的远方地平线。那是一个没有月亮的夜晚，周围没有房子也没有树，显得空旷、荒凉。也许夏天小麦和马铃薯生长时，这里是绿色的，但在10月底，所有庄稼都收割了，地上只留下粘住我们鞋子的泥泞黏土，让我们走起来很吃力。

空场上已经集合了很多人，早些时候肯定也有一些列车从其他城市开来，装的都是波兰籍犹太人，都被命令现在必须越过边界回波兰去。在德国士兵的监视下，我们顺从地步行穿过渺无人烟的旷野，但没走多远就被波兰的边防士兵拦住了。我们这群人里有几个男人聚到一起商议下一步该怎么办。过了一会儿，选出来的代表去向波兰士兵说明我们的境况。也许是因为代表们对波兰话太生疏了，经过长时间的谈判之后，代表们折回来告诉我们，看来进入波兰境内是不可能的了。我们必须返回德国。我们顺从地掉过头，朝着来的方向往回走。然后，轮到德国人把我们拦下来，再往波兰那边赶。数不清有多少次，我们在波德之间渺无人烟的泥泞中来回跋涉，徒劳地向两边的边防士兵恳求。今天回想起来，整件事太怪诞了：漆黑的夜里，一大群波兰籍犹太人在茫茫旷野中徘徊，其中有很多人从来都没有到过波兰。这些出身中产阶级、遵纪守法的公民，两夜之前还拥有一个温暖的家，睡在暖和的床上，现在却被扔到泥泞中，不知道是什么原因，也不知道还会有什么降临到他们头上。

关于那个漫长、黑暗、寒冷的夜晚，我的记忆中有一些奇怪的情景。也许是寒风跟我的想象力开玩笑，也许是幻觉给我目击的一切添加了一些情节。我记得有一长溜士兵单膝跪地平举起枪对准我们，只要我们再往前迈一步，他们就会射击。我还记得另外一长溜士兵，戴着头盔、穿着长大衣站着，枪口也对着我们。我感觉注定要被子弹射中，要么从前面，要么从后面，要么前后夹击。然后，我似乎看到了一个可怕之极的东西：一个异常巨大的魔鬼。他远远站在一边，身穿蓝色警察制服，手持一把特大号的枪。他那么庞大，好像伸手就能触到天空。我们和两排士兵都在昏暗中，只有他被一盏灯照亮，我能看得非常清楚。他巨大的脸并没有刻意做出凶相，但丝毫也谈不上和蔼。他只是远远的站在那里，注视着持枪的士兵和寒冷绝望的人群。真的有过这么一个人站在那里，还是只是我的想象而已？

这一夜漫长得仿佛见不到头，我们坚持着，走向一边国界，然后掉头返回另一边，就这样干耗着。有一阵子，我坐到父亲的大衣下面避风，也为了避免看到那个可怕的魔鬼。在那个漫长的黑夜里，我有没有担心过会死掉，就像在以后的旅程里常担心的？我想没有。死神这时还没有露出它可怕的脸，我也还没有听到过人们临死前恐惧的尖叫声。

黎明时分，波兰士兵终于允许我们进入波兰境内。我不记得是所有人还是其中一部分人被允许入境。夜里我们好像有一大群人，但到了早上，很奇怪，只有不多的一些人越过了边境。我们拖着沉重的步子疲惫地向前走。在灰色的黎明里，我看到房子散布在树木中间，窗户里透出让人喜悦的灯光。我们没有到那些房子去，而是被领到了一个屠宰场。一开始是牢房，接着是充满泥泞的荒郊野地，然后是一个屠宰场——倒真是始终如一。精疲力竭的我们都瘫坐在屠宰场里面的长凳上。

关于这段经历，我的记忆有很多的空白点。我不记得我们在屠宰场有多长时间，或是谁安排我们离开的。我没有去想会有什么可怕的事情落到我们头上，就像被送到屠宰场里的牛群面临的可怕下场那样。那个时候的我根本没有什么有条理的想法。我们一家人和屠宰场里的其他人又坐上了火车。这趟旅程跟在德国的不一样。这列火车停靠了很多站，每个站都有当地的犹太人欢迎我们，送来面包、热茶，还有长长的意大利蒜味腊肠。他们通过某种渠道听说了我们的悲惨境遇。他们从火车窗口递吃的，用微笑表示鼓励，并向惶恐不安的外国人发出友好的问候。在每个火车站都是这种情形：素不相识的人向我们递食物、表示同情，我们呢，感谢他们并跟他们握手。然后火车继续车轮滚滚，一路穿过收割完了的田地与村庄。很快，我们就到达了梅莱茨。

2000年1月

我在很多历史书中寻找发生在1938年10月的第一次驱逐数以千计犹太人的记述和描写，那是一次出奇成功的行动。如果一家之长是波兰国民，那么所有家人都算是波兰国民。但是，我找到的资料很少，甚至连被驱逐的确切人数都没找到；也许有15000人，或者20000人，或者只有17000人。对历史学家而言，与后来那数百万受难者相比，这次多1000人或少1000人，就不太重要了。

导致德国要摆脱波兰籍犹太人的一个因素是对经济的长远考虑。还有一些原因使德国迫不及待下手。例如，波兰政府颁布了一道命令：在国外的波兰人要回国，必须到当地的大使馆或领事馆盖章。波兰政府也可能威胁要取消住在外国的波兰人的波兰国籍。纳粹可能更希望在数以千计的犹太人变成无国籍者之前摆脱他们。另外，任何能让推动了多年的“种族清洗”政策开始实施的借口，都受到德国政府欢迎。

除了人数不清，还有另外一个数字不明确：这几千人都是从波兰边镇兹邦申（Zbąszyn）过境的呢，还是从几个不同的关口？这次驱逐情况模糊不清并不奇怪。毕竟，对很多历史学家来说它都是无足轻重的一幕。很多时候它都是被当作“打砸抢之夜”的序幕来谈到的。“打砸抢之夜”集体屠杀行动，是在这次驱逐发生之后一个月内发生的，一群群狂暴的纳粹大肆毁坏犹太人的产业。这个开端淹没在接下来那些年里发生的许多可怕事件里，显得很不起眼：断绝生活来源，冻结银行账户和查封生意，财产物业丧失殆尽，无数家庭在一夜之间变成一无所有的难民。但是，毕竟那一段时间还没有人失去生命，还没有人被枪杀、被殴打致死。就驱逐出境而言，我们那一次也得算安逸的驱逐了，不值得向今天的读者提起，因为他们将看到后来发生的更令人发指的事。然而，疏忽或者说无视，哪怕只是疏忽了历史的一部分，都会让我们陷入遗忘的危险。毕竟，那是关于人类生命的历史，是人类失去生命的历史。记忆多一点总比少一点好些，不是吗？正如犹太历史学家叶路沙尔米[①]告诫我们的："我对忘却的恐惧远超过对要记住太多东西的恐惧。"

我们带着意大利蒜味腊肠和面包到达梅莱茨。这次，我们没有礼物送给亲戚，他们也没有欢迎我们。我们到达的时候又累又脏，没有钱，也没有替换的衣服。尽管如此，父亲的姐姐——费格姑妈，和她的丈夫——吕文姑父，还是为我们腾出了住的地方。祖母敏得乐像通常那样，喃喃地发着牢骚，不过能看到她唯一的儿子还是高兴的。看到儿子的家眷她却不怎么高兴。

回到梅莱茨的头几个星期，日子就那样往下过。到访者来探望"难民们"，苦恼地皱着眉头，然后离开。不久，我的父亲就开始在店里帮忙，罗乐也开始跟一个裁缝师傅做学徒（她是捏着鼻子同意的），而我心满意足地去雅各宗教女子学校上学。母亲最难受。流离失所、人生地不熟，还要忍受祖母敏得乐的敌意与费格姑妈的公开作对。过了一些日子，我们原有的一小部分财物运到了：一些衣服，母亲的珠宝（甚至包括曾祖母珍贵的珍珠），一些书，几个床垫。就这么些东西了，都是留在公寓里的贝卡姨妈匆匆忙忙打包寄来的。她待在公寓里，直到她穿着一身优雅的灰色丝质套装乘船去玻利维亚那一天为止。

现在我们的境况有所改善。我们把不急需的东西卖掉，然后一家人跟父亲的姐姐莎音乐一家搬进了一套两居室的公寓。罗乐为当地太太们做高级裙服的技术越来越老到，她显然兴高采烈，甚至不再抱怨成为裁缝的命运。表亲们走得很近，还包括费格姑妈的女儿玛尔卡。玛尔卡有

---

① 叶路沙尔米：Y.H.Yerushalmi。

个高个子朋友，是面包师的儿子那夫图乐，业余当当演员。母亲好像认命了，承担起每天做不完的家务琐事：买菜，做饭，烘烤，洗衣服。琵琵表姐则很卖力地擦地板。

今天回头看，在那些日子里，一种新生活秩序能那么快就建立起来，实在让我吃惊。毕竟，我们家和莎音乐家曾经都是住在大公寓里，有五个甚至更多的房间。现在却沦落到了一家人住一个房间，还得共用厨房。然而，我们好像产生了共识，把生活从一种状态转为另一种状态当成一件平常事；就好像在人的一生当中，应该是曾经过一种生活，然后改成过另一种生活。两家相处得并不融洽：女人们会吵架，表亲们之间会有争执，厨房经常变成“战场”。然而，八个成年人的绝望——我肯定他们感觉如是——在我这个孩子面前都掩饰得很好，每天女人们、少女们都忙她们的日常家务，饭按时烧好，衣服按时洗好。每个星期母亲还带我去公共浴室。在浴室里，花洒喷头下年龄不同、体形各异的女人们在淋浴、洗澡。有时候我们也奢侈地用一下热气腾腾的浴缸，当然，这比淋浴要贵。

我们住在砖楼的二层，房东是波兰人。登上楼梯，就会看到一个敞开的空间：谁做饭，那里就是谁的工作空间。这个空间后面还有一个没有窗户的小厨房，里面有个能烧木柴也能烧煤的炉灶，还有个橱柜。厨房旁边就是我们的亲戚住的带阳台的房间。穿过他们房间，打开一扇门，就到了我们一家人住的房间。房间都很小，塞满了床。我家有两张单人床，还有一张夜间打开的折叠床。谁跟谁睡总是会引起长时间的争论。我家房间旁边有一个小阁楼，我想一人独处，或想在拥挤中找到一席安静之地时，总会躲到那里去。从阁楼脏兮兮的窗户往下看后院：房客们来来去去，从井里打水，或忙着晾衣服。我那时很想确信谁都不知道我在阁楼窗内，我就想在别人不知道的情况下观察他们。

我怎么几乎毫不费力就适应了新的生活呢？也许我像演员一样懂得如何饰演一个角色，从一种人变成了另一种人。也许我只是假装，就像在后来的日子里假装是一个波兰人一样？似乎不是。寻找我的位置、我家的位置完全是出自真心的，自然而然的，就像蛹茧毫不费劲蜕变成飞虫是因为命中注定一样。在极短时间内我就让自己从一个被娇宠、讲究仪态礼貌的德国犹太女孩，变成了一个波兰犹太少年。没怎么费劲，我很快就能读懂意第绪语，也能跟同学们用意第绪语聊天。我看波兰作者写的书，还会跟娥丝特、托娃和她们的朋友在我家附近黑乎乎的巷子里玩捉迷藏。就好像我生下来就过的是这种生活。每天早上我还很投入地做晨间祷告。这时父亲微笑地看着我的目光中充满嘉许；而母亲看上去很不理解。她有自己的信教方式，虽然也遵守犹太律法，却不十分虔诚。她可能觉得我投入宗教生活是为了博得男孩子青睐。

我对哈雷的昔日生活没有留恋，让自己适应了眼前的梅莱茨。我丝毫不去怀念曾拥有的书籍或玩具，也不怀念母亲以前做的美味佳肴。我甚至不去想念母亲那边大家族的亲戚，包括我的姨妈、姨父。他们属于那个我被赶出来的世界，对我来说那个世界已经不再存在。尤其是几个月以后我获悉亲戚们也都离开了那个世界，去了阿根廷和玻利维亚（在南美洲）那种听上去很有异国情调的地方，我认识的人都离开了，哈雷在我印象中只剩下荒凉、单调的景象。就像诗人皇帝李煜在失去他的王国之后写的《子夜歌》："往事已成空，还如一梦中"，他知道再也回不去了。虽然我父亲的波兰亲戚不是特别喜欢我，我也不是特别喜欢他们，而且娥丝特表姐经常跟我吵架，但我毕竟是回到家的怀抱里了。无论是那个时候，还是以后，我都没有重返出生地的愿望，不想回到那个从来都把我们一家人当成不受欢迎的外国人的地方。这一点，我是在后来才意识到的。很奇怪，在梅莱茨，我们反倒没被视为外国人。还在孩童时，我就能感觉到这一没有说出口的事实了？

梅莱茨曾是我的家，在我心目中哪个地方的家都没有它的地位高。这是我父亲的家，也是他父亲的父亲的家。在这里，我和他都不是外国人。梅莱茨之后所有的家，对我来说都只是路途中歇脚的地方而已。歇脚的时间有长有短；外国人也许受欢迎，也许不；与当地、当地人也许发生联系，也许不。没有哪个地方或任何驿站比得上梅莱茨，她属于我，而我更属于她。在那里，我人生的第一段旅程，经历非常短暂的时间就结束了。

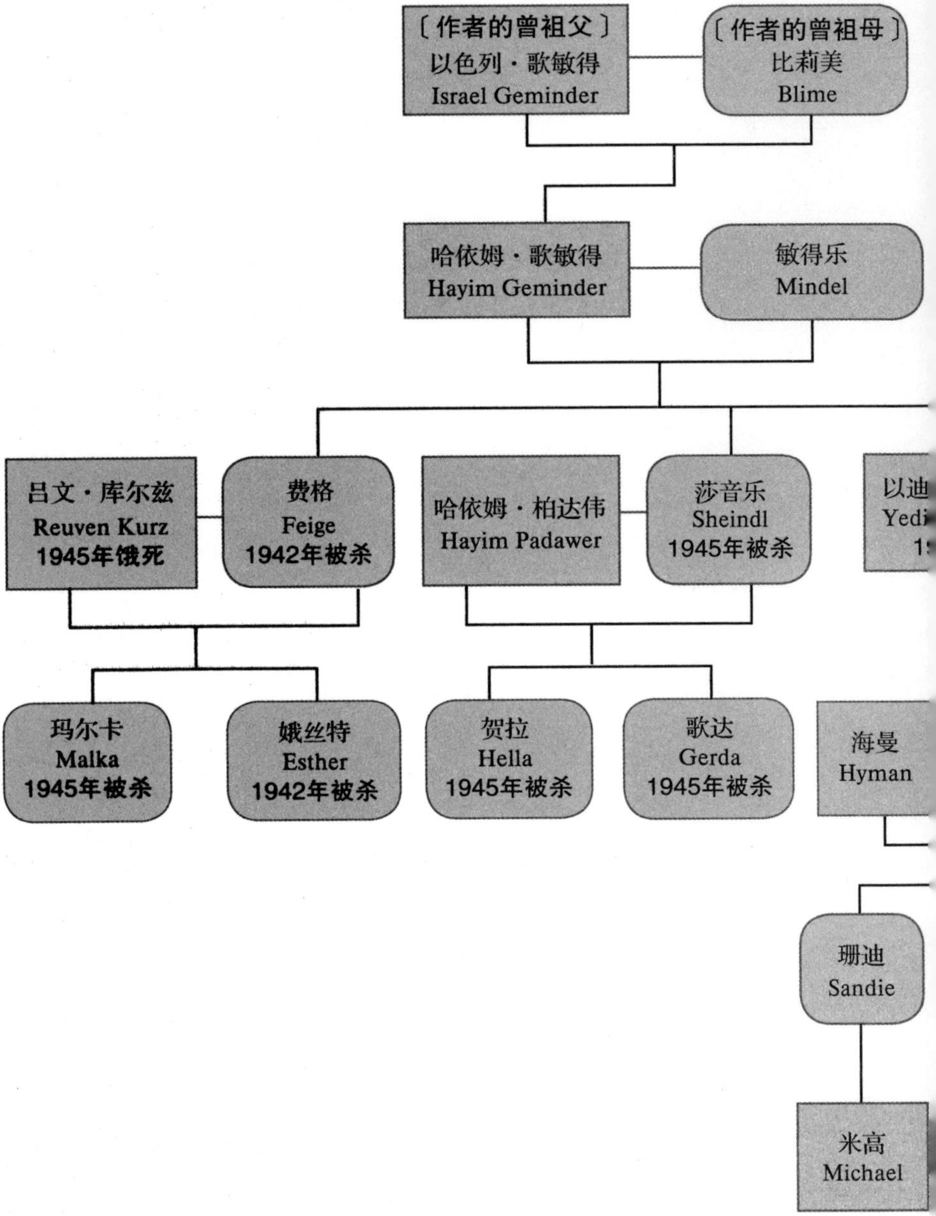

〔作者的曾祖父〕
以色列·歌敏得
Israel Geminder
〔作者的曾祖母〕
比莉美
Blime
哈依姆·歌敏得
Hayim Geminder
敏得乐
Mindel
吕文·库尔兹
Reuven Kurz
1945年饿死
费格
Feige
1942年被杀
哈依姆·柏达伟
Hayim Padawer
莎音乐
Sheindl
1945年被杀
玛尔卡
Malka
1945年被杀
娥丝特
Esther
1942年被杀
贺拉
Hella
1945年被杀
歌达
Gerda
1945年被杀
海曼
Hyman
珊迪
Sandie
米高
Michael

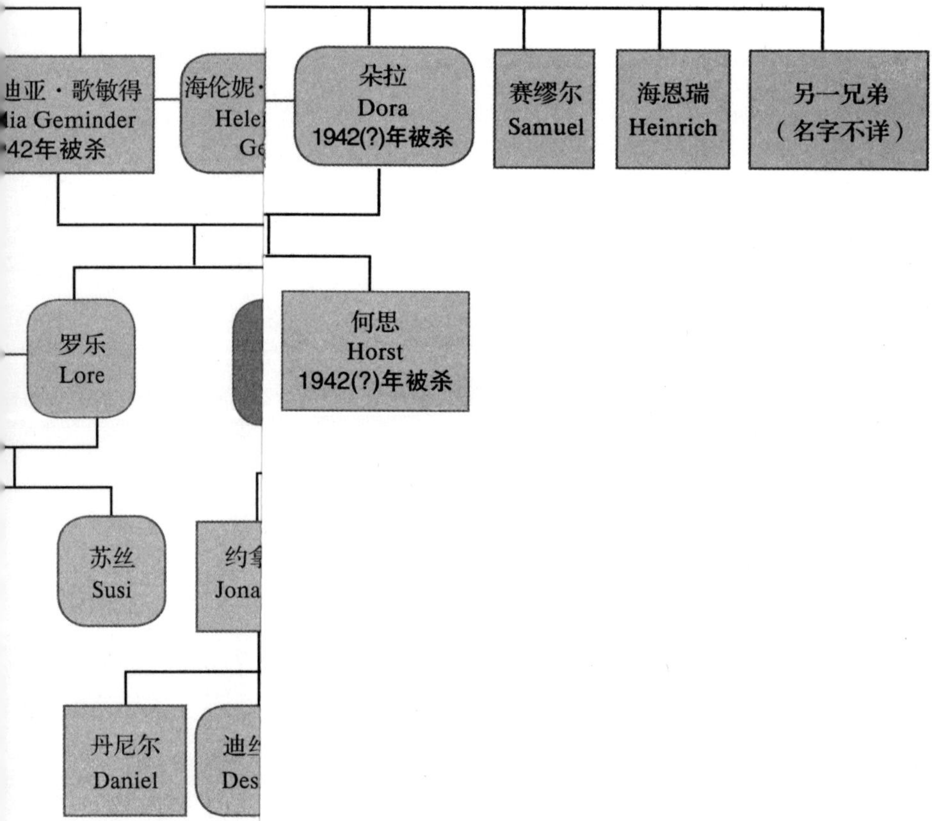

迪亚·歌敏得
ia Geminder
42年被杀
海伦妮·
Helei
Ge
朵拉
Dora
1942(?)年被杀
赛缪尔
Samuel
海恩瑞
Heinrich
另一兄弟
（名字不详）
罗乐
Lore
何思
Horst
1942(?)年被杀
苏丝
Susi
约拿
Jona
丹尼尔
Daniel
迪
Des